一个人的

淳安
地理

余昌顺 著

他的足迹与大地山河难舍难分，经冬复历春，花开花又落，淳安的一方山水，因他执着的行走，于文学修辞中，得以重塑……

中国言实出版社

图书在版编目（CIP）数据

一个人的淳安地理／余昌顺著. －－北京：中国言
实出版社，2023.1

ISBN 978 - 7 - 5171 - 4361 - 1

Ⅰ．①一… Ⅱ．①余… Ⅲ．①散文集 - 中国 - 当代
Ⅳ．①I267

中国国家版本馆 CIP 数据核字（2023）第 006580 号

一个人的淳安地理

责任编辑：史会美
责任校对：王建玲

出版发行　中国言实出版社

地　　址：北京市朝阳区北苑路 180 号加利大厦 5 号楼 105 室

邮　　编：100101

编辑部：北京市海淀区花园路 6 号院 B 座 6 层

邮　　编：100088

电　　话：010 - 64924853（总编室）　010 - 64924716（发行部）

网　　址：www. zgyscbs. cn　电子邮箱：zgyscbs@ 263. net

经　　销：新华书店

印　　刷：北京荣泰印刷有限公司

版　　次：2023 年 4 月第 1 版　2023 年 4 月第 1 次印刷

规　　格：710 毫米 × 1000 毫米　1/16　18.75 印张

字　　数：195 千字

定　　价：78.00 元

书　　号：ISBN 978 - 7 -5171 -4361 -1

编委会

主　任：郑志光

副主任：徐夏冰

委　员：邵全胜　余运德　邵红卫

主　编：邵红卫

编　委：王顺民　黄筱康

代序

回望一场孤独的行走

这部作品，源自一场孤独的行走。

2007 年秋天，在瑶山，昌顺望着漫山的山核桃树，耳边响起"瑶山摇一摇，金银满山峃"的民谣，他发出了《天赐瑶山》的感慨。上山体验了一回"捉胀"，又叹服，说一个"捉"字，意味深长，说明好多时候百姓的用词远远超过所谓文化人的想象。这是行走的起点。

2008 年适姜家，昌顺《登高观列岛》，邂逅了《一片风情万种的水》。

2009 年赴界首采风，他注意到隐匿在红壤褶皱里的四个细节：界首在腹地、千丘田乏田、玛璜非蚂蟥、瘠土产优果，因而有了《界首记趣》。

2010 年，入云源，他的目光从水而山、从山而云地游移，兴酣落笔，成《云的宋村》。

此后六年，除 2013 年 7 月，在县作协组织的采风活动后写下了

《乡愁·中洲》外，昌顺再无此类作品面世。

直到 2016 年下半年的某一天，冥冥之中觉得，全县二十三个乡镇，不可厚此而薄彼。一个想法破茧化蝶，胸襟里，先有了一部《一个人的淳安地理》。

昌顺在县融媒体中心任职，平时工作十分繁重。很多时候，不仅晚上加班加点，星期天也经常在岗值守。但他还是决意忙里偷闲，完成既定的行走。心中揣着《一个人的淳安地理》，他注定是一个孤独的行走者。

其实，他的行走不仅孤独，且有风险。风险源自他的身体。就在这一年夏天，他刚发生过轻度脑溢血。醒来时，他指指自己的头，对前去医院探视的朋友说，医生说很严重了，如有第二次，也许人就没了。

然而身体的警讯，不仅没有让他畏葸不前，病情稳定后，他反而加快了行走的脚步。

2017 年，借用贾平凹的话，是"嘉祥延集"，昌顺的行走，平安顺遂。

2018 年秋天，在王阜，昌顺发生了意外。在小饭店的楼梯上，一脚踩空，右臂摔成骨折。这一摔，计划被延宕。很长一段日子，他无法继续把业余时间，用来行走。待重新迈开大步，2019 的夏天，已经来临了。

……

等他走完汾口镇，写下《龙耳山叙事汾口》，时间已是 2020 年 3

月。二十三个乡镇，至此只剩千岛湖镇，书稿杀青在望。他本想用五月的鲜花，为《一个人的淳安地理》，作收笔的点缀。

但意外比五月先降临人间。

昌顺把《龙耳山叙事汾口》的定稿，从 QQ 上发给《千岛湖》杂志的编辑时，是 3 月 16 日 11 时 32 分。仅仅两个多小时后，他就出事了，仍是脑溢血。经过抢救，命是保住了，人却陷入深度昏迷，至今未醒。可以说，为了胸中的丘壑，直到倒下前，他都在行走，都在写作。

昌顺我很早就认识。我在乡镇工作时，他就把我拉进了作协的圈子。后来我调文联工作四年多，昌顺先任县影视家协会主席，后又任县作家协会主席，平日交流甚密。听说他在创作《一个人的淳安地理》，心里多有期待，希望他早日完成夙愿。那时，他每走完一个乡镇，便把稿子交《千岛湖》杂志首发，每篇我都拜读过。目光在他文字的乡土流连，掩卷之余，颇为他行走的毅力和文学才华折服。

行走在淳安的时空体系里，昌顺面对的是高度同质化的山水和人文，但他每至一地，总能洞烛幽微。溯洄云源，他随想："从某种意义上说，宋村是在云造化下的产物（《云的宋村》）。"他在中洲的乡愁里辗转反侧，敏感正是因为中洲处于边缘，少人问津，鲜人打扰，便保留下了一些东西，他说，这些东西在渐渐少去，于是也就日益珍贵，这些越来越稀有的东西就凝结成乡愁。（《乡愁·中洲》）；在枫树岭，他走白马，访"红马"，涉上江，经下姜，从此铜山口入彼铜山，发现其地理特色的多样性、多彩性，难以用一句话来概括，"这种多姿多彩的样式，"使得枫树岭如同一块袼褙一样斑斓"，没有奇异之处，但又不循规蹈矩（《不一样的枫树岭》）；在大墅，他穿越"如洞一样的峡谷"，寻觅世外桃源，人生秘境（《秘境大墅》）；他从井与水中，提炼出安阳的特质（《井与水的安阳》）；他对富文的定义是"旁逸斜出"。青田源对富文来说，是一个旁逸斜出的存在，富文对淳安来说，亦是如此，"离中心与出口很近，但又不处在主干道位置，就是这样的'旁与斜'。"（《清平流出富文》）；当他把"左口的右边"这个词组作为叙述坐标，某种难以言说的、又想表达的东西便有了寄托，左口复杂的地理形态，随之化繁为简，一幅徐徐抻开的长卷，渐次出现了"三个龙源那边排""三座名山三角立""边界有三面"的大块写意（《左口的右边》）；盘桓于五洲源头，在前后左右的满眼青山、满目翠绿中，他听到了颜色的声音（《浪川的颜色有声音》）；在鸠坑，透过缥缈的云雾，他看见一泓飞瀑，正化为高人斟茶（《鸠坑都是茶》）；在威坪的五都源行走，他指出五都源的豁达一目了然。他自信在这豁达的空间里，最能表达豁达的一定是空间里出生、成长、生活的人。他想起好朋友，琴川的诗人王良贵，想起王良贵那首写给琴川的诗：当我回望，家园如母亲/用于离去与归来，指望与安葬/在琴川村，民歌即是炊烟/我亲见日久的坟墓重新成为土地。他说，一个可以从容地看着"坟墓重新成为土地"的人，内心一定是豁达的，"他是我真正认识的五都源人，我总是很容易把对他的看法放大到所有的五都人。"（《威坪都如画》）；在梓桐，他渐渐觉悟，这个盛唐时发生过陈硕真起义，出了中国第一个"女皇"的地方，却是一个"温适故里"（《温适故里是梓桐》）；昌顺属龙，这条"龙"，从龙耳山俯瞰广袤的汾口盆地，入眼的也都是"龙"：龙门塔、龙头坞、龙山街、龙川、龙姚、龙源……汾口的主体部分，过去叫龙津乡，他一言以蔽之："龙是这里的文化图腾与象征。"（《龙耳山叙事汾口》）……

　　一场孤独的行走，不仅细致地纷呈了自然地理的精彩，还挖掘了物象的背后，人们的生存状态和文化意义。漫长的足迹，化作文字的涓流，驰涌滑漏，席地长远，是淳安美丽乡村建设的源头活水。

　　仿佛一切皆有定数。2021年11月，我从县委党校调至县政协，履新于文史和教文卫体委员会。时与文友接触，常听他们唏嘘昌顺命运的多舛。想起那些犹未成辑的文稿，我思忖，身为文史工作者，理应为它做点什么，让这些优秀作品，被更多人读到，让更多淳安人，从昌顺独特的眼光里，看见一个异乎寻常的家乡。我的想法得到了县政协领导的充分肯定。顺理成章，《一个人的淳安地理》很快被列入"一方水土 一方人物"系列，筹备出版。

　　如今，书稿即将付梓，可谓心有所念，必有回响。独酌之后，写下以上文字，心里既高兴，又忧伤。时令已过白露，窗外月色如洗，虫子长长的嘶鸣里，已有凉秋的影子了。

邵红卫

壬寅中秋于千岛湖

目录
Contents

天赐瑶山

瑶山不是一座山，而是一个乡。

我办公室里挂着一张淳安的地图，找它得仰起头，因为它在最上面，淳安的最北部。从地图上看它，没有什么特别之处，很难找到一个相形的东西来比喻。

虽然不是一座山，但它肯定与山有关。为什么叫瑶山，我没有去考究过，也没听人说起过来历。但从字面上看，"瑶"是美好的意思，一定要生硬地解释那就是：美好的山。不过我宁愿把它说成：美丽的山川。

说它是"美丽的山川"当然有客套的成分，因为——

其一，它不是生我养我的故乡，没有那种天然的"美不美，家乡水"的情怀。其二，淳安有美丽山川的地方太多太多，如果纯粹从自然风光来说，在我县它并不能独占鳌头。但是我还是要说它是美丽的山川。

虽然它不是我县最美的山川，但我觉得它是我县最有个性的美丽山川。我第一次走进瑶山，就发现了它的不同之处。称瑶山，自然以山为多，这名副其实。山绵亘不绝，在山谷中有那么点谷地，也就是水田。因为整个流域，落差不大，所以一条被称为云溪的小溪蜿蜒南去，大多时候显得平静而婉约。可是山却与溪相反，显得高大、陡然、突兀。山谷平地与山之间没有或很少过渡，是突然挺拔而上的。山的峻峭与溪的秀气在这里和平共处，制造出了另一种风情。只是到了小溪的尽头才有着另一种模样，那就是更为高大的山脉横亘在那，成了与临安的界山。那里的涧水虽然不大，但因为有了落差，便发出了声响，或叮咚，或嘶鸣。虽比其下游要小得多，但性格截然不同。这里才是真正的大山，有着茂密的植被，著名的千亩田与其相连。

因为平地与山脉之间没有过渡，也就少了低丘缓坡，换句话说也就少了旱地。可旱地往往是山里人最重要的耕作之所。田不多，缺少旱地，山又陡峭，土壤地质也不好，可是山谷中的村庄却一个挨着一个，他们靠什么生生不息？

既然是这样的山，为何我还要称其为美丽山川呢？

在云溪的尽头，有一个放在全杭州市也属比较奇特的村，叫天坪。从地域面积来说，我想也是独一无二的。因为它方圆六十里，有几十个大大小小的自然村，有的根本不能叫村，就一户人家住在那儿。老庵基是天坪比较大的自然村，我先后去过两回，第一回是跟着县交通局的领导去拍有关通村公路的情况。我们绕道临安境内，才能到达，车子足足开了三个多小时。那时公路刚开通，不仅路况差，简易公路也特窄。这还不算，到了山脚下，那是一个临安的村，车居然出了故障，不能开了。我们只能就近雇了一辆手扶拖拉机。上山的公路无比惊险，我站在拖斗里，一只手拎着近三十斤的摄像机，一只手狠命地抓住栏杆。让我心里发毛的是，在最险要的地方转弯，下面是百米深壑，而刚开挖的狰狞石块就悬挂在我头顶，随时要砸下来的样子。想不到的是，这个悬崖上的小村倒地势平缓。

听说交通局的领导来了，刚从地里赶回来的方书记十分高兴。说有了路，太方便了，不再依靠肩膀了。他又告诉我，村里的光棍在不断减少，因为生活在不断改善。特别值得一提的是笋干的价格翻了一番。也许你会觉得奇怪，笋干不过是大路货，有什么稀奇的。且慢，此笋非彼笋也。就是这次我才真正知道了居然还有这么一种竹子，这么一种笋，叫石笋。第二年春天，我又特地去了一趟老庵基，专门为石竹笋拍了一个电视节目，还在那住了一个晚上。那次，我彻底认识了石竹笋。

我在山村长大，对我县的竹子并不陌生，也知道不少。我家乡最好的竹笋应该是水竹与黄竹笋。可这称之为石竹的笋比水竹大一点，比黄竹小一点，而且也十分的独特，靠近根部的几截还有着红紫的颜色。更为奇特的是石竹笋只生长在天坪及周边一带，主要是天坪。我开始还有点不信，后来经过了解，我县其他地方还真没有。我也问过瑶山山下其他村的人，为什么不种石竹呢？他们回答我，石竹笋只能种在天坪这样的高海拔地带。我对这个答案并不满意。如果只生长在高海拔，那么我县高海拔的村庄比比皆是，瑶山其他村应该也有，可它就是只长在瑶山天坪一带，你毫无办法。那是天赐之物。

而今，天坪的石笋已成为一大产业，村里也成立了专业合作社。据说收入最多的农户每年有五万元。

瑶山的山上，还长着另一种被人所熟知的物产，那便是山核桃。我县出产山核桃的乡镇为数不多，主要集中在淳北地区，而又以瑶山最多。因为工作原因，我多次去那儿拍摄过山核桃。山核桃由于长在陡峭的山上，所以它不是直着生长的，大多是斜着生长的。有一次我在幸福村拍节目，村委主任带着我到他们的山核桃林去拍摄村民开采的画面。有一棵山核桃树两人合抱也不见得能抱得住，他指着这棵山核桃树告诉我，这棵树的树龄有一百多年了。他说五十年的树才进入盛产期，由于产果期长，投产期也长，种下去要二十多年才挂果。所以这是爷爷种孙子享福的树。现在虽然由于经济效益高，人们培管起来也更为精细了，但一般也要十五年以上才开始挂果。

在我看来真正能成为摇钱树的，只有山核桃。近年来，刚从山上采下来的山核桃蒲，就卖五块钱左右一斤。而且都是上门收购的，根本不愁卖，这是百分之百的卖方市场。我常常耿耿于怀，为何我家乡没有这一珍宝呢？为何它只青睐淳北这一带，尤其是瑶山呢？这也是无奈的事。

除了以上两种外，在瑶山的山上还长有大量的山茱萸。山茱萸又名红枣皮，当地人直称"红枣"，是较好的中药材。二十世纪八十年代曾价格高达近百元一斤，现在当然没了那么高的价格，一般只在十元上下。2003 年的非典时期又一度达五十元。山茱萸的果实非常漂亮，晶莹剔透，很像是红豆。在镜头里更为出色。

在瑶山有这么一句俗语：瑶山摇一摇，金银满山岙。在这陡峭的山上出产这么特有的物产，都可以称之为珍宝。因此，我想说：瑶山三大宝，石笋、山核桃和红枣（皮）。这些珍宝都是天赐之物。

生活在这些陡峭山谷中的瑶山人，按照常规推理，性格应该比较粗犷。可是恰恰相反，他们都十分温情与细柔。最能体现这种性格文化的是他们的方言，每句话的后面都有一个轻柔弯曲的拖音，听起来特别的恬静与袅绕，有点像吴侬软语，在淳安的方言中，显得特别。是他们的这种温和使得天赐予他们这些珍宝，还是守着这些珍宝让他们养成了这种洗练与温和呢？

捉胀蒲

每年的白露（一般是 9 月 8 日）都是山核桃开打的日子，雷打不动，年年如此。头两天也就是 9 月 6 日，是统一捉胀蒲的日子。

所谓蒲，就是未脱外皮的山核桃，而胀蒲就是自然脱落的蒲。所谓捉胀蒲，就是村民上山到各自的林地里去捡自然脱落的山核桃。如果逢上此前下了雨，这胀蒲就会更多。但不管如何捉胀蒲，也只有一天时间，所有村、所有农户都不例外。其实到山上去捡自然脱落的山核桃也没什么特别的东西可说，而我又没有捡过，更体验不到其独有的乐趣，让我产生兴趣的是叫法本身。

叫蒲准不准确姑且不说，淳安大多地方将未脱皮的果实都称作蒲。自然掉落的叫胀蒲，用"胀"去修饰"蒲"便显得特别独到。"胀"

在这里是饱满的意思吗？好像也不尽然，好像"胀"比"饱满"更加有意味。"饱满"似乎是有限度的，而"胀"却是有着不断延伸的内容，便有了"动"的含意。

这还不算，用"捉"来代替"捡"，那就更绝了。不过仔细想想，用"捉"这个动词，再贴切不过。我揣度一下，他们用这个字大概含有以下一些原因。

首先大概是因为山势太陡，而山核桃又是圆圆的，稍有不慎就会不知滚到哪去，很容易就"逃掉"。只有花上"捉"的狠劲、警惕与精力，才能把它抓到手。其次可能与它太值钱有关，这么值钱的东西可不能让它落掉，瑶山人可是打心眼里珍惜它。另外还有一层意思，他们没有把它简单地看成"物"，而是把它看成了有灵性的东西，把它看成了动物，对付有灵性的东西可不是单靠捡就能得到的，必须要花上心智。

一个"捉"字，反映出了山核桃在瑶山人心中的地位。折射出他们对它爱到极致也看重到极致了。好多时候，百姓的用词远远超过所谓文化人的想象。

一片风情万种的山水

（外一篇）

如果说对姜家不熟悉，肯定会有人指责我：睁着眼睛说瞎话，或者说我矫情。因为工作的原因，我每年都要带着采访任务去几次姜家，留宿在静静的小镇。不敢说一草一木烂熟于心，但镇上的几条街逛过好些遍，也跑过那儿的好些村庄，亲近过那儿的水。千汾公路未通车之前，我都是乘船去的，每每可以饱览与姜家挨着的青山与湖水。

然而，在很长时间里，我真的不认识它，不了解它。我与它的熟悉，如同我每天都得经过的那条街一样，只是目光掠过。我只看到它的形，没触到它的神。由于与我老家距离不算太远的缘故，姜家的溪流村舍，山峦树木都让我太熟悉了，太难给我以视觉刺激。没有用心运智，自然也没有怦然心动。

可是有一天，它突然引起了众人的注目。那片山水被划入县级的产业功能区。何以如此？肯定有它的非凡之处，我因此也未能脱俗地对它注意起来。开始细细端详，凝神注视，静静倾听。

灵气逼人的湖光山水

好多年以前，好多在姜家工作的人就多次向我介绍起龙川半岛。那种眉飞色舞的激昂表情，我至今回忆起来仍清晰如初。这说明半岛在他们的心中是何等的圣洁而美丽。可是我有一个坏习惯，总带着警惕的眼光去看待人们的"众口一词"。不过并非如此，我就一点也不重视它，只是我没有找到机会，直到今年初夏才领略到半岛的风采。

既然是半岛，说明它三面被千岛湖环绕。可是当你真正走进半岛腹地，却并不能太多地感觉到千岛湖的气质。只有潜入湾岙的水，你才会记起仍身处千岛湖之滨。

初夏的龙川半岛呈现着自然的无比繁盛，植被品种繁多又枝繁叶茂。阔叶居多，植被绿得膨胀，绿得透明，从远处看团团朵朵地向着蓝天呈爆炸的气势，如气势磅礴的蘑菇云。行走其间，枝叶遮天蔽日，抬头只能从叶缝中看到闪烁的光芒。间或怒绽的野花又给这片绿色的空间增添了多彩成分。

二十平方公里的龙川半岛，有着千岛湖别有的山水特色。其实这里的特色主要是山带来的，这里的山大多不那么陡峭与险峻，这样的山势既给植被提供了更多的生存之所，也造就了和缓、绵延、跳跃、错落的气势。这种错综复杂的山势将湖水切割成另一种复杂，而山与水两种复杂形态的相拥相映造就了迷离幽远、变幻万千的视觉效果。别样的空间再装点上茂密的植被，便被赋予了灵动之感。

偌大的一片半岛，远离村庄与喧嚣，似乎有了一种难得的静谧，可是静谧并非寂静，尘世喧嚣的远离，凸显了大自然的美妙音符。白鹭突然从水边芦苇丛中蹿起，翅膀的扇动声、苇丛的摇晃声、水的波动声，还有更多的说不出名的飞禽的歌唱，鸟鸣虫啁……静也会被视觉的动所打扰，风吹枝摇，水波荡漾，动所产生的声接近了天籁。

整个半岛，只留下了当年林场的几幢房子，掩映在绿的世界里。当年林场的职工在这片孤立的绿色空间劳动生活，去一趟岛外非常之不便，来一趟县城更是不易。是他们的坚守成就了这个绝版的生态半岛。

半岛会让人们涤除烟尘，消弭欲望。

这就是夏天的半岛。我想，到了秋天，半岛会呈现另一种风姿。山上的秋叶红了，展现着一种热烈，那种红倒映在明镜般的水里，会是一幅怎样的图画呢？水边的芦花开了，斜阳挂在花梢上，随微风摇曳……这一幅幅画面，能用简单的"视觉的盛宴"这样的语句去形容吗？

还有冬天的半岛，又会是何种风情呢？

离开半岛乘舟往东登上语石峰，能看到另一种山水。如果说，半岛的水是山的点缀，那么在这儿，山是水的参照与色彩。遂安列岛星罗棋布在点缀水的同时，自身也特别有形，有序。它切割出更多的几何图形，在观者心里拼出了各种不同的"影像"。

遂安列岛既似漂浮在水上的山，又像从水中奋力耸起的峰。在普通游客眼里，这样的景已经无与伦比，但当你了解列岛曾经是相连的一座座山，而这些曾经叫五狮山的下方就是曾经繁华的狮城，你又会做何联想呢？有形的一切使无形的水变得多形，而水的大规模聚集又让无数有形的城镇、村舍、田野河流消失在水的无形中。

在这种有形与无形的转换与想象中，便生出了故事与传说。

故事丰润的人文山水

倘若我对朱熹及其瀛山书院毫不了解，那么面对这半亩方塘时，我不太可能会有触动与浮遐。这样说并非方塘不美，恰恰相反，七月的方塘荷叶满池，荷花开始绽放它的清雅丽影。蜻蜓的光临使带着露珠的荷叶显得羞赧，还有微风的拂拭，平添了池塘的动感。瀛山也一样普通，光从外形来看真的不起眼。这是一座很小很小的山，在我们这方多山之域，称它为山都有了点恭维的味道。因为瀛山充其量不过是一座从平地突兀而起的小山丘，形单影只地孤坐在那儿。当然这本身也许就是一个特色。

可是面对瀛山与方塘时，我不禁会思绪万千。当时詹氏选择这儿做书院，是否就是看中了它这种独立，而又处在村庄之旁的位置学堂建在那山丘上，既视野开阔又鲜有人打扰。那琅琅书声，穿透空旷，在郁川溪两岸的上空千年回荡，经久不息。

更何况，在八百多年前，大师朱熹在这座颇负盛名的书院讲学，引来了无数学子隐士。如果说瀛山书院是当时一座不错的学堂，但如果没有朱熹的到来，它无论如何都不会像现在这样被我们频频提起，从这点上来说，它因了朱熹而长久地鲜活在历史中，也由此让这家书院发生了里程碑式的变化，大大提升了它的历史地位。

时光过去了八百年，书院早已淹没在柴草中，学子如云的盛况，也只留待我们去想象，只有大观亭孤立地在向人们证明什么。除去这些，作为物质形态的瀛山与方塘，几百年间应该并没有什么变化，只不过我们与朱熹面对它们时是完全不一样的心态。

大师面对这方山水时，我们无法揣摩他所想的一切。但一点是肯定的，他更多的是陶冶指标于山水之间，更多的是思考未来，因为瀛山在那会儿，并没有可大书的历史，他才是历史的创造者。而我们面对瀛山与方塘时，更多的是走进过去。因为朱熹与书院为我们树起了一座庞大的丰碑，引导我们看这方山水。

我们免不了会做俗常之想，当时书院的景况是如何的？为什么书院会选在这儿，有什么特殊的风水讲究吗？大师为什么会到这家书院来讲学，他逗留了多长时间？面对这不起眼的方塘，他为什么会留下脍炙人口的《咏方塘》？

朱熹往返于瀛山与康塘之间，在百琴楼与名士学子对酒吟诗。读书吟诗，纵情于山水之间，那种情景是多么让人神往。在而今这欲望化的社会，这只是一种遥远的传说了。朱熹在那还留下了百琴楼歌，百琴楼只留下了这个优雅的名字，而我们只有从朱熹的文字中去想象它是何等模样了。

在这方山水上，还出过少许几位女诗人。姜家也因姜家村名而来，现在的姜家村只有曾经姜家村的三分之一。曾经的姜家村可以说是一个大村落。在这个村落里，清代出了个女诗人姜承宜，虽然不能与李清照相媲美，但她写郁川溪的诗，清雅绵延中带有几许惨淡，读来颇有韵味。

姜家所处的就是这样的一方山水，只要你用心就能找到无数故事。因为有了这些故事，这方山水才凸显其特有的气质。

说姜家不能不提到现在的姜家镇，其实而今的小镇所在地曾经茅草丛生。当年千岛湖形成后，大半个狮城的人搬到了这里。狮城人的到来，让这块长满茅草的地方彻底变了味、改了样。狮城居民带来了方言，带来了工厂，带来了文化，带来了一切软硬实力，让这方茅草丘陵变得不同凡响。

朝气蓬勃的智力山水

我老家离姜家最多三十公里，可是在我孩提时代，那却是一种十分遥远的距离了。所以我高中之前从未到过姜家，不知它何等英姿。可是我在很小很小的时候就"认识"姜家，最初知道它是从"麻饼""金枣""猫耳朵"等吃的食品上开始的，大人告诉我们，这些都是姜家做的。后来，慢慢知道了姜家不仅有食品厂，还有造纸厂、钢铁厂、机床厂、丝绸厂……有那么多厂的地方，对孩提的我来说简直是"庞大"的地方，是心驰神往的地方。有那么多厂就会有好多工人，老家也有在那当工人的幸运者，他们都是乡间女孩在那年代梦中最想嫁的如意郎君。那儿的居民也是我们羡慕之人，在读书时，总是以仰视的视角来看待他们，乡村孩子的自卑从那仰视的态度中暴露无遗。

这就是我从前心目中的姜家。

姜家在二十世纪六十至八十年代繁盛至极，可是进入九十年代后，由于经济体制、产业结构的变化，加上交通不甚发达，曾经繁盛一时的工厂先后消失了。工人作鸟兽散，居民也陆续搬到了县城，姜家日渐萧条起来。我去姜家次数多起来是在二十世纪九十年代末以后，走在姜家街上，让人产生零落之感。偌大的街上行人稀少，房子破旧，与邻近的汾口相比更显寒酸，曾经的繁华与热闹已荡然无存。

以姜家集镇为中心的是一方红壤丘陵，人去后腾出的空旷让人感到些许苍凉。这种土地不是农业生产的上佳之地，可是作为非农业用地，在我们县里也属稀有资源。况且姜家的周边还有绝版的山水资源，还有深厚的人文历史，以及狮城遗风，这所有的一切，都是极为珍稀的优势资源。这也为姜家的复兴，找到了理由。

决策者着眼姜家、着眼新产业、着眼未来，将姜家的开发建设列入了世纪工程。所有对姜家有所了解的人听到这个消息时肯定都很兴奋，我也一样，对这方山水突然更加关注起来的同时，充满着无限美好的期待。

事实上，这方山水，具备成为气质超凡之所的诸多元素。无与伦比的山水风光之禀赋，提供了先天的优势资源，这为发展休闲度假产业、文化创意产业和养生居住产业提供了条件。深厚的人文底蕴不仅使外来者有耐咀耐看耐说之物，更为重要的是这是一种厚实的支撑。此外，传统工业重镇留下的软硬实力，也是一般的乡镇所缺少的。新的产业一定是着眼于未来的，不可能重复也不能重复过去那种产业模式，而有些非农业文化也不是一时半会儿就能形成的，没有几十年的沉淀是达不到的。

现在的姜家虽然不是以机车轰鸣为显著标志的大工地，但那种宏大构思无处不在。这样的一项宏伟工程没样可依，因此他们既紧锣密鼓，又规划缜密。这是一个面向未来的宏伟工程，既是对智力的考验也是智力的比拼。

我童年梦想中"庞大"的姜家一定会以一种新的更为诱人的风姿塑造新的"庞大"。

登高观列岛

久居千岛湖畔，时常会因这方山水的美丽而内心充满骄傲，有时还会因它们的无与伦比而莫名其妙地自感优于他乡人，甚至还会因此而舒缓了诸多阴郁的心情，平添了另类"活着的理由"。但因为过于熟悉和常常目睹，对于美景已经习常，难免缺少了那种惊诧般的激动。因此，友人邀我去看遂安列岛，我并没有那种充满向往的迫切与激动，由此，行程也几次因"工作忙"而夭折。

我想即便是千岛湖中的岛也不过如此，虽然美丽但已见惯。观遂安列岛与在梅峰和黄山尖看岛有什么不同吗？因它尚未被人所熟知，并未被太多人所涉足，我的列岛之行便属"先登"那一列。这多少给了我出游的热情。

从姜家登上"梭机","突突"东去，花去了个把小时才到了遂安列岛。慢是慢了点，但慢所带来的悠然，让我们更细致地饱览了沿途的风光。初秋的微风在湖面上展示凉爽，阳光隐匿，虽然少了些许灿然也削弱了视野中的通透，但增添了凉意。

这是一片开阔的水域，水下是古遂安县城——狮城。列岛就坐落在这片水域的北部，"遂安列岛"的命名多少让人想起这早已消失的千年县城。

据说，狮城得名是因为它在五狮山的南麓，五狮山也与狮城一道淹没在水底，只有水位很低时才露出小小"头尖"。而五狮山北边那一群不算太高的山成了而今的遂安列岛。

无疑这是一片远离尘嚣之所，人足鲜及让它保持着难得的纯净与原始。满眼翠绿，圣洁辽远。被自然洗涤后的一颗尘嚣之心，也由此而变得清静高远。

人迹罕至当然也就少了路，但在茂密的树下、灌木丛中钻来钻去的体验也十分的珍贵。

登上语石山简陋的观景台，遂安列岛尽收眼底。在这里看它们，有种在欣赏一幅画的感觉。但是，这幅画与在梅峰和黄山尖看到的画是不一样的。在梅峰和黄山尖看到的更像是千岛湖的特色，岛屿大小不一，差别很大，间距也很不一致。可是遂安列岛就像是兄弟，排列相对有序，岛屿的大小也不是相差太大。尽管也错落有致，也星罗棋布，但它们之间更为紧密，从不同的角度观看时，能为你的想象打开无限之门。由于岛屿之间相距不甚太远，在这里，水成了配角，似乎是为了制造这些岛屿而将山谷填满。

遂安列岛，曾经狮城北部的一排群峰，因水的聚集而形成另一种更为复杂而美妙的山水空间。知晓了这方山水的由来，因此在看岛时让我们多了一份追溯之情怀，多了一份"沧海桑田"之感怀。

下得山来，乘坐小舟穿行在岛屿之间，又是另一种感受。这时水在你的视野里成了主角，呈现给你的是无限延伸的山水空间，你不知转个弯去会是怎样的模样，你的面前永远是"未知的世界"，想象也就有了翅膀。

界首记趣

从千岛湖大桥北端到姜家，是千岛湖北岸长长的湖岸线。而今与湖岸线结伴而行的是绸缎般的淳开公路。驰骋西去或东来，稍加留意就能发现，公路两边是红红的土壤。这一片紫红的色彩又以处在中间地段的界首为甚。红壤界首，不仅色彩异样，还有诸多另类风情。

界首在腹地

在全国，被叫作界首的地名不计其数，有县，有乡镇，有村。被叫作界首的地方，一般来说都处在某一行政区域的边界上，而且还是一个要道。如安徽界首市，在皖西北，与河南交界，是皖豫来往的门户。在我们与开化交界之处，淳开公路旁，有两个相邻的村分属两县，我们这边叫交界村，开化那边叫界首村。

我想大凡叫界首的地方都有这个特色，边界要道。可是我们的界首乡好像是个例外，打开淳安地图，你会发现界首处于淳安的腹地。

在相当长的时期内，界首这一带是"孤岛"与"死胡同"，显得很"边缘"。没有多少淳安人对这片地方熟悉了解。我也一样，认为那是一块遥远的土地。2000年之前，我没有去过这片土地，只是耳闻这片土地上过去有上好的花生，后来盛产西瓜与柑橘。这是它给我的仅有的信息。然而，我当时并不知道它为什么会出产上好的花生，还有上好的西瓜与柑橘。因工作之故，去得多了，也就知道了原因。

然而不知原因的人还是很多，因为大多淳安人并不知界首在哪，直到淳开公路通车后，更多的淳安人才一睹了它的真容。这条路，使界首从"孤岛和死胡同"一跃成为要道，必经之地，处在汾口与千岛湖这两个我县东西中心之间。界首这个过去乏人知晓也无人问津之地立马身价倍增，从最遭人忽视之地变成最让人眼红之地也就是短短一两年间。我跟界首人开玩笑，有了这条路，如同捡了个金元宝，可谓"一夜暴富"。虽说是玩笑，但也能折射出淳开公路之于界首是多么重要。这确实让人眼红，更让人眼红的是界首的未来。用汪书记的话说就是：从孤岛绝地变为黄金宝地。

千丘田乏田

垅上是个美丽的小山村，处在海拔五百米的山上。村前是一排古木，将小村掩映在小小山岙。如世外桃源，鲜有人打扰。除当年抗日战争时期，有城里人跑到这儿避难外，这个袖珍小山村一直处在一种按部就班的清幽之中。自然了解这个村的人也不多，方氏村民在此自得其乐地生活了几百年。

虽然村小，但大墅镇政府所在地的大墅村的方氏就是从这个村"发"出去的，且比这个"母村"大很多。村子流传下来很多故事与传说，其中最有说头的是这里的梯田。

这里乏平地，仅有的水田也是依山而修筑，层层叠叠。这梯田不是农业学大寨时修的，它的历史与村庄一样久远。小山村的祖先找到这个幽静之所，安居下来，凿山修田，生生不息。最初考虑的是生存问题，可是一旦把这梯田给修好了，又成了一道风景。虽然这梯田不能与云南元阳梯田比，但也有它的特色。一小块一小块的水田，在不同的季节里因庄稼的不断更替而呈现不同的色彩，带来不同的视觉效果。我想，要是在春天油菜花开时来到这儿，看到的景象该是多么美丽、俏然。那种图画，谁又说得清是何流派、何风格呢？

这梯田被村民称之为千丘田。正因为这"千丘田"的名儿，让这个小山村被某个县令所重视，从而改变了它的归属。据说，当年有两个村是属淳安还是遂安未最后确定。其中一个说的就是塥上，另一个是梓桐镇的富石村，两个县的知县最终决定一个县一个。遂安知县听说这塥上村有千丘田，心想，有一千多丘田的地方土地肯定不会少，便执意要塥上村。但这知县犯了个大错误：把"千"当数词看而未当形容词看。事实上，同为高山村的富石比塥上大好几倍，无论是人口，还是土地。

说起这个传说是为了解答塥上与富石为何被分别划入遂安与淳安的疑惑。为何要解答这个问题，因为奇怪（不合常理）。事实确实如此，从地理位置来看，塝上划入淳安，富石到遂安都更为方便。当然话又说回来，正因为有了这"阴差阳错"，才有了经久不衰的颇耐咀嚼的说头。最为缺田的小山村——塝上，因了这"千丘田"而显现了个性，才不被人遗落。

村里人有一句自嘲式的话：半山半田苦结黄连。说实话，要我看，土塝上其实就是一个纯山村，说自己半山半田都有自我粉饰的嫌疑，这巴掌大的梯田其实也是山的一部分。不过"苦结黄连"未必，尤其是在现如今，这鲜有人打扰的小山村，一不小心就有可能成为宝贝，常被城里人惦记。况且如今通了公路，这"千丘田"，也就风情无限了。

玛璜非蚂蟥

初闻一个村名：mā huáng。心想，怎么有这么奇怪的村名？因为我脑袋里闪现的是：蚂蟥。蚂蟥者，吸血鬼也！这软体动物的糟糕形象，总让人皮毛发怵，心里发寒。就是后来知道实际是玛璜而不是蚂蟥，可是听到"mǎ huáng"，想起的永远是"蚂蟥"而非"玛璜"。

话说回来，玛璜这两个字倒是很别致。玛是玛瑙之意，璜是半璧形的玉，二者皆是宝贝。在汉字中带"王"字旁的字多有玉的意思，选用这两个字肯定不是随意的，肯定有它的来由与原因。

现在界首的玛璜村，是移民后靠村，也只是原来村庄的一半，另一半在江西。

玛璜人姓周，俗称横溪周氏。为何叫横溪周氏，因有一条叫横溪的溪自北而南打村里穿过。我想当年，横溪潺潺地从村中流过，展示着独有的风景，在村人梦中仍然流淌。反过来，横溪也收藏了村里人的歌声与笑颜、传说与秘密。

村里的老人告诉我，在村头横溪旁有一块巨大的石头，像马鞍。这块巨石成了村里的一大标志物，平日里村里的孩子会在上面嬉耍、栖息。偶尔还会有妇女在上面晾晒一些东西。这种标志性的自然物往往会成为村里人的骄傲。马鞍、横溪这两个词的第一个字组合在一起便是：马横。马与玛同音，横与璜在遂安的方言中音似，于是就有了：玛璜村。能找到玛璜这两个字的人，一定是村里的读书人。这可是两个典雅的字，与玉和宝贝有关。把村庄当作玉和宝贝，不管村里有没有宝贝，产不产玉，其对村庄的态度与感情可见一斑。

瘠土产优果

这种红红的土壤，被称为紫砂土，应该是最贫瘠的土壤。说实话，称其为土都有点恭维它了，因为严格来说是红色的砂石，只是露出地表后，被风化了，细碎掉了，有了土的样子。

界首大部分地方是这样的红壤，因此，随意举目望去，都是红色的。这样的贫瘠土地，不利于庄稼，不仅不利于庄稼，甚至连树木柴禾也长不大。公路两旁那红色的山丘上，松树低矮如灌木，看上去萎靡不振。

每次去界首或经过界首，我都会无端地生发出莫名的忧虑，生活在这种土地上，如何耕作，何以维继？其实这是杞人忧天或者叫瞎操心。人总是有办法的，人的适应与生存能力是生物界最强的。小时候我就听说过，这一带产的花生最好。那时我不知为何这里产的花生就最好，直到与这块土地有了亲密接触后才知原来是紫砂土的原因。种花生没有好的效益，实施责任制后，经过农业产业结构调整，便有了界首现在的产业：柑橘与西瓜。久而久之，人们一提到界首就想起那儿出产优质柑橘、上等西瓜。

　　界首的西瓜与柑橘为何这么甜？这般优？原因就在于这种贫瘠的红壤，这种钙质紫砂土加上千岛湖小气候，便成了柑橘与西瓜们的乐园。它们就爱这土，于是它们日生夜长，一长长了几十年，越长越惹人喜爱。它们的存在，使我改变了对这红壤的看法：它贫瘠吗？也让我改变了对贫瘠的看法：只有站在植物的立场才有发言权。红壤对粮食作物来说恐怕是瘠土，可是对柑橘西瓜们来说就是肥土乐土了。人比较容易患越俎代庖的毛病，总是以自己的看法想法下结论。如同这土壤，贫瘠与否不是我们说了算，是植物说了算。

　　吃到了界首的优质水果，可能你会想去看看产水果的地方。看了以后，可能会有与我相仿的看法：瘠土产优果。说土地贫瘠肥沃都是相对于种庄稼而言，如果有一天这土地上不用种庄稼，走出了农业，我们就失去了评价其贫瘠与否的前提与意义。界首也是如此，明天的它可能不仅产优果，还产梦想与金蛋，因为它在湖滨与途中。

云的宋村

（外一篇）

我觉得要深刻地认识一个地方最好的方式是深刻地认识那里的人，有一个或几个那里的人与自己产生深刻的联系。可惜我与宋村缺少这样的纽带，没有他（她）成为我认识宋村的钥匙。因为宋村与我的家乡相距有点远，所以既没有同学又没有亲戚，至今也没有土生土长的宋村哥们，这是我的遗憾。好在，后来我对宋村的山水并不陌生，至少我曾经认真地打量过，并一直未停止打量。

如果被问到用什么来概括宋村最为合适，我可能十有八九会想到两个字：山水。"山水宋村"所代表的既是地理形态也是人文形态。可是淳安几乎每个乡镇都可以用这两个字来概括，淳安本身也是"山水淳安"，那么"山水宋村"之于"山水淳安"又有什么不同呢？除了用"山水"还能找到更合适的词吗？

宋村之于我是在听说很久很久以后才认识的，耳闻中的宋村如果以传统农业为参照，其实不是一个让人溢美的地方：山势陡峭、土地稀有。真正目睹她是在 1999 年初秋，那是我扛摄像机的第二年。水利部门要拍摄一部反映水电开发的片子，要去云源港流域拍梯级电站。

那时从宋村乡政府所在地史里村到王阜有一条窄窄的泥砂路，破旧的吉普载着我们溯源而上。一路颠簸摇晃，一路尘土飞扬。这种较为艰辛的路途，多多少少影响了我对宋村沿途的观赏。但是由于是第一次进入宋村，我还是被这里的地理元素所吸引。这里的山乡与我的山乡体验不敢说是完全不同，至少可以说有着较大的差异。

放在县域范围内，这是一条大溪。按理造物主应该更为慷慨一点，给有这样规模的溪两岸多一点从容的空间。可是没有，两边高山绵延耸立，一条大溪填满了山谷，随山势蜿蜒南去。大溪把村庄逼到了山麓为数不多的轻缓坡地，所以，寒星的村庄就镶嵌在山与溪的缝隙中，与相对宽广的河床相比显得有点局促。溪里是数不胜数的巨大石块，已经被水冲洗得光润无棱，形态各异地密布在河床间，使这溪流富有了节奏与形状。如果在丰水期，水填满河床，淹没或半淹没那些大小不一的石块，又会制造出怎样的韵律与形态？我至今还没有机会欣赏到洪流滚滚中的云源港。

廿五里青山更是这条流域的经典地段：高山峡谷。溪与山之间没有任何过渡，除了山就是溪，似乎整个流域就是一个大型渠道，两岸青山是渠道的两壁。公路也是凿山而成的。我在峡谷的深处停车观望，抬头看头顶的山与山巅之上的蓝天白云，并把它们摄入镜头。在蓝天白云映衬下的山显得更为巍峨，飘动的白云使山也有了行走的错觉。

从那以后，我在这条流域走过了无数次，也打量了无数次。每一次打量都是一次欣赏与认知的深化。比如村庄，换个角度看就不是局促，而是点缀，依山临溪，错落有致。山水为它们提供依偎之所，它们为青山绿水增添了色彩与趣味。如果我们不深陷在传统农耕文化中，对少地的宋村就会得出别样的结论。那些不能耕种的要素都可以变成"有用"的东西，白云溪漂流就是这么一种对宋村农耕要素之外资源的有力拓展。我生平第一次漂流就是在白云溪上。坐在橡皮筏上，顺流而下，时而轻缓，时而急骤；穿行在巨大的石块中，透过宽广的河床看两岸，如同从鱼的视角在审视，青山与村庄有了不同的风韵。这漂流便成了纵情于山水间的特殊方式。

白云溪在哪？其实它就是云源港在宋村段的另一种称谓。为何叫白云溪，不得而知。但我想，这溪流的名字中含有云字，肯定不会是这里的先人随意之诌。与云挨得最近的是山峰，而这里山峰众多，高耸入云。独特的高山峡谷地形又让这里的山峰与云雾相伴，云霭缭绕使这里的物产的品质超凡脱俗，比如茶叶。从某种意义上说，宋村是在云造化下的产物。

云源港日夜流淌，白云溪润泽宋村；云是水的故乡，山高水又长。

高远的金紫尖

金紫尖也位于离云最近的地方，神秘地伫立在那遥远的山巅。2012 年 11 月 3 日，三百多人从宋村的青山口村出发，向着金紫尖而去。我想这可能是宋村这一山脉自诞生至今迎来人最多的一天，为何有那么多人一道前往？又为何选择了这一条路线？

游山玩水，陶然于山水之间固然是人生一大乐事，但是也只有以游玩的心态来看待时才是乐事。从体力上来说，登山永远是给自己找罪受。在农业时代，住在山里的人们每天都在登山。山是他们劳作的场所，山的不平与陡峭永远是农业的障碍，是自然施于人的压力。他们每天登山是迫于生计，是劳作。所以，如果站在农业文明的立场看我们这支浩浩荡荡的登山队伍，简直就是：吃饱了撑的。

当然登山还有更为体面的意义。我想不外乎以下几点：

1. 挑战自我。这是找罪受的另一说法，也是所谓提升正能量的较为有说服力的一点。

2. 征服自然。与前一点有相似之处，征服是人性中的一大欲望，当然在征服自然中不仅满足了欲望，而且收获了"磨炼意志，提升价值"等战利品。

3. 俯瞰万物。人类不能像鸟儿一样飞翔，高处对我们来说永远是陌生的。在没有飞机之前，我们人类欲到达高处，实现"俯视众生"

的愿望，唯一的通道就是登上山巅。

……

除以上几点之外，其实我觉得登山还有另外一层意思，是那天在攀登的过程中的偶感。那便是登山时，有一个"前方是什么"的问题，始终在引诱着你。当时我发了一条微博：宋村乡举办的"探游金紫尖"登山节，开辟了一条登金紫尖的新通道。由青山口登金紫尖，景点多，跨流域多，前面永远有"不知"的诱惑，登山的乐趣很大一点来自对"前途"的探究。华山王跟了一句：要知前途事，须得亲身至。

从宋村青山口登金紫尖，恰恰满足了这一点。它有着无数的"前方是什么"的"不知"在等着我们。一出发就给了我们一个下马威，二百多米的垂直高度，让一半以上的人都气喘如牛。可是再走不远就可以翻越一个山岗了，所以在"观硖坡"简单歇一会儿又出发了。到达"高壶口"后，在凉亭里散热的同时往前遥望："高坑源"一览无余。"高坑源"后面是什么呢？面前这一段相对平缓的路，又增添了你的信心。穿过"高坑源"又跃上一层，便到了"太师椅"，这里有飘香的火烘玉米馃在等着你。虽然有点疲惫，但待你补充能量后，"太师椅后面是什么"的想法又在诱惑着你，让你不断向前。从"太师椅"之后的"朱见亭"到"紫竹峰"有十个景点，都各有特色。当你到达"紫竹峰"时，再往前看，"金紫尖"仍在遥远的前方，隐隐约约，似有一层薄纱遮掩。考虑到同行大多数都不是专业驴友，这次登山的终点安排在紫竹峰。看似是一个遗憾，其实不然，"金紫尖"存在的意义就是给无数登山者立一个标杆，使登山者有了一个方向与目标，成为不断向前的动力或叫诱惑力。如果没有这个目标，可能我们还到达不了紫竹峰，更何况过程永远大于目的。

登金紫尖如此，人生何尝不是这样？

乡愁·中洲

故乡在眼前远去，乡愁在梦中迫近。

——题记

好男儿志在四方。

特别赞成这句话，不纯粹是因为它的励志意义，也是因为它舒缓了我因强烈的"厌乡弃家"欲望所带来的负罪感。一辈子都在为摆脱家乡而挣扎，那种抗争而又不得所以的剧烈疼痛撕裂着我。面对家乡如同先哲鲁迅面对"彼时华夏"，排山倒海而来的都是负面东西，令人窒息。我的青春呐喊撕心裂肺，不知有没有被村口的山谷收藏。我曾在自己的拙作《寻找金子》中表达了强烈的嘶鸣，借主人公的嘴喊出了我的欲望：出走！

随着岁月流逝，年龄增长，激情燃烧的躯体会渐渐趋向沉静，但出走的欲望却未完全泯灭，而是渐渐沉淀成了类似信仰般的存在。

是啊，出走！把自己的身躯与灵魂带到比远方更远的远方。当青春与生命在异域他乡开出绚烂的花儿时，我便会在月明星稀的夜晚遥望家乡，怀念乡亲。遥远会过滤掉家乡在我记忆中灰暗的一切，留下的只是如同淘金者掌心的金子般熠熠生辉的记忆。

我从未用笔去直面触碰过家乡，因为我始终未与家乡拉开距离，我无法用一种超然的心态表述。"出走"仍然像远方的灯塔在牵引着我的欲望，然而，却总有一个无形的东西将我捆绑与束缚，让我迈不开步伐。"出走"与"出走不得"的尖锐对立与剧烈撕扯，成了我与家乡的宿命，成了我永恒的课题，不能不理；这是我的方程，一生求解；这是我的哲学，终生思索。

家乡？它到底是什么。

它是一方土地吗？一个村？一个乡？一个县？还是？它有边界吗？不管它承载的内容多么丰富与繁茂，为了方便起见，我还是从地理坐标上去触摸家乡，这样来得真切又具体。广义地说，我现在仍然未脱离家乡，因为还蛰伏在县内，那么我只有狭隘地将自己的家乡锁定在乡镇之域：中洲。于是，我掀起窗帘的一角，透过玻璃与时光悄悄打量，悄悄地……

一忆三格物：古樟·珠洞·庵堂

我出生的小山村在县域地图出现的概率都很低，但对我的童年来说却意味着一切。

在我到来之前，曾经有个年长我两岁的哥哥短暂地光顾过这个村庄——他在我降临之前就夭折了。父亲三十多岁才结婚，三十四岁才有我，加上哥哥夭折的前车之鉴，因此，对我到来的重视达到了不正常的程度。造物主大多时候是捉弄人的，体弱多病的我来到人间其实是对父亲的折磨。一个对孩子病症有着神经质般反应的父亲偏偏摊上了一个体弱多病的我，他经常把我的病症严重夸大，总将婴孩易患的伤风感冒视为极大威胁。心情可以理解，但他的行为是畸形的，对我的重视最后演变成了对我的桎梏，在同龄人中，我的活动范围是最小的，整个童年对我来说印象最深的就是小山村的一块天空与一围群山。但有一个地方我还是有机会去的，所以印象很深：庵堂。

庵堂在六里开外的公社所在地——叶村。庵堂其实已不再是庵堂，作为庵堂那是很久以前的事了。老家习惯把寺院称为庵堂，通常会这样说：和尚庵堂。在家谱中，这座寺院叫"自然禅院"，不知是出自我们的哪位祖先还是来自在此出家的哪位僧人。不管是谁，称寺院为"自然"，肯定有其道理与缘由。

如果说叶村是一条船，那么雁山就是固锚的桩，它是一座相对独立的山。庵堂坐落在叶村一里开外的雁山南麓的岗坡上，沿着这个山岗一直往上爬就可以到雁山之巅，山巅有一座塔叫雁塔。考虑到塔与佛教之间的关系，我想这座塔与下面的庵堂肯定有着内在的联系，只是我没有弄清楚罢了。庵堂依坡就势而建，整个建筑犹如三个台级，既如三个房子连在一起又似一个房子分成三个，十分别致。大门位于中间那个"台级"的侧边，没有一般寺院那种宏伟的正殿朝南、大门正中的中规中矩。进屋后中间有一个天井，天井里常年有水，似乎有隐隐的泉眼。从山脚拾半百步石级之后向左一拐便是进了庵堂大门外的小院落。山脚下一条蜿蜒而去的石板路串起了叶村与外面村庄的联系。石板路下方有一个小小的湖泊，也可以叫池塘或湿地。晨钟暮鼓中，不远处的雁山庄穆仁立。雁塔、庵堂、石级、古木、池塘，僧人挑水、洗涮的身影，庵内的念经与木鱼声，构成一个怎样的意境，一幅怎样的水彩画，传递着怎样的信息？

长辈说，庵堂虽然是一个小寺院，但僧人最多时也有十多个，曾经也有它自己的田产。到了二十世纪五十年代中期，最后一个和尚返俗离开后，庵堂便沉寂了。僧去经息，楼空影匿，但庵堂的称谓一直保留下来，挂在乡亲们的口中。

我第一次去庵堂肯定是在六十年代的某一个时刻，襁褓中的我躲藏在父母的怀抱中。我可能在啼哭，可能在高烧中昏睡。

庵堂腾出僧人后不久又装进了几个医生，它成了公社卫生院的所在地。但打我记事起，乡亲们从来不说医院只说庵堂。去庵堂就是去看病。童年的我常常会听到这样的话：

"今天人不舒服，去庵堂了。"

"烧得这么厉害还不去庵堂？"

"还不快去庵堂接先生（老家对医生的尊称）？"

……

无论是去庵堂还是从庵堂回来，必须得经过一个地方。这个地方有一个重要的标志：一棵古樟。古樟站立在离我们村庄二里光景的地方，那是山村的水口，收得很紧。古樟如一个忠诚的卫士守护着大门。

对我来说，它是一个重要的标志。出村的石板路紧贴着它而去，过了古樟就等于出了村，一种陌生感就揪住了我。反过来也一样，到了古樟边相当于进了村，从陌生走入了熟悉，空气中弥漫着乡亲的气息。

没人能说得清它已经守在那里多少年，村里最年长的老人说，他们年幼的时候古樟就是那个样子，似乎一点也没长大。老人还说，他小时候村里最年长的老人说古樟一点也没变，与他们小时候看到一模一样。这样看来，它比我们的村庄还要古老，少说也有上千年了。

这棵古樟的树干很粗，需要十三个大人才能围住，树冠可以覆盖几十亩范围。每每走过它，便走入了遮天蔽日的树荫之中。古樟的树形十分漂亮，在近四米的高度，六根枝丫均匀地向四周撑开，从外围看，它是一个蘑菇状。春天新叶长成时煞是好看，稍带嫩黄的新叶与墨绿的老叶形成了反差，便有了层次。

这棵巨大的古樟，成了许多鸟的家园。最让人惊叹的是，有一种叫不出名的巨鸟，栖身其间。它昼伏夜出，展翅而出时，有大舶那么大。古樟倒下后，那些鸟也失去了栖身之所，无名巨鸟再也没光顾过我们的村庄。

让人难以置信的是，千年古樟倒在了二十世纪八十年代。那时安徽农村改革之风已经春意盎然，而我们农村还在为搞不搞土地承包责任制而拉锯，老家处在思想的混乱之中。混乱殃及了古樟，它未能逃过灭顶厄运。大队的当家人，把它以一千元钱的价格卖给了外村几个人，他们用古樟的身躯煎一种油。他们没有一下子给锯断，而是一小块一小块地铲剐，完全是对古樟的凌迟。

古樟消失几年后，我们村里病亡了几位三十岁左右的年轻人。乡亲们开始嘀咕起斫古樟的事，把原因归咎为不该砍伐它。村里人只能用这种形式怀念古樟。前年我在老家过年，与乡亲寒暄，不知不觉中又提到了离开三十多年的古樟。一位大我近十岁的兄长扼腕长叹：如果樟树还在那该有多好，完全可以吸引众多外地人来观赏它。在他看来，我们这个偏远的小山村完全有可能因古樟的存在，而让村民多一条致富路。他能从这个角度想起古樟多少也进了一小步。

每到一处地方我最喜欢看的是古树，但我再也没看到可以与村头那株比肩的樟树，无论是比庞大还是比壮丽。一株沐浴千年日月光华，吸吮千年风霜雨露的古樟，一定会有我们至今还未能发现的密码。

我完全赞成那位兄长的说法，如果它还在，一定能吸引无数慕名而来者。但我与那位兄长的想法略有不同，与来者的数量相比，我更在意他们面对它时的神情与目光。

小山村最拿得出手的古樟已不复存在，但还有一个让乡亲引以为傲的地点——珠洞（一直以来是周边乡镇众学校春游的重要目的地）。它在离古樟不远的半山腰。为何叫珠洞，余氏家谱上的记载是，"洞内水声如珠落玉盘"。

古樟被伐的那年正月初一（正月古樟还在），我约上几位同村小伙，持火把、背手电、扛梯子，对珠洞进行了一番考察。洞内的各式钟乳石如长辈所说一样，栩栩如生。此行我还有一个大收获，无意中发现了一个宝贝，一个形似飞机的树枝上，裹满了纯白色的钟乳，我喜出望外。端详良久，觉得一侧的机翼还没有完全形成，便又把它放回了原处，几年后，重爬珠洞，却再也未能找到那架"飞机"。

古樟、珠洞、庵堂，三个风马牛不相及的风物，却常能勾起我一些感怀。虽然每年回家，但总觉得现在的家乡已经不是完全意义上的家乡了，似乎只有沿着对"古樟、珠洞、庵堂"的怀念，通过记忆的小径才能到达真正的家乡。

一域三称谓：中洲·武强·十三都

在淳安县地图上，那个最西部的，近乎三角形的地域就是我的家乡。它曾经叫过别的名字，现在叫中洲，是这一方域最年轻的名字，才叫了二十二年。也许，许多年以后"中洲"这个符号才能刻满这里的山山水水，成为统揽这里一切的总和。

中洲你都不知道？

"中洲"这一名字是一个政治产物不是一个文化产物。1992年淳安第一次进行行政区域调整（当时叫撤扩并，意即：撤区、扩镇、并乡），将叶村、中洲、余家、樟村四个乡合并成中洲镇。这是一个最不成熟的镇，二、三产业十分薄弱。要不是碰上"撤扩并"这样的契机，想建镇是万万不可能的。所以这个连街道也没有一条的新建制镇，显得很"山寨"。不管如何，能够叫镇，听起来也是响当当的。1993年底我结束了在沪求学回到了自己的家乡——中洲镇，它的僻壤很快得到了进一步的验证。

1996 年，我任职在镇政府办公室。春日的一天，我出差在县城。买办公用品时索要发票，女店员问我开什么单位，我答：中洲镇人民政府。她瞪起狐疑的眼睛，语气中带有轻慢：淳安还有这么个镇？那种语气，好像我制造了一个假镇。那时我刚步入社会，盛气还没有完全消失。我清清嗓子，略抬高嗓门，一板一眼地回了她：堂堂的中洲镇，两万多人口，一百六十六平方公里，你都不知道？

不知道我的家乡中洲其实一点也不怪她，那时从中洲到县城比从县城到省城的时间还长。自己不也在为奋力摆脱家乡而挣扎中吗？尽管我的挣脱与她的轻慢完全不是一回事。

1994 年夏天，我复旦作家班最要好的同学，江苏省扬中市文联主席老范约了两个朋友特意驾车来看我与我的家乡。我曾不止一次地跟他说过，我家乡的落后、偏僻、遥远。他总觉得我的精神状态不对，其实他是在怀疑我的描述。他的怀疑蛮有道理：在浙江，还能有这么落后的地方？所以他承诺一定要来看我，一方面是鼓励安慰，一方面是来看个究竟。我到县城去等他们，并陪他们一起游览了千岛湖。翌日带着他们奔赴中洲。从上江埠过轮渡沿着淳杨线，一路尘土飞扬，颠簸了近四小时才到中洲。给他们三人一个下马威。他们看了看我的工作场所，简单走了走一条街道也没有的镇，很快老范得出了这样的结论：至少比我们要落后十年以上。他完全能够理解我情绪低迷的原因了。他这样说，虽然不能为我改变什么，但给了我很大的安慰。他不再怀疑我对他诉苦的真实性，这比什么都重要。以后每次见面，他都会问起我和我家乡的情况，后来得知我终于进了城，他比谁都为我高兴。老范虽然惊讶于我家乡的落后，但对中洲那顿简单的中饭却记忆犹新，后来他多次念叨起来。其实那是家乡最普通的几个菜，我还记得其中这三道菜：武强溪的石斑鱼、小炒肉、用豆腐皮包的三角形素鳗。但愿老范下次有机会再去吃时还能吃出二十年前的味道。

那时的家乡中洲镇经济总量委实小，二、三产业轻，最要命的是交通落后，硬件处处占下风。可是有些东西别人并不知晓，比如因落后而被忽略的自然风光。

2010 年，台长余国富有次从中洲回来，在我面前狠狠地赞赏了一番中洲。他说中洲生态环境优美，山川秀丽，给他印象最为深刻的是武强溪，有大江的气势，保持着江河特有面貌。他对我家乡的称赞很让我受用，如同表扬了我一番，心里愉悦。事后我想如果他有机会再次深入家乡，了解这一地域的人文以后一定会更为赞赏。

武强何止是条溪。

武强是一条溪流的名称，它是淳安最大的支流。以前，它在港口注入新安江，成为这条江的一部分。但千岛湖形成后，它的下游被淹没于千岛湖。如今的武强溪只有中上游仍然在日夜流淌，这条溪的上游便是我的家乡，换句话说，沿着武强溪溯流而上，过了龙耳山后的武强溪流域基本上都属于中洲。武强溪是家乡的动脉血管，很小的时候我就领教了它的宽广，去外婆家都要涉河。运气好可以乘竹排过河，一两毛钱。有时被父亲背过河，看到深深的河水，即使在父亲背上还是有点怕怕的。后来去汾口中学求学，完全要靠自己对付这条河了。

卷起裤管涉水而过，有几次很是危险，觉得自己马上要被河水冲走了。如果不走这里只有绕道多走无数路。除去平时较为平静的武强溪，我也曾领略过大浪滔天的武强溪。洪水季节，宽广的河床也装不下蜂拥而至的溪水，漫出了河床淹没了田野，似发了脾气，这时的武强溪倒真像它的名字一样威武。

发源于白际山脉的武强溪，还与一座山相伴而行。

武强就是这座山的名字，是中洲境内最重要的一座山。它的华章部分就是黄巢坪。黄巢坪既有巍峨的一面又有委婉的一面，山巅还有着一个大大的坪。同时，山体在那儿似乎做了个摆胯的动作，将自己的腿胯向武强溪抵近，使溪在那儿拐了个弯形成了一个潭。因了这些，这个地方诞生了无数传说与故事。黄巢也曾驻进过这方山水，"记得当年草上飞，铁衣著尽著僧衣。天津桥上无人识，独倚栏干看落晖"。这首他起义失败遁入空门后写的诗，道出了"人生韶华短，江河日月长"的意境。

武强还是一个乡的名称。几乎在现在中洲镇相同的区域内，民国时期称武强乡。最早把这一地域称为武强是在秦时。因此武强不仅仅是一条溪、一座山的名字，它也是家乡的名称。武强在新定未建县之前，是歙之南乡的名字，相当于新定县域。"武强"两度成为家乡这一小小山域的名称，是不是因了武强溪穿境而过，武强山绵亘其间？我想肯定还不止这些。但不论它因何成为家乡的名字，从山脉到溪流到乡域，仓都在家乡烙下了很深的印记。

我对这个名字有着本能的认同，因为它铿锵有力。细一想，可能读出尚武的风范，可能读出刚烈、鲁莽，可能读出唯实力论，也有可能读出一介武夫，但你就是不太读得出与"武"相反的东西。家乡的人文风格也很硬朗，从方言的音调中就可见一斑。这硬的风格成为人文性格时又恰恰是软的力量。

不退席的十三都。

"都"作为明、清准乡村行政区域，已经退出历史舞台百年有余，但作为地理文化概念，在淳安大地上却始终根深叶茂、生机勃勃。在我的家乡也一样，民间交往从不说哪个公社、哪个乡镇，从来就是说哪个都。家乡十三都的地理区域与中洲镇基本吻合，这又使这域文化始终具有延续性。自打记事起，我的耳边就充斥着"都"的概念。"都"在我们的话语中无处不在，不绝于耳——

"今天去十二都买了一担谷。"

"刚从十四都丈母娘家来。"

"十二都砖匠砌的灶就是省柴。"

"明天我去十四都姐夫家拿小猪。"

"她女儿嫁得真远，十六都，差不多百里路。"

……

当大人说出各种都的时候，幼小的我会问出这样的话："为什么叫十四都、十二都呢？"

大人答："十四都、十二都就是十四都、十二都，哪有那么多为什么。"

我又问："什么是十三都呢？"

大人又答："有十四都和十二都，当然有十三都喽。小孩多嘴，大人说话小人听。"

于是我还问："十四都在哪？"

大人答："山那边。"

"十二都呢？"

"溪那边。"

老家与十二都和十四都交界，到十四都要翻过一座山，到十二都要渡过一条溪。去外婆家要过这条溪，因为外婆家在十二都。在外婆家做客，有时会碰到来自其他地方的客人，于是父母会与他们寒暄起来：你哪里的？十五都，你呢？我十三都人。

是的，我是十三都人。

我小时候从来没有骄傲地说过这句话。外婆向别人介绍我时常常是这样说的：十三都的外孙。外婆一点也不关照我的情绪，因为我最不愿意的是她特地强调一下"十三都"。外婆的邻居常用一种夸张的表情学我说话的腔调，还发出嬉笑声。我内心顿生疼痛，但又无力反击，只有在内心自卑：为什么我是十三都人？这种自卑一直延续到长大成人。十三都方言的腔调有点硬，换句话说：聊天像吵架。这种腔调不够柔软、不够婉约，所以常遭其他都人的讥笑。后来为了从话语中淡化自己十三都人身份而操着夹杂南腔北调的不再纯正的十三都话时，我却渐渐明白了一些别的道理。遭人讥笑固然有方言不够悦耳的因素，但最主要原因还是十三都与十二都比起来处在弱势的地位，无论从经济、政治还是文化上都是如此。试想，如果把县城搬到十三都来，他们还会讥笑我们的方言吗？但现在我又明白了更多的道理：硬硬的方言中包含着特有的人文性格，即：铮铮铁骨，有情有义。

从家乡一带流行的一句俚语中也能看出十三都人的这种情怀。"十三都的拳，十二都的田。"意思是水田十二都最好，猜拳十三都最好。一方盛行猜拳行令、恋杯好酒的地方，自然会发酵出豪爽与义气，更沉淀出好客之风。十三都人，平时省吃俭用，一口一口从嘴巴中攒下来的一点肉、鱼、蛋，会毫不吝啬地用来招待客人。十三都坦诚、质朴，奉行着来者都是客的乡风。家母也是好客的代表，任何人如果到了我家，只要说出我的名字，她就会好好招待，尽其所能。有一次一位收废品的人到我家，与我妈说他是我亲戚。母亲居然用家乡最敬客的荷包蛋来招待他。事实上，拐好几个弯后那人才与我妻子搭得上一点点的所谓亲戚关系，且平时为人吝啬。事后听了母亲的讲述，我哭笑不得。

一方好客的地方，必会孕育出独一无二的饮食文化。我总觉得十三都人特别擅长创造吃法，精通烹饪。不仅可以将鸡羊鱼肉等上好的食材烹出精美的菜肴，就是一些稀松平常的东西也能做出不一般的菜肴。比如，不成熟的玉米。家乡人会把它们脱粒下来，然后通过石磨磨成浆，烙出薄薄大大的粿。烘烤起来，夹豆腐粒、虾米等菜，味道超群。如果吃不完还可以切成条，晒干后当面吃，或煮或炒，皆具独特风味。我已经十几年没吃到过这样的玉米粿了。

十三都还有一个标志性食品：麻糍。今年中秋节，我特意买了十斤糯米带回家，叫母亲托人打麻糍。打麻糍是十分耗力的活，非汉子不可为。糯米在石臼中被越打越黏，举起越来越艰难，但麻糍的香味委实诱人。下麻糍的最佳东西是芝麻，芝麻炒干碾成粉状然后与白糖搅拌在一起，烘软的麻糍掰一块蘸一下，香得无以言表。为何我要提到麻糍，因为它是十三都女婿每年中秋节上丈母娘家时的必备礼物。十三都女婿最孝顺，只要女方父母在就得送中秋礼。有女嫁给十三都郎，其实也是一种福气。虽然说话硬一点，性格刚一点，但情义深、待人诚，是那方水土的"特制品"。

如果你现在用遂安方言问我哪里人，我一定不会像小时候那么支支吾吾。我会平和又坚定地告诉你：十三都人。可是我能这样回答的机会越来越少了，少得约等于零。"十三都"，从时间上来说在远去，但在记忆中却日益闪亮，因为它现在是一个地地道道的文化符号，与行政区域无关。

中洲镇—武强乡—十三都，这是我家乡完整的人文基因谱系与文化地理坐标。

一脚踩三县：边沿·边界·边缘

站在县城的角度看，中洲有些遥远，翻开地图确实也是如此。比起物理距离，心理距离更为可怕，为何会存在心理距离，为何会对中洲陌生呢？一两句话很难说清。

中洲处在浙皖两省四县交界处，分别是安徽的休宁、歙县和浙江的淳安、开化。估计在淳安各乡镇中，是边界线最长的一个。

家乡曾经有一个很是特别的村，叫下。现在与著名的红色茶山并为一个行政村，村名也改成：厦山。原来的下，是一个非常有意思的村庄，由三个自然村组成，分别称之为徐家、项家和汪家。新中国成立前，汪家属歙县，项家属休宁，只有徐家属遂安。站在三个自然村所属地界的交界点上，迈开双脚可以踩到三个县的土地，被称为一脚踩三县的罕见之地。有了如此优越的地理位置，这三个小村自然成为了浙皖交往的桥头堡。后来虽然并成了一个村都归为遂安了，但其前沿地位始终没有动摇。它一直扮演着浙皖边界物资交流的枢纽角色。在武强溪的流域中，下是最后一个地处山脚的村。过了下就要爬山了，从遂安运往安徽的物资要在这里重新装担，从重担分卸成轻担才能翻山越岭。

下把着两个"大门"，一条翻越白际岭到休宁，一条通过结竹营翻越连岭到歙县的石门。通往安徽除这两条道外，还有一条就是过樟村翻璜尖岭到休宁。老家十三都与皖南重镇屯溪交往最密切，过去老家的物资都是通过这三条古道，到被称之为"小上海"的屯溪去交易，然后带回各种商品。也有不少老家人因各种原因留在那边，我有个姑母就嫁在屯溪老街一带，所以我小时候最向往的城市就是屯溪。

我打记事起就知道白际、璜尖、结竹营这类有个性的地名。听老辈人讲，去屯溪走的最多的是白际岭，老家的一些土特产就是翻越白际岭运到屯溪的。最让人称奇的是赶着猪崽过白际岭，一直赶到屯溪的市场上。那时的浙皖古道上，行人来来往往，熙熙攘攘。即便到了二十世纪七十年代，老家人也是通过白际岭到安徽的。我一直记得很清楚的一件事就是父辈卖烟。小时候家家户户的菜园地里都种烟草。采烟叶不是一个好活，孩提时期的我会跟着父母去地里采烟叶，鲜叶黏黏的，采完双手黢黑，很难洗净。采来的烟叶通过稻绳串结，挂在土墙上晒干。晒干后金黄色的烟叶就开始散发出奇异的香味。然后，加工成烟丝，包成方方正正的一斤一包，人们称之为旱烟。这个时候已经是冬天了，每家的大人们就盼着这些烟挑到屯溪去卖个好价钱。这是当年老家挣钱的唯一渠道。但这点渠道不是那么阳光，大人们得偷偷摸摸，避开公社。一般来说，都是后半夜出发，徒步一百八十里到屯溪，那边还得有内应。即便偷偷地去，偷偷地卖给屯溪街上的居民，偶尔也会有被没收的事发生。男人一出门，女人就开始牵挂，其实孩子也牵挂，我们牵挂的是父亲可以有钱买吃的东西回来了。在好多年里，老家就是靠这点收入挨过一个又一个年关。所以说，这些古道也承载起了我们童年的快乐。

除了三条通往安徽的古道，还有两条通往开化的古道也颇有名气。一条是从枫林坞村翻越青岭到开化霞山，这条路樟村一带人走得多。另一条就是我老家叶村到开化界首村，这个岭叫乘风岭，不高。这一条路走的人就更多了。关于这条路，在叶村有这么一则传说：

从前有一个外地客商，从下山头出发，计划沿着"下山头—李家坞—吴村—叶村—溪滩—界首"这样的线路到开化去。他在下山头问到开化界首多少路，得到的答案是：不远的。到了李家坞问：到界首多少路？得到回答：五里。他翻了一个桃花岭到了吴村又问：到界首多少路？吴村人答：五里。

客商心想五里不远，就按计划到界首过夜吧。

走到叶村问：到界首多少路？

叶村人答：五里。

这个答案开始让他的计划动摇了，但转念想应该不会远了吧，于是又继续赶路。

到了溪滩问：到界首还有多少路？

溪滩人答：五里。

听到这个回答，那客商心里开始发毛了。都已走了四五个村了，离界首还是五里。他觉得这个五里太诡异，心里一害怕就不敢再走了，便借住在了溪滩。事实上溪滩到界首真的很近了，已经没有五里。

这个被老家人当笑话流传的故事，本意是讥讽我们那一带人对路的远近是一笔糊涂账，只求大概，不求精准，喜欢用五里、十里这样的说法。

然而我解读这个故事常常得出与别人不一样的答案，至少有如下几点：

1. "下山头—李家坞—吴村—叶村—溪滩—界首"这条路线很繁华，是遂开交流的一条重要古道；

2. 家乡离开化其实很近，交往很频繁；

3. 老家叶村虽然在边界上，但不处于边沿，更不边缘；

……

封建时期叶村，在武强溪流域还有很大的社会影响力，十几个村的璜余氏宗祠也从始发村大屋基迁建于叶村。从一个曾如此辉煌的村庄为何迅速从中心退席了，为何农业文明时期可以如此发达，现在却裹着，我一直在寻找原因。农业文明时代，村庄得有一个安全的地理环境，叶村具备，被环在一个小盆地中，具有上好的地理条件。另外，与外界又相距不远，同时还有一条熙来攘往的古道穿境而过。那个时候交通不发达，人们多是徒步，这样的道路已足够承担起与域外交流的任务。然而到了公路时代后，没有被公路覆盖的地方立即成了边缘。不止叶村如此，整个老家中洲都因地处流域源头，境内多山，不可能成为现代公路的枢纽，而退出了中心的位置。

家乡通往域外的五条古道不再辉煌，多少年前就开始"人声冷落车马稀"了。而正是因为鲜有人打扰，家乡歪打正着地保留下了一些东西。中洲几年前办起了"浙皖古道文化节"，意欲捡拾被现代社会遗落和埋没的东西。古道承载着传统文明，而这些古道在八十年前又无不奏响过红军的铿锵脚步声。这两种值得被珍视的记忆在家乡大地上交相辉映，将成就另一种中洲。

临岐临溪

以临岐为中心的淳北地区，或者说富强溪、圭溪流域，是一个比较独特的地域。这里的山相对峻峭，山上不太有坡地，但这里的水较为平缓，落差不大，然河谷狭窄，河流曲曲扭扭，蜿蜒而去。两条溪，在临岐的石门汇合成进贤溪后继续东去。而今是千岛湖重要的入水口之一的进贤溪随季节时隐时现，水位浅时，有溪的样子，水位高时，湖水涨至石门，整体呈 S 形或 C 形的弯，别有一番风味。

临岐与临溪，在淳安的方言中非常相似，分不出彼此。我小时候从来就是把临岐当临溪，直到有一天看到"临岐"两个字，才知道"临岐"非"临溪"也。然而，临岐是什么意思呢？叫临岐，一定有特别的来历与缘由。

遥远的小山村

唐德宗贞元 5 年，春末夏初，一个叫遥源的偏僻的地方，迎来了一个重要人物鲁昌。今天，这个地处淳安、临安交界的地方，只有一户鲁姓人家，它就是临岐三千多鲁氏人口的发源地。

鲁昌是南昌人，那一年刚刚被任命为天台县令，他在赶往天台赴任的途中传来京城发生派系争斗的消息。他绕道来到了这个小小的遥源，而没有去天台。不是他不想去不愿去，而是不能去，去不了了。朝廷派系争斗，奸相卢杞正处在权力的顶峰，鲁昌是保皇派，他支持的派别靠边了，式微了，他站错了队。得知这个消息后他只能躲避，紧接着朝廷还得缉拿他。有人建议他逃到这个叫遥源的偏隅，他听从了这个建议。这一避难，却不想落地生根，千百年来，鲁氏在淳北这块土地上繁衍生息。

鲁昌死后，过了二百余年，到了宋代。鲁昌的第八代孙，鲁资深为临岐的诞生尽了力。传说此鲁资深与《水浒传》中的鲁智深，是同一个人。鲁氏是周公旦的后裔，而陕西岐山正是周公旦的故地。由于遥源村后面有一排低矮的山，与陕西的岐山有着相似之处，所以鲁资深便把这山命名为岐山，而自己定居的村庄就叫临岐。

其实现在的临岐镇并不在临岐村，是建在一个叫鱼市的小村，与临岐村有一水之隔。进入临岐镇，最引人关注的是一个巨大的山核桃塑像。人们从这个塑像中，便能猜出这个镇的特色，山核桃是其重要标志。临岐村是淳北地区的重要加工流通中心，每年过了白露，山核桃就开打了，轰隆隆的机器加工声便响了起来，山核桃特有的芳香也会在这时弥漫开来。山核桃与临岐这个地名，一同进入我们的记忆。虽然临岐不是山核桃最大的产区，其边上的瑶山乡产量远多于它，但临岐集镇的辐射作用，使加工企业汇聚于此。临岐山核桃今年作为重要的有机食品，被淳安创建国家重点有机产品基地时列为重要的牌子。

山核桃为何钟情于这片土地呢？山核桃喜欢生长在石灰岩的土地，而淳安是千峰之郡，到处是山绵延不绝，山与山之间分割成各种空间，大凡狭窄，村庄就坐落在这些山脚下。在这些村庄中而今还有十一个大大小小的村落住着鲁昌的后裔，据 2013 年临岐鲁氏修谱统计，总人口三千多人。

对一个在此繁衍了一千两百多年的姓氏来说，人口确实发展得比较慢，这是因为在太平天国时期，临岐的鲁姓几乎遭到了灭顶之灾。那时鲁姓人口就已经达到了六七千人，但太天军曾待在此处达三年有余，屠杀了大量人口，甚至有整村被杀光的，鲁氏人口因此迅速减少。经过之后的一百多年的繁衍，才到了今天的规模。

过去有"童鲁临岐"之说，除了鲁这里还有一个值得一说的姓氏：童。比起鲁氏，童氏历史更悠久，东晋时期就迁居于此，至今有一千八百多年历史。这里有个古老的村庄：仰韩。仰韩，其实就是仰望韩城之意。迁到了千里之外，还惦记着故国家园。韩城是现在河南的一个镇，曾经是古韩国国都。这个村是淳安童氏的始祖地，今天在临岐仍有好多姓童的村庄。

事实上而今的临岐姓氏多多，不过是这两姓在这块土地上待得悠远，留下的遗迹更多。

三座公山任其说

在淳安，名字中带有"公山"二字的何其多，光临岐就有三座，分别为公山、外公山、里公山。这些公山有一个共同点，就是原始时期，都曾经坍塌过，其巨大的山体滑坡坍塌后，形成的地形非常明显。其中外公山有一个小山村，一直有地质隐患，前些年举村搬迁了。

三座公山与三次战争有关。唐末时期，董昌叛唐，长期跟随董昌的钱镠受诏讨伐董昌。董昌战到临岐境内，鲁昌的孙子鲁倬组织乡民抵抗，与钱镠的部队形成了前后夹击之势。由鲁倬率领的乡民与董昌的部队进行了三次战争，分别在三座山下。在里公山，鲁倬等人企图阻击从分水翻山过来的董昌部队，奈何对方是正规军，有着良好的训练，鲁倬根本阻击不了。这一仗输了，他们立马撤退到外公山，实行了埋伏。虽然战术高明多了，但还是未能打赢。最后到了公山，他们采用疑兵之计，最终这一仗打赢了。这三座山后来就叫公山、外公山、里公山，是沿用了古代八公山之战巧用疑兵的典故。

三次公山之战结束后，他们迎来了钱镠的部队。从分水到临岐的这条岭，后来就叫钱王岭。鲁倬在这次组织乡民与董昌作战中，显露了军事才能，发现了自己在这方面的潜力，后跟随钱镠从军，一直当到兵部尚书，也是鲁昌后人中较为有名的一位。

蛟坑与里塘茂是里公山下的两个村子，这两个村与临岐大多数村庄所坐落的地方有所不同。临岐的村庄大多是在山脚下，因为山上并没有坡地，不太适合生存。而蛟坑与里塘茂却坐落在高台上，从山脚到村里都是可以耕种的坡地，整个地形是里公山塌方形成的。两个村也很有意思，背靠背，一个在东一个在西，相差二三里路。更为有意思的是，整个高台是由细细的沙子组成的，较为纯粹，泥土含量不高。这样的沙子，可以直接作为建筑材料。陪我前去的老鲁说，以前好多人来此挖沙，现在不准了。听他这么一说，我往旁边一看，确实留下了好多大坑。

这样的泥沙土是很适合庄稼成长的，也是农民最喜欢的，无论是挖，是刨，是松都较为轻松。也许正因为有这样的沙土，所以在半山腰高台上才能繁衍两个村的人口。

这两个村恐怕是临岐海拔最高的村了，坐落在高台半山腰，俯视着源源流水。在里塘茂就可以看到临岐的部分景象看到零星的谷。在临岐行走，其实就是在不断地抬头一望基本是山头与天空，找不到更为广阔的空间。但来到临岐，一定不要落掉这两个村，在高台上看到的景色是不一样的，能看到临岐的根本。

涓涓细水流成坑

临岐村庄名字中，叫"坑"和"口"的居多，金坑、蛟坑、鸟坑、凯坑、毛坑，梅口、水坑口、广坑口、鱼坞口、盆口、里口、佑口……不一而足。这两个学其实有一个共同的指向，那就是山与流域。"坑"与"口"，很好地概括了这里的地形特色，人们不是生活在坑中，就是生活在口上。这样的居住环境很有特点，那就是与水很亲近，人们与水或者说与溪之间的关系甚至不仅仅是亲近，而是水成为了村庄的一部分。

临岐可能是这种小流域最多的地方，也就是小源最多的地方。这些小溪最终流入两条溪，一条是从瑶山来的富强溪，一条是从屏门来的圭溪，两条溪交汇后形成一个很小的瓶颈，这个瓶颈叫石门。从石门这个名称中，可以看出这个地方是峡谷地貌，狭窄像门，两边基本是石头。好似两条溪流到这里后，就被关起来似的。从防洪防汛角度说，这样的地形绝对不是什么好事。每逢汛期，洪水便在石门附近争先恐后地挤，由于不能同时流出，故形成回旋满涨的态势，让上游的农田、村庄受到威胁。而且附近地形较为平缓，这样洪水更不容易消退。但换个角度，从审美角度看，我们看到的就是景观了。过了石门之后，有较长的峡谷，近十里没人家。过去用这么一句话来说明此地：十里长坪九里境。

2016 年 5 月，来自全省的作家诗人到临岐参加"诗意浙江·走进临岐"活动，在春雨霏霏中，他们走进临岐的山水，走进临岐的村舍，之后写成了一百五十多首诗和一批散文。活动的接待地在石门上游，临近富强溪的一家宾馆，名叫临溪山庄。休息时人们在富强溪边的凉亭里说说笑笑，脚下是富强溪水在流淌。我真觉得临岐这个地方叫临溪真不错，过往把临岐错称为临溪其实一点关系也没有，因为临岐几乎所有村庄都面溪而坐，除了地处半山的蛟坑与里塘茂。

临岐，临溪，面向溪水也春暖，也花开。

不一样的枫树岭

在淳安的最南部，有一片三百零八平方公里的广阔地域，这里有淳安最高峰磨心尖，有四任省委书记的基层联系点下姜村，这里还有凤林港水电站，是千岛湖之外淳安最大的水库。从湖边湿地样的汪村、田畈村到独具风味的滨河村源塘、下姜；从崇山峻岭，峡源深深的铜山到地处源头盆地的白马，其地貌的多样性、多彩性，难以用一句话来概括，这也使得枫树岭如同一块裣褶一样斑斓。

白马与红马

1934 年，红军北上抗日先遣队几次从白马进入我县，在我县迂回，到过多地。长征之后，南方的地下党组织也是从赣东北来到白马发展党组织的，一度还成立了衢遂寿中心县委，县委就立在白马的岭盘村。当我看到红军留在当地的标语文字时，内心其实是很不平静的。那一行行文字写在墙上，觉得当年的那些年轻的形象立马栩栩如生起来。他们是我们的英雄、先烈，白马因为有了他们和他们代表的历史，而有诸多迥异之地。当我沉下心来，开始打量这块土地时，我发现白马的地形地貌其实也有非凡之处。

淳安高山众多，海拔千米以上的就有不少，最高峰磨心尖就坐落在枫树岭的白马与铜山之间。最高峰当然值得一说，但值得特书的不仅有这里的高，还有他"高与缓"相结合的地貌。磨心尖下的白马恰恰位于一个盆地，盆地非常平缓，这平缓的边沿分布着一拨村庄。

在白马，除了可以轻易发现"高与缓"之外，还能轻易看出"新与古"，即新房与古树。在这里的每个村行走，你都会不期而遇地碰到几株几百年的古树，如银杏、香榧、枫杨等，这些古树守护着的村庄，经历风吹雨打，留下不一样的沧桑密码。与常山交界的村叫凤凰庙村，跟那边村的房子基本是挨着的，这种边界别有一番味道，但更有味道是的村里的两根古树。两棵八百年历史的香榧伫立在村口的路两边，左右各一棵，如忠诚的卫士。古树的树枝与树梢如同被雷电撕扯过一样，沧桑得像历经千年风霜的老人。横山庙村的枫杨树煞有风景，落尽叶子的枝条曲里拐弯，横竖无序，映衬在蓝天下。

让人意外的是像乳洞山村这样的高山村，也有古老的香榧。这个村坐落在海拔六百五十米的半山腰，整个村庄成簸箕状，朝正西。在村里看日落别有风味，当日头接近西边的山头，夕阳横扫过来，整个白马盆地如同埋在夕阳的阴影里，只有乳洞山仍在阳光照射中，这是白马最后一个送走太阳的村落。黄昏时分，我走进了吴约木家，他正在蒸番薯干，家里舍外弥漫着红薯的香味。家里的薯干还没成形就已定光，我也买了十来斤，还是因为上门取货，近水楼台。这个村一年生产二十万斤的薯干，成了一项重要的收入。2010 年是白马薯干的转折之年，这年他们在加工上有了提升，摆脱了传统的粗糙制造，使白马薯干成了一个响亮的名词。

白马曾经叫过红马，1958 年人民公社的时候，叫大墅公社红马管理区，但到了 1961 年又恢复了白马，叫白马公社。

这里想要着重说明的红马是一个人，在下姜，现任下姜村党总支书记杨红马。认识他大概在 2002 年前后，那时去下姜村采访，他还是村委副主任，村支书是姜银祥。杨红马年轻，看上去非常青涩，他养着好多蚕，是村里种桑养蚕的带头人。当时给我留下很深印象，因为他的名字很有趣，第一次看到这个名字就觉得很有趣，一瞬间就把他与白马联系起来。后来得知他当书记了，立马觉得：杨红马，这名字好像天生是当书记的料。2015 年，枫树岭采风活动，来自省内的作家诗人有三四十人，其中很重要的一站就是在下姜。在会议室里，杨红马要向作家们介绍下姜的情况。我当时很好奇，曾经青涩的红马书记要如何开场。他开口后，既没有拿腔作调，也没有支吾怯场，他表现得很好，让我刮目相看。

下姜与上江

上江与下姜都是以姓氏取名的，虽然它们之间没有什么关系。但我总觉得下姜与上江似乎是一对，叫起来特别的亲切。这两个村在过去都有一个顺口溜用来嘲讽自我。听来很有意思，从中可以感受到这两村在从前岁月的潦倒。

下姜的顺口溜是这样的：烧木炭，住茅房，半年粮，有女莫嫁下姜郎。其实在从前又有几个村不是过着这样的生活呢？2000 年之前，我们曾经过下姜村，乘车从汾口来千岛湖沿淳杨线必经下姜，那时的下姜不太让人关注，没什么特别值得让人关注的东西。后来慢慢声名鹊起，与几任省委书记的基层联系点有关。下姜村甚至成为了一个榜样，成为教育培训基地。

从凤林港一路走来，到下姜后拐了几个弯，河道成了 S 形，看起来很有律动。我们登到对面的山上，俯瞰下姜，那个在村里的弯，使下姜村三面环水。现在河南岸的房子渐渐多了起来美丽的新房以传统黑白调为主色彩，廊桥连着两岸。江南山村的古典韵味，让人眼前一亮。溪流、岸坝、老村的缓坡、村后的毛竹、对面的绿林，所有的一切使得这个山村呈现诗画的样态。据说，为了让凤林港的水位恢复到从前的水平，枫树岭水电站正在改造，使其发电的水流入凤林港。这样的改变会让下姜村的那段溪流更为丰沛，临溪而居更有韵味。

凤林港流过下姜在村尾流入了一个"密境"，溪流似乎在这里消失了。它流进了五狼坞峡谷，这个峡谷是枫树岭与大墅的交界之地，峡谷两岸山势陡峭，山势巍峨。峡谷内植被丰富，满眼苍翠。溪中，各种型号的鹅卵石星罗棋布。五狼坞平安为原始的生态环境丰富了下姜的地貌类型，下姜因为有了它，而在地理上十分突出，可以有所述说。

与下姜相比，上江的顺口溜完全演变成民谣了，也更为损人：

你哪里的？

我上江。

你做什么？

我买糠。

你喝茶吗？

我早上吃粥汤。

你坐一下吧。

我屁股上生羊胡疮。

这个有情景、有细节的民谣可以说把上江损得体无完肤了。为什么编排出这样生动的段子，我猜想古上江从前生活比较艰难有关。

其实上江是一个很好的地方，地理环境非常优越。上江地势是经典的簸箕形。村后的那座山是一个半圆弧形，把整个村庄环进怀抱，三面都被其抱牢，这种规整的圆形山是很少见的，非常漂亮。以前乘车路过，看不到村庄，只见几株古树，要走上两里路才能到村。后来我在这个村住过一晚，才走近了这座山。这种一层又一层的山势，造就了特别的地理环境，几百亩梯田坐落在云雾处。

上江村是一个很古老的村，至今已经有一千六百多年的历史了，江氏人口与村庄同龄。这么长时间延续不断的村庄，在淳安也是不多见的。

山涧清泉欢腾跳跃，青山碧岭绵延舒展，清清溪流粼波荡漾，幢幢新楼描绘风情，民风似金的秀美山村，构成了一幅上江图。

铜山与铜山口

铜山，这个地名的来历一目了然，是一个矿石丰富的地方。铜山最早在唐朝就开始开矿了，那时可能主要是挖掘铜矿。在淳安锡铁矿废弃的矿区，仍留有庞大的生产设施与生活设施，足以彰显曾经的兴旺。在矿区一个岩壁上，留有唐朝天宝年间的刻字，依稀可见。这个地方自古以来就是矿区，从铜到铁到锡，一直未间断，直到前几年，因矿石枯竭而废弃，留下空旷、败落与怅然。当年的矿工是在如何条件下劳作的我们不得而知，但仅就将铜山的矿石运出去来说就不是件简单的事。

地处凤林港上游的铜山，按正常逻辑是沿溪顺流而下，往流域的出口而去，但铜山不是这样，它像一个被封死的胡同，基本独成一体。铜山里面的几个村，都是嵌在大山的褶皱里，里面山高林密，溪流曲里拐弯，不断地迂回。在这样的大山深处，有那么一瞬间觉得自己置身异域。尤其是开化有个叫茂新的村插在其间，将枫香埠、大源、西坑三个村隔在更远的"深处、源头、天边"，使得这种异域的感觉更为突出。

冬日的大源，一派闲散的样子。人们晒着太阳，聊着天，也有老人在劈柴火，好多人门前堆着整齐的柴桦子，煞是好看。那种乡村与农家的特别味道，伸手可掬，临近年关的感觉十分明显。站在村内，往左前方望去，连着磨心尖的巨大山体在太阳的照耀下闪闪发亮。我们仿着村民的样子，看这里的一切，看四周的山。

铜山口村是原夏峰乡政府所在地，处在丰家源流域。铜山与铜山口不处在一个流域，它们之间隔着一座山，通过一条道将它们联在一起。这条道叫盆家岭（也叫盆公岭），从铜山口翻越盆家岭的古道很有气质，这在过去已经相当于而今的国道了。石头砌得很有规律，大多地方因现在走的人少了，都被青苔包裹。路边废弃的亭子，整个被一种藤裹得密不透风，墙就像自然生长在那里一样，满身绿色。岭顶的几株红豆杉高大、古老，传递着远古的信息。树下的房子，破败不堪，只剩一堵墙在风雨中坚守。岭不算高，十几里的长度，按当地的说法叫上七下八，也就是说从铜山口爬上去七里，从另一边下去八里。但事实上最多十里，当地人走也就一小时，快点五十分钟。这个说法很重要的一点，就是以铜山口为基点。这个古道成了过去铜山人唯一的出口，这道也成了千年古道，所以把地处丰家源流域的这个村叫铜山口其实也不是没有道理的。

为什么铜山不顺流而下走出通道，而是拐弯越岭把夏峰当其出口呢？铜山的余村往下近十里是没有村庄的，是峡谷地貌，两边悬崖伫立，中间仅容一条溪穿过，过去连一条羊肠小道都没有，这样的地形也就注定了铜山人失去了与外面凤林港沿线村庄之间的交流，他们与夏峰的交流也就成了常态。虽然隔着山，但铜山与夏峰说着同样的话，走着同一个岭，血脉关系更紧密。直到二十世纪六七十年代后，由于开矿的需要，沿溪开了公路，铜山也通了公路，这种交往才渐渐多起来。

方言相同，是因为从前两地同属一个都，遂安九都。方言把这一地域的一群人给框在一起了，这群人同音同腔，散发着其特有的情感。过去九都沿丰家源流域也只管到现已移民江西的程家村，所以有句话是这么说的：捡了铜山、鲁家田，丢了沿店、薛家源。也从另一个侧面道出了铜山与夏峰之间的关系是何等的难以分离。

盆家岭即便说不上车水马龙，也可以说成是往来熙攘。古代的矿石是通过这条岭往外运输，到了二十世纪七十年代好多挑矿石的队伍也是在这条古道上来往，矿石挑到铜山口又挑到薛家源码头，然后运往姜家的淳安钢铁厂。这些队伍是由青春横溢的人组成的，他们也会碰撞出爱情的火花，与沿线的村庄发生故事。

过去集体化时代，我们淳安山区都有供应粮提供。当时枫树岭、夏峰、铜山、白马四个乡，也就是今天枫树岭范围，他们的粮站很有意思地办在沿店村，而并不是办在枫树岭或者别的哪个乡政府所在地。虽然是考虑到了铜山一带的村民沿盆家岭到铜山口到沿店这条线路的方便，以及考虑到了薛家源码头起货运输的方便。

景在金峰

在我很小的时候，大约在二十世纪七十年代，我家屋后有个大妈，长期生病，到处求医，一直未愈，有人介绍她到金峰去喝仙水。大妈去了，坐车乘船还走路，那时的交通状况我不知其途中遇到多少难与苦。回到村里时大妈把路途的艰辛给过滤掉了，她满怀希望地对我们描述喝仙水之路，我们也觉得她的愉悦心情对她的病一定有好处。于是，大伙都祝福她，并被她的情绪所感染。村里人对金峰的认知也就从这里开始。

小溪把村庄逼上了山

金峰，这一百五十平方公里的土地，有一个有趣的地形。以环湖公路为横轴，一条条源都把出口安放在这公路边，且每个小源的出口都不太起眼，不太发现得了。现在有路了，目标便明显起来，换作以前都是小路，你还真不知哪个源住有村庄，哪个源没有村庄。

过去这源口，也就是滨湖地带，基本是无人居住之地。金峰人住在这小小的源里，住在这源里的山上，从滨湖地带是看不到的。当然过去这滨湖地带是不存在的，没有公路时，是山与水直接相连的原始地貌。环湖公路一开通，就成了一条线，把金峰的小碎片串在了一起。这沿湖也就逐渐有了安居房，有了一些滨湖项目，有了下山的农民的自建屋，这条线也就热闹起来了。

在这滨湖沿线，过去比较有名的是金峰农中，因为这是个全县性的职业高中。从公路上是看不到的，它坐落在一个类似小源的山岙里。这个学校早先是工农兵学校，改革开放以后，学校改成农技校，办学方向也变了。再后来，学校并到县城职高，学校虽然不存在了，但作为学校的建筑仍然在。我到了2011年才有机会走进这所学校，看看曾经有名的农技校的貌样。那时的学校已经是金峰中心学校，有初中、有小学，到了2014年仅保留小学，学生教室也在不断缩减。据说，现在只有十几个学生，作为学校存在的理由越来越不充分。如果没了学校，这个曾经作为学校的地方是否会消失得彻彻底底呢？

如今的学校的口子上是景山村的一个定居点，不远处是县级的农民异地安居点，气势更为壮观。其实沿湖滨村落星星点点，基本都是这个样子。

我们把目光从这个滨湖地带移开，打量一下金峰的地貌。与一般乡镇比，金峰缺少大流域，没有大溪。它是一个被大溪遗忘的地方，也就没了大流域那种一贯到底的气派。从上源、下源、牛坑源到朱峰源，还有山后与百照两个高山水系，并排躺着六条直接入湖的水。在牛坑源与朱峰源之间，是垄起的高山，海拔一下抬高了几百米，就像一个高台。在这个高台上的四个村，因地势高，视野一下拉远，千岛湖尽收眼底。

在金峰必须上高山村，才能看到另一类气象。就像一个溺水者，脚尖好不容易踮到了一块石头或别的物体，能让自己的头露出水面一样。小小的源藏不了这么多村庄，藏不了这么多人口。关键是在溪谷地带空不出什么空间来耕地。他们只有上山，半山处还有一些旱地。在朱峰源里山上的村庄，有茶园山、泽峰庄、蒋岭上、朴树坞、孙家山、席草坞等。一个源只容得下一条小溪，容不了除溪之外的东西，所以地处溪谷的村庄，也是硬生生的拥挤，并且随山势而建，村庄难以在一块平地上。在山谷村庄，会让人产生一种额头碰到对面山脚的感觉，十分局促。远远望去房屋像巨石，塞满了山谷。

金峰最有符号感的村庄，都在山上，那种与绵延山势浑然一体的村庄，低调、朴素，不与高山争雄，只为高山添彩；不与高山争丽，只为高山添景。将其中的一方抽走，都构不成金峰的样态。

锦沙溪流了千百年

现在的朱峰源长充其量不过十公里左右，这条源里的锦沙溪，也是非常袖珍。这条不起眼的溪倒有着超出我们想象的人文历史，曾出现在古人的诗句与文章里。唐代大诗人崔颢，曾给锦沙留过诗作《发锦沙村》：

北上途未半，南行岁已阑。

孤舟下建德，江水入新安。

海近山常雨，溪深地早寒。

行行泊不可，须及子陵滩。

崔颢站在锦沙溪边估计是深秋季节，秋雨绵绵，在那有些许寒意的锦沙溪里，仍能看到五彩的石砾吗？差不多千年后，这锦沙溪又进入了冯梦龙《三言二拍》中的《徐老仆义愤成家》里，成为这小说故事的发生地。这小小的锦沙溪何以如此有幸，屡屡被大家提起呢？我想，或许因为自古以来这条溪离贺城比较近吧。据我的同事朱路明介绍，锦沙溪里，水的清澈自不必言，但最为出名的是溪里五颜六色的石砾，闪闪发亮，折射出奇异的光芒。

我没有刻意去探亲过这多彩的石头是如何的别样，但我在席草坞村看到了另一种景象。这个小山村有两个姓：方与邵。两个祠堂都在，但已开始走向破败，尤其是邵氏宗祠，三分之一的墙已倒塌。但我对这个祠堂更感兴趣，不仅是因为结构不错，还因为它那种砌墙的石头，其中一种颜色是紫红色，与其他颜色的石块间杂，色彩分外好看，多彩又古朴，这风格别处难觅，如果全村都用这样石头砌墙，岂不成一道难得的风景？在这里能采到这么好看颜色的石头，且五彩缤纷，是不是从中印证了锦沙溪中有五颜六色的石砾的说法？

整个朱峰源里最值得一说的就是朱家村了，这个村头的城墙，据说在江南也少见。整个村庄沿着小小的锦沙溪随坡就势，依山势而建，一级高过一级，是梯进式的。从百罗村看朱家，很有味道，这些房子把山谷截住了，给山体涂上了不一样的色彩。这个朱氏村落是很有来头的，在元末明初，朱熹的第四代孙朱澹辗转到了朱峰源里落定，繁衍生息，目前已发展到朱熹的第三十余代了。朱家村文化厚重，还保留着好多文化传统，最为出名的是猪头祭祖活动。每年的正月初六，各家各户都将年猪头拿到祠堂里去祭拜祖宗，到二十世纪八十年代后，这项活动又被赋予了比赛的性质，看谁家猪头更大。朱氏祠堂放在全县范围来看，虽不是最大、最豪华的，但是最完整的，一些礼仪也是最完备的。在祠堂里一年四季还举办着一些传统活动，以及婚嫁等红白喜事。比如喜丁酒，谁家生孩子了就要在祠堂里摆上几桌酒席，宴请全村人，这个酒就叫"喜丁酒"，意思是添丁了，喻示着朱氏子孙的发达。好多活动都依托祠堂开展起来，这祠堂就成了朱家村的中心，现如今这祠堂周边好些农户开起了店，办起了民宿。

2015 年 11 月 18 日至 20 日，杭州市影视家协会与省作协影视创作委员会来采风，在朱家村住了两个晚上，一方面交流学习，另一方面是沉到农户，了解村里的一些传统文化。《小别离》的作者鲁引弓等一大批影视编剧来到村里，都被这个村浓厚的文化氛围所折服，他们说这两个山村的夜晚，不知什么时候会出现在他们今后的作品里。他们还专门了解了粉皮的制作过程，尝了粉皮的味道。粉皮最有名的其实是不是朱家，而是在朱家上游的安上村。

安上村的粉皮，已经成为一个文化现象。他们一方面把它包装成一个农家小吃项目，供游客观赏与品尝，另一方面又通过宣传将其作为一种面食推向市场。但安上村最吸引人的，当属一片古榧树林。安上有一个自然村，叫东坞头，这是一个很小的村，只有十几户人家，是朱峰源的源头村。村庄被近二十株榧树包围着，树龄都在二三百年以上。非常有意思的是这些树分别属于四个村，东坞头村只有几株。

由于这里还没通公路，没有水泥房，几幢泥屋，一些古树，构成别样的存在。

在这条源里，我们不能忽视的还有蒋岭上村。这个村与明代的一个淳安知县萧元冈有一段美谈，当年这个村把新任的知县萧元冈"抢"来村里，要求解决一件有林地争执的不公案。萧县官秉公断案，给村里伸张了正义。从此，每年的正月初五，村民都把这个事拿来演绎一下，久而久之，成为了一个风俗，也对萧县官充满崇敬。

百照是一个传说

燕崖尖在这一带是一坐"神山"，有着千年古庙，还有一处溶洞。据说庙前过去有两株古桂花树，后来被香客剥树皮剥死了，因为有传说吃了这树皮煎的水能治病。每年都有来自各地的香客要到这里来喝仙水，每个香客到这个庙里必得经过百照村。

百照村是三个自然村共有的一个行政村名，分别为百罗、泽塘里、留屋。在 2006 年行政村区域调整中，这三个村合为一个，取名为百照。为什么叫百照，据说是因为村后有座百照山。从山后村到百照村，在翻过一个山头后，便来到了成片的高地，为人们提供了可耕之所。这些旱地养育了这三个村庄，也成了很好的观景台。在这高台上瞭望，有绵延不绝的山，有远处的千岛湖，美不胜收，以心旷神怡。

第一次去百照是 2011 年 4 月 9 日，当时金峰乡的摄影比赛刚搞过不久，感觉还未消失，还有这个气氛。于是周末，我约上两个朋友，一个搞美术的余飞鹏，一个搞书法的汪同苏，去金峰走走，去看看传说中的百照是何等样子。跟前的地里有稀稀拉拉的水、干果树，刚刚醒来长出嫩芽。桃花处于凋敝状态，最多的是高山油菜花，虽然不是最旺的时候，但仍可以看出它们的风采。我们一路走走停停，用手机拍照，把自己扔进这百照的春光里，饱蘸满园春色，领略这独一无二的风光。

中午饭就安排在百罗村的农家乐，这家主人叫方国香，是村里的老书记。一幢房子里，桌子挤得满满的，足有十几桌。我被安排在厢房里，那里有三桌客人。这些客人中最多的是摄友与驴友，当然像吾等纯粹玩玩的也不在少数。在这间房子的一面墙上，签有各种各样的名字，他们来自祖国各地，有的是著名的摄影师，有的是离开淳安的老领导，有的是驴友。我觉得这个创意很好，有意思。在当时，也许是心血来潮，也许是被这堵墙所吸引激发，觉得应该留点什么。想到我边上有书法家，有美术家，我出了这么一个对子：千峰万峰景在金峰/你照我照今聚百照。汪同苏当场搬来椅子，挥毫起来。在墙壁上竖写挺考验一个书法者的基本功，她很好地完成了任务，字好布局也好。余飞鹏上去，画了个印章，像极了。这幅"作品"就这样完成了，引得了现场的热烈掌声。当时现场有一位老家镇里的领导，他看到了也热烈鼓掌，并把这件事极力传播，到了晚上有位在乡镇当人大主席的友人就打电话给我，述说这件事，我感到很惊讶，怎么就成了一个美谈呢？

饭后我们也去了燕崖尖，也喝了仙水。我对他们两位说，希望沾点仙气，使自己的美术与书法作品具有仙风道骨的韵味。

去百照，沿着蜿蜒曲折的路驱车徐徐向上，盘山公路、层层梯田，各种果树和参天古树时不时地从眼前一晃而过。一边是绿油油的高山蔬菜，一边是千岛湖的山水美景。最有意境的是百照的雾，当雾飘来，把山谷填满，那些曾经的山山岭岭只能隐约看到山头或几株树，使空间变得无限大，使景色暧昧起来"百照蜃楼"的景色已经成为千岛湖新十景之一了。

因为有了百照，金峰乡里的摄影节年年举办。这特有的，山与山，山与人，山与村组成了我们能看到和感知到的东西。2016 年金峰乡获得了全国摄影小镇的称号，这在全国不过是第三家。

在金峰，看到最多的一句话是：视界金峰，百照不厌。

秘境大墅

    2014 年中秋时节，出家在普陀洛加山的妙空法师来到了大墅的坛山。他是应洞坞人陈美清的邀请来看看此地、此山的。陈美清也是妙空的俗家弟子之一，他觉得家乡的山峻峭奇特，法师看了后可能会喜欢。那时，妙空法师正计划去住山，觉得在普陀太喧嚣了，与出家人的本意有着越来越相反的意思，静心研读经典佛经的计划无法实现。就在这节骨眼上，他云游到坛山，一到坛山，他就不走了，认为住山之地就在此，其他地方都可以放弃了。于是，坛山与妙空法师就这样产生了紧密的联系。

    两年多来，妙空法师在坛山建起了房子，有了修心之地，安静读经之处。妙空法师说，坛山给他空旷之感，出家人去住山，就是为了重寻安静。他一到坛山心立即就安静下来，这正是他想要的。

如洞一样的峡谷

    大墅的山水最有品质之地，大概就是妙空法师所在的坛山一带。

这确实是值得一看的地理样态，凤林港穿过五狼坞峡谷，在一个叫洞口的地方与洞溪相遇，然后往下游而去。两溪交汇处的形态多是呈"人"字形的，但洞溪与凤林港交汇时却基本是成一直线。把这个两河交接之处称为洞口，真是天才的命名。这个三角形地带，周边都是高山，溪对岸是公山尖，洞溪的左边是大山，洞溪的右边也是大山，这三边的山倒过来完全是一个鼎的三足。交汇成三溪的样子，就是从"洞"中来，又往"洞口"去。其中最像洞的是洞溪的出口。

进入洞口，立马气象万千。洞溪两岸高山耸立，蓝天虽然在头顶，但基本没办法从水平视线看到天。北边是近乎垂直的石壁，万仞垂立，石壁上斑斑驳驳。

传说古时候，有一得道小神路过此地，看到山高水清，环境清幽，尤其适合清修，便留此地修炼。受益于山水之灵气，日月之精华，小神原本需千年方可修炼成仙，结果在此地五百年便成仙飞天。飞天之际，神仙执山中枯芒，在石壁上游龙走凤，削石去泥，画下自己的成仙路径，留给后人仙人挂画这一传说，也留得眼前直落银河的悬崖峭壁。画难觅，景依旧，峻峭险数千年。

上面这段文字，是对仙人挂画这一景点的介绍，就立在路边。眼前的石壁确实让人惊叹，这石壁的顶上就是坛山，是妙空法师住山之地。

据说，到了梅雨季节，连日大雨，这仙人挂画的石壁上，便会有形形色色的水从不同的方位流下来。有的一泻如注，有的丝丝缕缕，有的屏开如帘，有的贴壁如雪，千姿百态，十分壮观。程军镇长跟我说，第一次看到这情形时他也被震撼到了。他说全县各地也去了不少地方，看到不少包括峡谷在内的地形，但大墅这个峡谷的样子还是首次见识。刚来大墅时正值梅雨季节，这峡谷中，不止有这仙人挂画的石壁上，两岸的青山上都是这样的景象，随意抬头一看，冷不丁远处的青山里便会有一处瀑布，或有一条水流在植被中若隐若现。加上水汽氤氲，整个河谷地带便显得仙气飘飘，给人遗立世外的感受。

洞坞村就隐匿在这方圆几平方公里的山山岙岙里，找到它们都是件困难的事。这是个非常有特色的村，这个村由七八个村组成，甚至更多，有些可能还不能称为村，也就是一两户人家。在河谷路边的几户人家，是洞坞自然村，可以轻易看得到，其他的村庄就都不知隐藏何地了。花石源村是其中之一，这个小小的村虽然山与洞坞相连，但严格意义上来说它不属于洞溪流域了。整个花石源是大峡谷中的小峡谷，但这个小峡谷更为深邃，更为狭窄，更为迷离，更为幽远，更为隐蔽。走过一条悬崖铸就的石隙之后，并没出现豁然开朗的感觉，两边的山合笼之势，让人有种逃离感。直到进入村庄，也并没有出现经验中的开阔，只是有一片稍大一点的天空，以及稍微缓和一点坡度的山，一点点旱地。在这个村里，我们就看到两个人：一对六十多岁的夫妻。他们正出门采茶，他们告诉说，这个村目前还有五六户人家，最多时候有三四十户。环顾小村，一种彻骨的寂静会揪住你，你很难找到这个村与外界的联系点，会觉得它是悠然在尘世之外。花石源，听上去很有故事的一个村名，希望它在村庄没有消失之前，迎来新的转机，当然，没有转机，仅仅这么自然、隐蔽不也很好吗。

从山谷盘山而上直到坛山，过去有三四个小村，都属洞坞村，目前基本上都已下山搬走，有拆掉复耕不留居住痕迹的，有拆掉一部分的，也有完全保留的村。保留得最完好的是破茶坞，原有的泥墙民居基本还在。一个叫余卫星的金峰人收购了这个小山村，进行修缮改造，修缮基本遵守两个原则：破旧修补，传统农耕装饰。当然也适当添点卫生设备。我总是以俗人之忧问他：你花那么多钱收购村庄，进行改造，你的盈利点在哪呢？他给我们添了茶然后笑了笑，说：我本就没打算引好多人来，而是给小部分向往、愿意过这种生活的人提供一个去处。看着那些从民间收购来的传统建筑构件，农耕时期的家什，还有一些可以称"古董"的东西，我觉得这里像个博物馆。余卫星给这里取了个十分别致的名字：隐香西院。他曾经是北京 301 医院的军医，现在孩子老婆在青岛，在这个叫破茶坞的村庄，后半生有他忙的了。

在破茶坞与坛山之间还有一个村叫岙头，目前还有四幢房子，其余大部分都拆除了。程镇长说，目前上海有一人正与镇里联系，准备搞个高档民宿，追求少而精，体现"隐"的内涵。

洞溪源与上坊源串通一起，大墅人给取了个大气的名字：千岛湖大峡谷。全长三十五公里，从地图上看，是并行的两个流域，从南到北流入凤林港。它们在尾巴处相向拐了下，所以实际走起来有种背道而驰、反向而行的感觉。这两个流域有两个特点，一个是源头比入口缓，你在外面感到特别的紧与秘，但到了源头空间却很开阔。上坊源也是如此，岭干、老岭这些村都在很紧密的峡谷中，但到了上坊、寺林就缓得多。两源交界的马岭也不高，而且有大片大片的山地。

在田门宅村的长命源，还有一个小小村落叫长命源村。两山夹一沟，山是高大巍峨的山，沟是深幽的沟，沟的尽头又是一排更高的山，形成了封闭的空间。今年八十三岁的徐水标，是长命源村的三户人家之一。他是在七岁时跟着父亲为躲避战争从常山过来的。问他十几里的长命源，里面有人住过吗？他说有呀，过去有各地来的人，解放后大多都迁走了。目前这个村也有人住外面或镇上去了，只剩他们三户。

桃林源全长十几公里，基本看不到河谷平地。桃林、桃林溪、桃林源几个小村都躲藏在离桃林溪出口十几里路后的山沟里。过去没通公路时，找人家也会惊出一身冷汗。当然这里也有另外的一个地理优势，那就是与衢州只有一岭之隔，翻过皂角岭就到了那边地界。但这个岭也有十几里，走起来还是有点费劲。过去两边的物质交换与人员来往还是比较频繁的，现在没人走了，宁愿坐车绕道。住在离皂角岭最近的李大伯说，他奶奶就是衢县（衢江）人，以前两地通婚也是常有之事，两边也有很多亲戚关系。没人翻山越岭了，这个通道就封闭了。

其实大多数人看到的大墅是一个开放的大墅，洋气、热闹、繁华，位于淳杨线中心节点，集镇所处的位置也是阡陌纵横的田畈中间，是一个中心镇，承接着市与乡村的联接功能。却没有看到集镇之后的广阔腹地，其实是秘境的。这片滨湖地带也十分有特色，山不高但非常密集，一个个挨着，好像是一笼馒头在蒸笼里。走进这一带好似穿行在迷宫中，那种"绕过一弯是什么，村庄在那山头后"的感觉油然而生。曾经作为水路交通枢纽的积岭码头已空无一人，只有一位老年妇女守着过去的候船室，在码头的台阶顶端，往湖里望，没有船影与汽笛，只有微风与静穆，以及远处的遐思在摇曳。

在半岛的南侧滨湖地带，有胡家和田蒲两个临湖的村庄，我们能在对面的淳杨线上一目了然地看到它们，湖水倒映着村舍十分美丽。

五个叫庄的村

在大墅，叫庄的村并不算多，在整个淳安叫庄的村也不算多，似乎叫庄的地名在华北平原上会更多。在大墅有五个叫庄的村，我通通跑了一遍，在跑了两三个庄之后，觉得发现了秘密，所以决心一定要把五个全跑遍，看是不是符合我的猜测与推理。五个庄在两条源里，上坊源里有四个庄，且基本是挨在一条线上，挨在一大块地方的，另一个在洞溪源。你很难用大气来形容这五个庄，论大没一个排得上的，都不是独立的行政村，而是自然村。除贯庄有百来户外，其他四个都只有四五十、五六十户。它们都坐落在山上，比山下村普遍高出二三百米之多。它们中有几个共同之处，让我着迷。

首先，它们都是高山村。高庄与寺庄都归山脚下的岭干村管辖，但它们较其他村足足高出三百多米的样子。

其次，地形极其相似。在陡峭的山的包围中，突然有这么一方与周边很不一样的地方。都是由一个很小的口进入，里面是一个大空间，四周是一围相对缓一点的山脉。在这一周山中大凡种上了毛竹，像一堵城墙，把村庄围住。里面是难得的平地，样子也大同小异，村外狂风暴雨，村内悠闲自得，安全、安定之感自不待言。这种类似于人工凿出来的盆景般精致的村落，让人惊叹于大自然的鬼斧神工。

第三，有相近的地理结构。五个村都是高山湿地地貌，村口基本上是一堵悬崖，最相似的是寺庄、中庄与贯庄，高庄村口呈长条形，悬崖稍远一点。相对来说彭家庄更远一些，不在村口部位，但仍有悬崖。岩石围拢，把地下水给堵住，能够涵养充裕的水分，从而形成了这种高山上的小块湿地。在崇山峻岭中，在高山绵延的大山中间竟有如此不一样的地貌，令人惊叹。

这样相似度较高的村落，在一个乡镇竟有五个之多，令人惊叹，令人称奇。第一次上彭家庄，是春节前跟着朋友去吃年猪肉。我们在桃林源开了一大段没有村庄的路然后又沿着盘山才到达这个叫彭家庄的地方。天色渐黑，看不清晰又下着雨，但还是被这独特的地形惊住了，以陡峭险峻为主调的地带，突然出现一种完全相反的风格，令你不得不惊叹。村落以毛竹的翠绿为主色调，辅以村口的古树，整个画面就是一幅传统水墨画，藏在深山里。绕过村庄的房子，在左侧有一片在这个深山里可称为广阔的田野。突然想到，为什么"此地有村庄"总有它的道理。我问主人为什么叫彭家庄，其实这个村是姓方的。他说，最早是一个姓彭的人定居开埠的。当然，他也没说出为什么叫庄，而不叫"源""坑""坞"什么的。

高庄的村口比较长，有一条长长的农田，拐过农田以后才能看到村庄，村庄的南边是一畈水田。我们在村庄里走了走，安静得有点萧条。在退休老师王盛木家，我们做了短暂的停留。他一个人守着两幢旧房子，虽然三个子女都在省城与县城，但他每年进城的日子少。他就喜欢守在家里，守着这个宁静安逸的村庄，每天与村庄同睡同醒。他说：我已习惯了这个村庄的味道！

离高庄四、五里地的中庄最为隐蔽。过去都是爬半个小时的岭，越过瀑布，才能到达村庄。现在公路已经从村庄的西南边铺设过来了，好像在碗的边沿开了个小口子。村庄在里，田野在外。七十八岁的何年发热情地告诉我们，这一片有八十多亩田，过去做生活还是比较好的。在这个只有四十三户人家的小村庄里，还有着几幢老屋。他带我们去看了看其中的一幢，老屋气派、大气、精致，有着传统徽派建筑的神韵。老何说，他是客姓，这个村是姓余的，有了五百多年的历史了。

唯一处在洞溪源的贯庄，是这五个庄中最大的，也是最有韵味的一个村，它处在一壁山的半腰。从河谷地带根本看不到它，就像是在这一壁上凿了个出口似的。公路也是从里面沿着山壁倾斜过来，到村口往里一拐。里面的景象让人大为惊叹，村口很紧，里面却很大。里面有两个村，一个邵家在外头，一个贯庄在里面，把持着这一畈田。从村口的古树来看，村庄也有些年头了。整个田畈呈长椭圆形，有一百多亩。正因为有了这么多田，这个村似乎有了不一样的东西。李大伯说，贯庄是一匹往里钻的马，村出口处是马屁股，瀑布流水就是马尾巴，正是向里跑的样子。我们村过去出过九个半地主，村的北边一个叫向天池的地方还有一百多亩地。为何有这么多地主呢？自古以来，当地就流传有这样一句话：宝马往里钻，只出财主不出官。

五个庄，一个样，也是秘境的存在。

儒洪是个大村落

历经一千零七十年时光的儒洪是一个大村庄，有一千五百多人口，但它并不处在良田无数的开放的田畈中央，而是处在上坊溪的下游，基本是出口处。在村头，水口很紧，是经典的"狮象把门"的地形，这边象，对面狮。这种地形在全县有不少，但就儒洪来说，最为不一样的是村庄的尾部，田地是断开的，仅仅有溪水在流。而且这个地形也很不一般，青凸山长长地横刺过来，与风车凹相锁，像一个榫头和卯眼，将整个村的尾部锁牢了。

村口"狮象把门"，村尾榫卯相锁，中间是一个葫芦状的肚子，在这肚子里是一畈田野一个村庄。千余年的历史，使儒洪成为这一带深具影响的村，似乎有这么一个大村庄在上坊溪的出口处镇守着，里面整个流域就会风平浪静。

在儒洪，过去有一个宗祠有六个厅，遗憾的是这些都已消失，原址上建起了民居。没了这一传统文化的载体，深厚的传承感，总觉得淡了很多。

村里的退休老师余允倜说起村里的历史总是滔滔不绝。他说，村前的一个山峰叫道峰，门口的水在这里不叫上坊溪而是叫儒水。道峰儒水，这个组合很有传统思想的韵味，有儒有道。在村中，有的老屋墙上还写有"道峰儒水"这四个字，你不深入这个村，你就不可能体会这四个字的含义。有着这文化浸湿的地方，自然有着久远的文化内核。村前的山相对低缓起伏，如屏风一字排开，分别叫：狮山、马家山、道源岙、道峰、阎王殿、青凸山，这种屏障一样的态势，为村里带了千百年的安宁祥运。村后的梅阜山与牧坪高大深远，起到了镇守一方的作用。翻过村后的山，就到了洞溪流域。千百年来，儒洪人也曾三三两两翻山到了洞溪流域，或迁徙开村或隐居高山。

儒洪村的"赶十八"始于明朝永乐年间，至今已有600余年历史。相传，当时严州知府程炳，任期遇连年干旱，为祈求苍天普降甘霖，亲临道场求雨，三天三夜跪于炎炎烈日下，不幸被活活晒死。程知府舍己为民的精神深深感动了四方百姓，纷纷建庙宇感念他的恩德。农历正月十八恰是程知府诞辰，儒洪村祖辈便把正月十五元宵节，改至正月十八闹元宵。在这天，儒洪村的村民们便自发地舞龙灯、跳竹马、演大戏以示庆贺程知府诞辰，怀思他对黎民百姓所做的贡献，代代沿袭至今。

以上这段文字，摘自 2017 年 2 月 17 日的《钱江晚报·淳安生活》。把元宵节从十五挪到十八，那是天大的事，因为在我们的民间传统中，有一规则是过了元宵年，处在农耕社会的人便要开工生产了。在淳安，元宵节只有提前的，没有推迟的，儒洪不仅推迟了，而且是迟了三天，这很难得。余老师一再强调，赶十八其实是敬献祭品，意义在于祭奠。过去，村尾还有一座祭奠汪华的"汪王庙"，儒洪余氏把程炳的灵位也移入此庙中，与越国公汪华平起平坐，可见这个祭奠，村里是多么重视。

无论"赶十八"多么热闹，其在几百年的历史中并没有引起别人太多的关注，也没影响其他村庄仿而效之。

文昌胜景殊

塔岭头大概住着十几户人家，稀稀拉拉的，使这块地方勉强有村庄的味道。柴发根打着赤膊抵抗着炎热，与他聊天的话题是从门口晒场上的玉米开始的。我们问这么多玉米？他说是在租来的田里种的，一亩差不多千斤。他们是从红皮山上下来的，但山下并没有田地。他指着对面的山说，绕过这座山才能到达红皮山。红皮山上其实很适合做生活的，过去有近二十户人家，二十世纪七十年代乡里还办过林场。"山上好是好，但山上没路呀！"柴发根发出了感叹。

原先住在红皮山上的这些人家都搬到了山下，形成了塔岭头村，一条宽阔的05省道就从门前穿过。似乎是为了让他们好好解解无路之渴，才让他们守着大路，听车流日夜呼啸而过。

在这一带，毗邻的桐庐有个塔岭村，这边有塔岭头、塔岭坞、塔岭山，塔岭实际上就是覆盖淳（安）桐（庐）交界点上的一个泛地名，塔岭虽没有奇异的自然景观，也乏超群的人文景观，但其实是一个很有意思的地方。

溪水西流去

塔岭是一个垮流域的山口，这山口被称为岭，这是一个缓缓的岭，在跨流域之间，这样平缓的岭是少有的。它的最高点在塔岭头，在柴发根门口的马路对面，其姐夫郑光荣的门口。岭两边都是山，柴发根家对面南边这座山的中间部分凹了进去，有了小小坞的样子，最为关键的是其间还有涧流。由于这一涧流的线路比较奇特，于是这个坞就叫"剖水坞"。剖水坞流出来的水，到下面的公路边的沟里分东西方向流去，东去桐庐西去淳安。没有人为地故意垫高与挖低，没有任何的人为分界。

小溪出发了。这第一站就是卢家庄村。

塔岭头其实是卢家庄村的一个小小自然村，真正的母村是卢家。卢家祖先定居此地时，村庄并不是像现在这样沿05省道一线排开，而是坐落在一个从北向南横插出来的与05省道垂直的小坞里，过去村里所有人家都在这个坞里。这坞里有一沟涧，穿村而过，在村口与塔岭头流下的水相遇。这是这条小溪的首次相汇。这个坞的口子处也就是村口，有两座山，传说是两只老虎化成的，为卢氏家族守门，成为卢氏家族兴旺发达的守护神。

相传赵公明骑上一黑一黄两虎赶往岐山封神，尽管两只虎奔跑如飞，还是慢了半拍，未能及时赶到，姜子牙没有封他为正财神。赵公明很是郁闷，埋怨两虎跑慢了耽误其正事，便将两只虎遗弃在现今卢家庄这一带。两只虎深觉委屈，加之跑了很多路，又饿又渴，便发挥神威，昂着头张着血盆似的大嘴，吐出一条血红的舌头，舔了舔尖刀般的牙齿，全身抖了两抖，迈开大步去寻找食物。

卢家村斜对面有座仙娘殿，供奉的是仙娘。这事被仙娘知道了，她想留住这两只老虎给卢家村把住关口，就把人们供奉给她的猪头送到两只老虎的面前，并且天天如此。两只老虎有了肉吃，也就不舍得离开了。受到了仙娘的点化，慢慢地就变成了两座虎形状的小山头，卧伏在卢家村的出口处，守卫着卢家的平安。这就是现如今卢家村的上虎形和下虎形。仙娘送给老虎的猪头也变成了形似猪头的两座小山，这就是现如今卢家村的猪头山。猪头山每年都被剥去一层皮，这就是传说中的老虎吃猪头。猪头山剥得越厉害，也就预示着这一年的年景会更好。

上虎形与下虎形两只"老虎"处也是一个小水口。出了这虎形，它们向西河奔去，寻找更多的兄弟，汇聚更多的水流，壮大成溪。

西河的村庄布局与卢家庄有相似的气质，分布在05省道两边的山麓，但西河的空间更为从容一些。南北三个坞横斜过来，自然村守着坞口，水流声消弭着乡村的寂静。我特意向门前坞跑去，并一直往里走，想看看坞的深度与水的量度。在这枯水期，这三条溪的水还能流出样子，特别是门前坞的水更为畅动。正是有了这三条小溪的加入，潭头溪才有了溪的气度与威严。一路向西寻找，找到更多的流域，下一个兄弟溪流就是王家源溪。

水流在潭头相汇后，溪更为像溪了，接下来的溪水流出了不一般的气度，因为这时有一排像屏风一样的山。这座叫翠屏山的山像屏风一样把小酉坞与下潘隔开，连绵近三公里。站在下潘村看这座山，会觉得很有意思，一个个垄起的山包像一排排涌动的波浪，也像打折的屏风，大小形状都很均匀。这座山显得很规整、很刻意、很斧斫，潭头溪沿着这墨线量过一样笔直的翠屏山麓，流出了乡村溪流少有的直线。

穿过这直流，就要来个半圆形的弯了，刚刚把老文昌村环住。在这里它接纳了两条溪，先是小酉坞流出的溪，再过三百米左右与另一流域的浪洞溪合流。这溪水流向前面那座山，形成"撞钟"的局面。

发源于鸡笼山的浪洞溪，流经"水牛栏头"到达龙口。这个源头是一个狭长的谷地，看起来就像一根竹笼。那个"水牛栏头"的地名，不知是从何得来的。从浪洞村的入口处到源头有十几公里，过去有一说法要蹚六六三十六渡水，说明这里峡谷深邃、溪流绵长，在山麓蜿蜒迂回，给行走带来很大的难度。等你过完了三十六渡水，才能到达源头，才能看到真正的"水牛栏头"，在浪洞有无数这样的源头，也就是说有无数这样的山涧，这些纵横交错的山涧汇聚成了溪流，一泻而出，一路西去，在文昌与潭头溪交汇。

有道是，大江东去。但在这里，却是一溪西去。若有一个流域，能喝上从东往西去的水，则意味着此处是很祥瑞之地。文昌，正合着这种祥瑞：一溪春水向西流。

山村多隐蔽

　　05 省道穿境而过，这个通衢大道不仅承载着文昌人的出行，而且是全县交通的一个标志。这个东大门展示给人们的是现代的一面，那么山后面的文昌腹地是怎样的一幅景象呢？

　　住在浪洞村锡卜湾的郑光福，是爷爷那辈从江西上饶逃荒来到这里的，住在这个坞的尽头。他们家已经繁衍四代，他是第三代。当年爷爷死的时候，请了先生看过风水，先生说：葬在这里，你们家将来，会出几条黄皮带，意思是当军官的。后来，他自己五兄弟，大哥当兵去了，后来提干了，又把弟弟弄去当兵。最后哥哥团长任上转业到福州公安局，弟弟也在营长任上转业在福建。还有一个妹妹，也在哥哥的说和下嫁了个军人，这算半根黄皮带。第三根是郑光福的儿子实现的，他是空军飞行员，在"9·3"大阅兵期间驾机飞越天安门，县里的媒体对此也进行了深入的报道。在这山穷水尽的地方，站在他家门口，人们绝对想不到将这里的人物与外面的世界连在一起。

　　在邵家坪外围有五个 S 形的峡谷，车一进来就是不断地转弯，山凹凸相锁，一层紧似一层，一个个山岬与一个个山湾相对应。两边高耸陡峭的山，一下把里面的世界与外界隔开来，给人留下巨大的想象空间。在这近二十平方公里的范围内，分布着十几个自然村。这十几个村子就像藏在里面各个坞、坑里似的，要把他们找出来十分不易。坞不断地分支，不断地旁引斜出，其形状如同篦子的梳齿，有着无限的旁出。据不完全统计，有以下村落：邵家坪、浪洞、余家、大坞口、风坑口、锡卜湾、张京坞、龙口、吴家坪、野湾、后塔坞、龙潭，等等。在里面有足够的空间让人逍遥、让人藏匿、让人隐蔽，从一个小村穿行到另一个小村，不自然中又会把空间夸大到比实际还要大得多的程度。

祁丁甲住在左边源里的源头，龙潭，他的祖上来自安徽安庆。现有的木结构房子虽然还很坚固，但已经开始在外面建房。我们对他说，希望房子不要拆，在这样隐蔽的地方，一定能成为某种稀有风景。他回答，在外面建房后，这房子村里要拿走的。我想村里统一拿走应该不会毁坏，估计能保留。我们问他龙潭的村名是怎么来的，有讲究吗？他说，从小就听人们叫龙潭，也没问过来历。不过，这里有龙字的地名倒有不少，山那边右边源的源头就叫龙口，从这里出去有龙宫坞和龙山湾，村里人还告诉我们，源头大山的东边桐庐境内是龙头。这么多叫龙的地名，整个山脉能否形成一个"龙"的整体？是因为人们对"龙文化"有着特别的偏爱，才处处取名"龙"字吗？我们不得而知。

浪洞的居民来自五湖四海，他们大多在清末民初时期从各地逃荒、逃兵、逃难而来，据说有七省十二县，说着五花八门的话。比较通用的一种话是接近安庆的"官话"，这官话经过长期的演变，形成了"浪洞特色"。各地迁入的同时，伴随着本地村庄的迁出与消失。比较经典的一个例子，就是司马坪的消失。这个有着耐人寻味的村名的村子在一个半世纪之前消失，留下了永久的回声，永远活在浪洞人民的传说中。

司马坪的名字是如何来的？是这个村出过叫司马的官？还是最早是司马氏住过的地方？村庄消失时村里住的是林氏，如今在栅源等周边村还住有零星的林氏。家住在锡卜湾的老书记李贵良对这个村的传说还能如数家珍，说有两种说法，一种是出了败家子败掉的，一种是被长毛赶走的。我倾向于两种的结合，可能是家族里的人惹了长毛或与长毛对抗，而后被屠，部分人逃走了。司马坪其实是一块山上的台地，能证明这里曾经是一个很繁盛的村庄的遗址还是十分醒目的，其中林氏祠堂遗址中的旗杆石为最，曾经被人盗走，后被村里人追回，如今放在锡卜湾的郑光福家门口。台地最为明显的是一口不足半亩的池塘与池塘边的一口水井，水井上刻有"大清道光贰拾叁年"几个字，落款：林永盛。而今村基已造成地，林氏祠堂也早已成为传说，只有这一口池塘与一口井还在顽强地坚守着。

　　与浪洞仅有一山之隔的王家源也是一个隐蔽的地方，这个独立的空间过去有三个村，现在并成一个。居住点除有了几处新房外，大致还保留着原来的样子。塔心村坐落在一排大山中间隆起的自成一体的地方，山顶平缓，因此有了一些台地、坡地，百十年来，村民就是靠这些地做生活、过生活。这个小村近年来按照计划，陆续搬到山下的定居点，好在山上的房子没有拆除，村庄于是保留了别样的味道。何琪峰是这个高山村走出去的佼佼者，毕业于中国人民大学，他把住到山下去的农户在山上的房子收购，办起了"乡非·云舍"高档民宿，省电视台也作了报道，在杭城及长三角一带都有了一定的知名度，来自远方的客人在这里找到了山村的味道。

更为隐蔽的是丰源，在通达与隐蔽之间，村民们找到了一条能够到达且不破坏其生态的路。丰源幽长、深邃、弯曲，更像是一个与外界相对独立之所在。即便是这样的丰源也建起了"花墅集"酒店。

王家源也是这样一个独立的隐匿空间，里面的山形地貌形形色色。王三杰是乡绅，在乡村舞文弄墨，他把村里的地理元素总结出了他自己的特色：

> 七形八坞，六畈三塔。七形：铜锣形、灯壮形、出马形、门板形、令旗形、洋鱼形，村委对面有个犁壁形；八坞：张坑坞、红坑坞、荷苓坞、里树坞、木士坞、上狼坞、灯笼坞，塔心上面有个莲市坞；六畈：荷坑畈、苓脚畈、门口畈、寺下畈、南塘畈，马路边上有个余家畈；三塔：高墓塔、荷详塔，苓脚坞还有一个珍珠塔。

这里所说的形是指山像什么形状，这里所说的塔基本上是对某种山的叫法，一个山叫塔，或是因其像塔一样高耸，或是因其像塔一样伟岸仡立，或是因其像塔一样相对独立。

我们天天打下潘村路过，根本不知道这村后还有个大潘坞。下潘村的屋舍沿省道一溜排开，把大潘坞口挡在了村后。大潘坞口本就收得很紧，口子上又有村民的建筑，就使整个坞的出入口趋于"无"的状态。但进入这个坞，就会有一种豁然开朗的感觉，里面有三个自然村，最外头一个叫大潘村，大潘过后又分两个小坞，东边上坞，西边下坞。从最远的上坞到 05 省道也不过两公里路左右，这个小小的源蛰伏在 05 省道旁边，既让人意外，也让人惊艳。行走在其间，有种感受油然而生——这是特别的乡村。从省道的繁华一脚踏进大潘坞的宁静，这种毫无过渡的感觉让人称奇。乡村的静穆、疏朗、缓慢之感一下子就把人揪住。大潘坞四周被不甚高的山围拢，山下的地势平坦没什么落差，转悠起来如同在胡同里捉迷藏。大潘坞的可贵就在于它能在这省道旁，在高铁不远处，仍从容地保持这份乡村的韵味。

这种与大潘坞挨着的没有喧嚣的村庄还有几个：栅源、丰茂、光昌边、富山。光昌边、富山这两个原处在进贤溪边上的村庄，过去是热闹繁华的地方，因为进出临岐的路都打这里经过。千岛湖形成后，立即成了边缘，成了少有人到达的地方。站在富山村边，向水中望去，离岸不远的水中有一个巨大的长方形，水的颜色比其周围要深。据说，这就是过去富山村的方氏祠堂。这祠堂的大在当地极为少见，据说有七个天井，十八个厅。这是何等的规模，直叫人瞪眼惊叹，然后是深深的惋惜与无边的失落。光昌边的一个半岛过去是往溪的方向延伸的一个山丘。刘氏三兄弟的房子占据着这个半岛的顶尖部分。房子面向湖，可以眺望湖的远方，地理位置十分突出。据说要从文昌沿湖滨开过来一条路，将栅源、丰茂、光昌边、富山这四个村串在一起。

在光昌边的湖对岸，还有一个小小的村落：武绥。这个只有十四户的村子，隐藏在一个小小的湖边山岙里。估计没有几个人能够到达此地，这样说不是因为它不可到达或难以到达，而是根本不知这里还有一个这样遗世独立的村庄。方为木的房子在村的入口处，我们想从他嘴里了解武绥这个村名的来历，但他说不出任何有价值的信息。他说这仅有的十几户也是"赖"着不愿走的，村庄大部分迁到外地去了。后来，在一户人家家里找到了宗谱，觉得秘密要揭开了，但谱是齐全的，翻阅了全部，却仍找不到叫"武绥"的来由。从字面上来看，难道是用武的方式使之绥靖吗？谁是绥靖者谁是被绥靖者？而且这名字是那么的书面化、古典化。虽然没从家谱中找到答案，但我以为这个名称一定有来头。"武"与"绥"连在一起，这一武一文、一刚一柔、一紧一松、一张一敛的文字能是随便摆放的吗？

如果说建村落还可以探寻，那么丰茂与栅源则是真正的隐蔽，过去基本上找不到出口，虽在一个不远的旮旯里，名字由来很有趣。栅源的，这个小源里曾关着十万大军，源口用栅栏拦住，后来就有了栅源这地名。而今天去临岐的公路就从栅源的源头穿过，高铁在村头飞架。栅源四个自然村，都处在一个胡同般的源里，源口在滨湖。丰茂是处在一个大的半岛上的，所以它注定是独立的空间，它的那些自然村，基本都处在湖滨。正在建设中的东北湖区的北线公路穿村而过，把这里的寂静打破，希望这里还能保持特有的意境，不被过多打扰。

文昌村东边的小西坞，也是一个独立的空间。近八百年前，在小西坞黄尖下的牛岭坞口，何梦桂就曾隐居于此。一个名家、一个探花能隐居的地方，一定有其超凡的一面。

文昌何氏远

小西坞其实很像是文昌村的小后园，从地理位置来说，就坐落在文昌的旁边，距离非常近，小西坞的水就流进文昌的潭头溪。小西坞的出口就在老文昌村的边上，口子上的几幢房子都是文昌人的，所以，这个村更像是文昌村的一个小自然村。更为重要的是，小西坞的主姓何氏占百分之六十，而何就是文昌的主姓。何姓为文昌镇的发展做出过巨大的贡献，若是文昌没有何姓，肯定不是现在这个样子。何姓从公元307年迁到这里后，一千七百多年来，不断繁衍，不断壮大，在这里创造了文昌胜景。现在的文昌何氏以文昌村为中心，辐射到周边近十几个大小村庄，可谓枝繁叶茂。

探花何梦桂一生有很长时间是在小西坞的牛岭坞口隐居度过的，好多作品也是在隐居期间创作的。关于他有这一段资料：

何梦桂（1229—1303），字岩叟，别号潜斋，谥号文建，宋淳安文昌人（今浙江淳安县文昌镇文昌村）。约宋度宗咸淳中前后在世。自幼从学于名师夏讷斋先生，深受教益。咸淳元年（1265）省试第一，举进士，廷试第三名（即"探花"）。其侄何景文，亦登同榜进士。宋度宗得知何梦桂与黄蜕、方逢辰同堂就读于石峡书院，故御书"一门登两第，百里足三元"的联句相赠。梦桂初为台州军判官，历官太常博士，咸淳十年（1274）任监察御史。曾任大理寺卿。引疾去，筑室富昌（后改名文昌）小酉源，元至元中，御史程文海推荐，授江西儒学提举，屡召不赴。著书自娱，终老家中。学者称之为"潜斋先生"。梦桂精于易，所著有《易衍》《中

庸致用》诸书，其《潜斋文集》11 卷，收入《四库全书》
《四库总目》并传于世。现何家家谱百字歌为文建公所编。

富昌就是从何梦桂考取探花那年起，受皇帝所赐，改为文昌的，
示意"文人辈出，氏族蓄昌"。据淳安县志记载，从那时起至清顺治六
年的不到四百年间的科举考试中，文昌考取探花一名，进士十三名，
被称为进士村，闻名遐迩。

文昌的地形还是很有说头的。三座山组合成三角形，北边的塔坞
一带的山相对低矮点，地形复杂，不是独立的一座山，而是一个山系。
其中在此山系东边的来龙山刚刚把潭头的水往南顶了顶，对老文昌村
起到一个保护作用，使村庄处在山的环绕中，也使这里的水绕了个半
圆，老文昌村就在这半圆里。村庄靠着塔坞山，坐北朝南，经典的江
南山村地形。另两座山一东一西，像三角形的另两个边，只是没有接
牢而已。南边的口子就是浪洞溪的流经地，而这一地带正是文昌村后
靠之地。这三座山都进入了古文昌十景中：

【塔坞清风】

塔坞幽深地势雄，祠堂端拱两山中。

此间空气多清洁，化作阜财解愠风。

【青山拱翠】

几叠峰峦拱翠鬟，一经风雨位开颜。

问渠那得清如许，绿竹苍松绕满山。

【哺峰夕阳】

门前突兀一哺峰，云树苍茫影万重。

莫道夕阳留不住，分明月已照长松。

落哺山在东边，边上就是下酉坞村的溪与潭头溪的交汇处，此处地形比较复杂，从塔坞过来的来龙山像一个瓶塞子，塞了两个口子：潭头方向的口子与小酉坞方向的口子。而今由于千岛湖水的淹漫，这里的地势抬高了，浪洞溪的水是在圆的右上角与潭头溪交汇的，交汇后，一路北冲，冲向前面花屋的山，形成了"溪水撞钟"的局面，只是现在看不见了，这一切都已淹没在了千岛湖中。浪花已成为平静的水面，记忆也沉入了湖水之下。

这样的文昌，其实没有太多的田地，但村子却日益昌盛，下面这个传说，可以解释文昌何以是文昌的原因。

从前，文昌村里有个叫何芳远的人，从小失去双亲，家贫如洗，三十岁了还以钓鱼为生。有一天他钓完鱼走到小酉坞口的凉亭里歇息，捡到了一本账册，还有一条做账时用来压账册的金属尺子。他想，这一定是路过的账房先生掉在这里的，于是就在这儿等。

不久，账房先生急匆匆地跑进凉亭，何远芳站起来对他说，你是来找包裹的吧，我知道你一定会来找的，包裹在这里。账房先生打开包裹，拿出了那只金属尺，说，我把这只尺送给你，作为酬谢，何芳远拒绝了。账房先生想，今晚就住在文昌，另设法酬谢他。账房先生叫刘焕章，分水合村人，在城里当掌柜。他这次到淳安主要是来对账的。

刘焕章对何芳远说，今晚干脆到你家住一宿吧。这可急坏了何芳远，忙说，我家穷，不好住。但在刘焕章的坚持下，何芳远只好同意了。何使出大力气招待了刘，把家中仅剩的二两左右白酒倒给刘，自己却舀了碗凉茶充酒喝。后来被刘发现了，觉得此后生实诚，又知其未娶，就把自己的女儿许配给他。

迎亲那天，何芳远遵照刘的安排，配好二十八副箩担，二十八个青壮年担回了二十八担的粮、米、酒、肉、面食和钱币之类。其中有一箩筐内装有一个漂亮的木漆匣，打开一看，是陪嫁田产契约。从此，分水合村畈和徐桥畈的全部田产都归何芳远所有了，何成了文昌的大地主。他开始做善事，开了一家小餐店，烧普通的饭菜，来往过路行人进店吃饭不收钱。这个故事文昌人代代相传。

这个好人有好报的行善故事，没跳出俗套，但也为村里的昌盛找到了一种合情合理之理由。

古老的文昌村已被千岛湖水淹没，在低水位时，露出一片滩涂，间或还能看到当年房屋拆除后的遗址。目前，这片低洼的滩涂已被垫高，崭新、现代、时尚的高铁车站正拔地而起。当年全村后靠，所有的房子都拆了，仅剩下一个何氏宗祠没有动，因为它在村里最北边的高地，没有被淹掉，也就不用拆了。而今建高铁，原本要拆祠堂，但地方政府觉得保留祠堂意义重大，于是将高铁的设计西移了几米。这次的保留完全是政府的仁政、德政和善政所为，何氏祠堂很幸运，一直存活到了现在这个时代。

我期待着高铁穿行而过时，所有过往乘客能看到何氏宗祠，让刚走出车站的人都想去看看与高铁挨得这么紧的何氏祠堂。有位友人写过一首诗《在何氏宗祠，看高铁飞过祖先的发髻》，有诗句：高铁飞过祖先的发髻/后现代与古文明发生了碰撞。这碰撞本身难道不就是最绚烂的风景吗？

井与水的安阳

2016 年 11 月 12 日，记者节活动安排在安阳的乌龙村，其中有一项有趣的活动是寻宝，沿着去三井尖的线路，一路寻找宝藏。寻宝的路程其实很短，还没有到三井尖路的十分之一，当然一井也没爬到。

要真正登三井尖，得做好历经艰辛的充分准备，看看前人留下的这首诗，就可以知道登三井尖的情景与豪迈：一井一井再一井，井井如镜又如屏；天公匠心谁人识，勾引吾辈复登临。

井的引路：处处通处处

三井尖被驴友看中，大概已有十几年的历史。三井尖海拔一千二百八十一米，并不是淳安的最高山，淳安海拔一千三百米以上的山也不鲜见，但它却受到登山爱好者的青睐，我想有着以下几点原因：1. 山的风景优美；2. 是处奇峰险峻；3. 山的生态优良；4. 有很深厚的人文沉淀。单就其中一点来说，三井尖都没有达到登峰造极的程度，但上述几项三井尖都有甚至还都不错，这就构成了人们对它的向往。在登上三井尖的沿途二三十里路上，能看到山的峻峭、水的圣洁，能体会到攀登的艰辛及艰辛后的豪迈，能享受到原生态的自然植被形成的吸氧空间。

下面是某网站刊登的一则招募人员参加 2013 年三井尖登山节活动后所写的短文：

三井尖是由三座延绵相联的山峰组成，每座山峰相联处都有一座像水井一样的山潭，山潭上瀑布飞流而下，故名三井尖。三井尖是一条二十公里长的幽幽峡谷，沿着峡谷有一条潺潺流淌的小溪，沿途有大小瀑布四十余处，四季水流如注，云雾缭绕，气候温和，是一座天然的森林氧吧。三井尖也是一条生态沟，沿沟两岸是保护完整的原始次森林，森林覆盖率达 100%，有参天的千年古木，也有几十余种名贵树种，如红豆杉、银杏等。同时，也是各类珍稀动物繁衍生息的理想场所，目前已知的有二十余种，如白颈长尾雉、黑麂等一、二类国家保护动物。三井尖蕴藏着丰富的文化内涵传说，古代当地百姓把三井尖看作是一座"神山"，把心中美好的愿望寄于这座山上，三井分别被人们命名为：祈福井、求雨井、祈天井。

参加完这个登山活动之后，有驴友在网上留下一首诗作总结：

乌龙雨天雾遮山，

迎客有水山顶来；

山间小溪弯弯流，

涧中有瀑层层落；

一条溪流奔向东，

两岸树林郁葱葱；

虎踞龙盘有奇景，

飞瀑落处潭称井；

篝火边上团团坐，

八仙桌上宾朋多。

瀑布冲下来形成的水潭，风光无限，形状不一的水潭，一眼望去或深不见底，或在水下波动如玉如翡。

把一个瀑布冲下的潭叫成"井"，是这里民间的叫法，这是个天才的创造，叫成"井"，多么形象又多么不同。因为有三井尖上的这些井，下游的农田才有了保障。这三井尖是五都源的两个源头之一，另一个是红山岙。源头有水，才能滋润一方。

三井尖下的乌龙村是这些井的守护者，享受者，推广者。乌龙，这个村名十分大气，又别具特色。这名字也是有来历的，乌龙村有两条溪，一条叫横源，一条叫直源。三井尖的水先流进横源，这条溪在涨水季节，水是发黑的，可能是山上植被腐烂后被雨水冲下来所致。而这个横源是狭长状的，在这个季节激流奔腾，像一条乌色的龙。

储早女在这清澈的溪流边办起了一个民宿：百仙苑。这个名字，太像对乌龙和三井尖的一个概括。民宿从去年 10 月开张，接待各地来的登山爱好者，每月有六十人左右住宿。每年三井尖都举办登山节，正是这个节吸引了大批登山爱好者对安阳进行探寻。也由此，国家登山健身步道投入建设。

这健身步道，全乡有四十一公里，像蜘蛛网一样把各个有意思的村庄串在一起。从乌龙到红山岙到崀岭，从五都源到六都源，从山尖到矿区遗迹。

说到井，这矿井是不是也是一井呢？当年的安阳铁矿十分有名气，我特地去了三毛坞铁矿遗迹看了看。虽然矿区已平复，小山村也迁往山下，但留下的矿区气息还十分浓厚，选矿的遗迹还十分明显。整个山坞已没有当年的热闹，尘埃已经落定，我们只有想象着曾经尘埃泛起时的景象。曾经当过外畈大队长的余金生已经七十五岁，但身体硬朗，说话声如洪钟，他说铁矿当年最多时有二百多人，开始建设时，村里人租房子给矿里的工人住，每天能挣几毛钱。他撩开嗓门说：矿工并不受待见，村里的姑娘嫁给他们的并不多，哈哈。这是让我感到意外的地方。开过矿的还有钱家村的源头，我们走到矿区，当年的矿区房子被一个姓钱的幼儿老师租去了。一个矿井已被封住，下面有个小小的出口，从出口处流出的水冰凉沁人，这是从矿井流出来的水呀。

上梧村还有块明朝的"禁矿告示"，是县文保单位，在全县有三块这样的石碑。矿是安阳的特产，自古有之，这矿井也是安阳大地上的特色标签。

涧的引申：旮旯也通衢

桐坑境是巉岭管辖的一个自然村，有两泓山涧水从山上流下，我没去找真正的出发点，但村民说是从一个快接近山岗的泉眼出发。它们从高到低几乎是跳跃着一冲而下，涧水不能翻岗，只有往低处一路快跑流进六都源溪。但我们可以翻岗，翻过后就是大墅方向的高庄、稠木坞一带，其中稠木坞属于安阳桐川村管辖。翻过山岗后，涧水一样清澈，只是方向相反了，绕了好大一个弯后从前在凤林港相汇，现在只有在千岛湖相聚了。

这是一个只有四十几户的小山村，位置很隐蔽，从山脚沿盘山公路攀爬近两百米的高度，进入一个山坞后再走一公里左右，便是桐坑境了。这个村基本被切成两块，一块在山呑，一块在相连的山岗，此外还有稀稀拉拉几户点缀在四周。一围山成弧形，把村庄围在怀抱中，使村庄显得很静谧。六十一岁的余家法的房子建到了二楼，他在二楼跟我聊天，我仰望着他，他身影映在蓝天下，声音像从很远处传来，他说：大家都建了，不建不行呀！他说这话时，好像建房是被动的选择。但他又说，待在村里什么都好，就是移动信号不是很好，叫我们有机会帮他们呼吁一下，可见他并不想离开这个村。确实如此，这是一个有特色的村，作为山村，他具有许多好的要素。首先，村庄的地理地貌很有型，由一块山岙、一块山岗相联，呈梯形一级高一级；里面有足够的空间，不说四通八达，也不走投无路，翻过去是大墅方向；村庄规模也不太小，有四十来房人家。

与桐坑境相差无几，在公路的西边，有四个这样的村庄，其中三个村规模略小，只有一二十户人家。它们样式相似，海拔高度相仿，都比山脚高出二百米左右，都是半山腰来一个小山坞。它们一线排开，像四兄弟：桐坑境、菖蒲坑、胡桃山、洋田坑。看到这四个村名，我立即想到了这两个词：绿色、有机。会让人觉个个村名背后有故事，有来头，与此方山水有着千丝万缕的联系。翻过山就到了另一边的寺庄、高庄、稠木坞、中庄、彭家庄、桃林等村庄，虽处僻壤，但也不是死路一条，甚至有多条路通往外界。最壮观、最繁华、最有名气的连接外界的路，就是崀岭，它通往衢州，沟通两地，留下千年传奇。

岭过去叫畏岭，我更喜欢"畏岭"这个名字，令人畏惧的岭，是因为高、险、远吗？也许不完全是这样，那是因为留下许多令人生畏的故事吗？也许有，也许没有。下面这个传说，可能说明了某些问题，也可能仅仅是代表崀岭两边人们的某种意愿。相似衢州方向有一个靠挑货做生意的人，经常从衢州挑货到淳安来。生意红火，家道日益殷实的，做人、做生意却越来越不厚道。有一天途经五里亭时遇上一老者，老者问："挑货辛苦不辛苦？"挑货郎看到是一个不起眼的老者，便没有当回事，不屑地说："左一肩，右一肩，不怕畏岭高上天！"老者听挑货郎这样说，没有回什么话，就消失了。等挑货郎再次挑货经过崀岭时，却迟迟挑不到崀岭岗，终于累死在半山腰。后来人们发现崀岭高了很多，也险了很多。

这条有一千七百年历史的岭，为两地的交往留下了许多传奇故事，是一条真正意义上的古道。这个古道服务于两地的人们，便于两地人们的往来。这个道首先是一个商道，两地物质交换、买卖来往频繁，过去逢年过节这边的人都是去衢州的上方购买年货、礼品。我高中同学，出生在崀岭茅坪自然村的杨约生，回想起小时候跟着父亲去上方购置年货的经历，仍历历在目。最为壮观的是二十世纪七八十年代，背木头翻越崀岭的场景，古道十分热闹。"多的时候每日有两三百人经过。"崀岭脚村的徐桂生提到那时的景象似乎就发生在昨天，他说，"我们村里就是中转站，树木堆积如山，背也背不完。"1937 年抗日战争时期，为了阻止日军从衢入淳，对古道进行了损毁，甚至还挖过"堕马坑"。

年过八十的徐桂生说，没有崀岭就没有我们这个村，不仅仅是指这个村叫崀岭脚，更为重要的是崀岭既像是一个阻碍，又像是一个连接点。他有三个女儿，其中两个嫁到了岭那边。换到现在，肯定不会，都没有这样的机会。当时，上方一个做木头生意的人成了徐桂生的朋友，两家大人就定下了儿女亲事。过去去女儿家就是翻一个崀岭，走起来其实也挺方便。但现在已经近二十年没爬过了，都是坐车，要绕一个大圈，虽然车快，但时间也差不多。

巋岭古道现在已冷落下来，行人稀少，现在走的人多半是驴友。巋岭山上有一个很奇怪的现象，就是没有檵木。檵木在淳安是最为普通的一种柴火，小的常用来捆柴，大的用来做刀柄、斧柄等。这是一种平常得不能再平常的植物，但在巋岭山上就是没有。我没找到科学答案，但听到了一些传说。巋岭无檵木的传说有多个版本，说法不一，但是有一点是共同的，就是离不开朱元璋。《淳安非遗安阳乡卷》中记载：

> 传说元朝末年，朱元璋攻打衢州府失败后，带领刘伯温等部分人马从上方经巋岭逃到遂安县（千岛湖形成后与淳安合并）。他们路过金鸡凉亭，在那休息，并分析失败原因。刘伯温等人发誓，定要杀退元兵，返回衢州。但目前需要暂避锋芒。大家计议妥当，暂时隐藏休整，以图东山再起。为了不引起遂安的元朝官员怀疑，朱元璋决定先把宝剑藏起来，待攻下衢州后再派人来寻找。为了便于寻找，朱元璋特意插在一棵檵木下方。第二天，元兵追到这里，头领听说朱元璋插宝剑的地方有一棵檵木做记号，便命大家仔细寻找，结果找遍巋岭的每个角落都找不到檵木。这是为什么呢？据说，上天知道元军第二天定来寻找，便把巋岭上所有的檵木都收走了。所以，今天我们再也不能在巋岭上找到檵木。不信，

你可以去试试看，如果真能找到櫄木，说不定还能得到朱元璋的宝剑呢！

跟崀岭古道关系紧密的除了崀岭村外，就是一山之隔的红山岙村，这个村与崀岭共用崀岭古道。

从岙头山岭看红山岙，就是一个竹笼，两山夹着一溪，绵延北去，很符合这地名所表达的意象。这里基本是山，不太看得到田与地。这个由七八个自然村所组成的村庄，曾经以茶叶出名。二十世纪七八十年代，年产干茶六七百担，是全县著名的产茶区。在原茶厂边建房的吴贤东如今说起茶厂来仍带有骄傲的口气，当年村里的茶厂有六十多米长，是远近闻名的大茶厂。每年产茶季节，茶叶的清香就在山岙中弥漫与飘荡，充斥着山山岭岭，也飘过崀岭古道荡到衢州那边。每逢此时，岭那边的妇女、姑娘就寻着茶叶的芬芳翻越崀岭古道，来红山岙采茶。以茶叶为媒介，好多人会走上婚姻之路。老支书李金田也是这样的婚姻，他丈母娘到这边来采茶，后来就把女儿许给了他。他掐指一算，村里大概有百分之二十的人都是因为采茶走向婚姻的。崀岭两边因为有了这些婚姻，彼此的联系更为紧密。

水的引发：安阳特质

站在安阳乡政府所在地与陈家村沿滨湖线一带，往北望去，越过一片开阔的湖面后，是两个半岛，这两个半岛像屏障一样将安阳框在里面。与外湖更为广阔的区域区分开来，只留下一线曾经是凤林港的水域与外界相联。这两个半岛一个在西边，叫凤山半岛；一个在东边，叫凤林半岛。这两个半岛南边的水域曾经是安阳畈，安阳古镇也在这畈上。安阳古镇处在五都源罟纲溪与六都源下莱溪形成的锐角中，在罟纲溪的南面，下莱溪的东面，位于安阳畈的中心地段。按中国地名带"阳"字的说法，"山南水北谓之阳"，而安阳没有遵守这个规律，也许它不直接临山，只是处在畈中央，没有山的阴阳面。这是从前的安阳，现已经淹在水下，成为泱泱泽国。但安阳这个名字一直传承下来，保留下来，也将作为文化密码一直传承下去。

陈家村是五堡村的一个小自然村，只有一百几十号人口。如今新淳杨线打村前而过，像一个彩带，把村庄圈了起来，与湖有所分割。一幢幢新楼建成后，这种滨湖小山村非常上镜。陈运钊在自己崭新的楼房门前说，现在的这个陈家村面积还没有原先的一半。原陈家村就在前面的水里。他说自己是属于赖着不走的一群人之一。一说起当年移民，陈运钊就有一腔辛酸泪。当时有个姓毛的书记说：思想先通先走，后通后走。陈运钊等人是属于不通者，他们就赖在这个山坡上，建起了新的陈家村。

陈运钊指着远处的凤林半岛说，过去有个传说，这座山上有三个"笊篱"，两笊篱舀向六都，一笊篱舀向五都。所以过去传下来，五都源没法与六都源比，他们随便做做都比我们富裕，我们再努力也比不过他们。

如果你是域外之人，去走走当今的五都源与六都源，你无论如何都不会相信陈运钊这个传说的合理性。五都源地域广阔，一马平川，不像源而像是畈。出了红山峧和乌龙就是平坦宽阔的水田，从这两个村口一直到千岛湖都是平坦之地，过去一直与安阳畈相联。这种大面积的平地放在全县范围内也属于鲜见，是做农业的好地方。而六都源恰恰相反，是真正意义上的源，发源于崀岭脚下的下莱溪，一路向北，在深山中穿越。河谷狭窄，少有平地，好多地方河谷只能容下一条溪，许多村庄就在这河谷边将就。

　　六都更深入山林，何以更富裕？我也在追问这个问题，我只能找到两个地理答案。从人均占有资源来说，可能六都更多些，因为有大片的山地，总人口也相对少些。另一个就是这地方看似与溪密切联系，洪水季节似乎容易受冲击，但因为落差较大，反而没有特大的洪涝灾害。五都源就不一样了。二十一世纪之前，五都源基本每年都有洪涝灾害。二十世纪九十年代初，山下村的支部书记王彩金，就是因抗洪救灾牺牲的。五都源为何容易遭受洪灾？这个源头就两个村，乌龙与红山峧，这两个村有两个共同点，就是面积特大地势陡。乌龙村的横源与直源都是壁竖的石灰岩，好些地方是山顶与山腰才有点可耕种之地。红山峧村的山与乌龙山的气质虽不同，但也是较大角度倾斜，山谷似竹笼。这两个村因了这种地势，每逢大雨，洪水便来得快来得猛。两个村的洪水出口后就在五都畈上漫溢，回旋。而五都畈是一个落差极小的地方，河床与两岸落差不大，往往洪水来了，便难以短时间消退。一旦洪水形成，就会把整个畈淹没。

下栖梧村地处五都畈中央地段，李应富到这里来开店已二十余年。1994 年他刚来之时，端午节那天洪水来了。由于上游上梧村河堤决堤了，水就沿着畈中央直冲过来。整个下栖梧村都淹没在水里，屋里进水一米多，好多东西都在水上漂。李应富刚来此地，不知梅雨季节这里的洪水如此厉害，所以也没有做什么防范。店里好多的商品被冲走，有些商品因为浸水而失效，损失惨重。"那是我记忆中最厉害的洪水。"李应富回想起来还是胆战心惊。

二十一世纪后为何洪灾少了呢？主要原因是河堤治理后，防洪堤加固了，洪水的道路也更为顺畅了。

异乎寻常的里商

五月初，天空湛蓝，阳光明媚，随便一张以天空为背景的照片都给人以洁净邈远之感。桐山岭安静祥和，人迹罕至。这座不算太高的岭，曾经也热闹过，车水马龙过，后来这片区域几个村庄的人迁往了繁华的新安江重镇——港口。八十岁的徐圣孟，站在废弃的桐山岭村的春光里，告诉我们这条岭曾经的繁荣。潦源大叶村一带的人去港口，比沿商家源走要近十来里路。两边的人互为来往，桐山岭上有好多茶叶，那边过来种，这边也过去种。这个只有四五十户的小山村并不孤单，岭两边的人来来往往都把这个村当作重要的驿站。前些年，因有地质灾害，全村迁到外面新建。目前只有两户人家还守着这个小村，日复一日年复一年。守望着风尘，守望着村舍，守望着记忆，守望着……

奇异的地貌

桐山岭连接着江村源与潦源，其实是连接着两片地域，这边的许源与那边的潦源流域。这方土地上的村民在过去的岁月里走动、来往、交流、融合。里商区域狭小、零碎、源多又长。这个目前只有十六个行政村的乡，有一百个自然村，有四五十户以下村民的村比比皆是，一二十户的也不少，有的村小到外人叫不出名字。

二十七平方公里的广阔区域，居住着一万一千五百九十七人，人口密度为每平方公里四十三人，远远低于全县每平方公里一百零二人的密度。这个区域主要分三块，商家源流域又称大源，向阳源流域又称小源，还有就是许源区域。许源流域的四条源与商家源基本成垂直状，而非并排状。虽然三块区域连在一起，但缺少紧密的联系，翻山越岭成为它们之间的联系方式。这三块地域有一个相似性，那便是山多地少，少得可怜。人均耕地面积零点三三亩，低于全县平均水平。村庄与村庄之间群山蜿蜒绵延，曲里拐弯，土地零碎化十分突出。

近三百年前的一个冬天，大墅儒洪村的余富、余贵两兄弟，寻找自己丢失的一群羊，从大墅到安阳，又从安阳到了里商的十五坑这一带，在一个半山上有一块相对平缓的山地，他们的羊就窝在那。那是大雪纷飞的日子，漫山遍野已白茫茫一片，可是这羊的栖息之地就是没有积雪。兄弟俩大为惊奇，觉得此地"龙脉旺"，适合繁衍，于是决定到此居住，并把父母的坟迁往此地，作为建村的开始。而今坟墓还在村庄的中央，墓碑赫然醒目，诉说着村庄的过去与来由，印证着一段历史。

余氏在此的第十一代孙余其学，是村里的茶叶大户，正开足马力加工茶叶。他带着我们在村里转了转，并到墓碑前详细作了介绍。他一再强调这个村的可居性：虽然是个小山村，但也是祖先精选过的。他对上面那个故事深信不疑，并说几百年了，还是这个村的精神支柱。那个有关寻羊的故事，也已经融入到了这个村名中：羊停坞。村庄虽说小了点，不到三十户，但山村的美丽元素一点不少。山村呈梯形坐落一个岔中，村前有古树，村头有古枫，村后是座像靠背一样的山。

羊停坞所在的行政村叫石湾村，这是个由六七个自然村组成的行政村，村委所在地叫十五坑村。从这个地名中，我们便可知道，这里的坑坑坞坞有多么多。宋宁宗皇后杨桂枝就是十五坑人，她出生在一个叫杨家坞的地方。今天的杨家坞已经没有人家居住，杨氏后裔早在元朝之前就住到了外面一个叫杨合的村。有两户解氏人家也在二十年前搬到十五坑村里居住，而今的杨家坞仅仅是个地名。从公路到杨家坞有七里路，大多已呈荒芜状，有些地区成了十五坑人的茶园。走在这石头铺成、杂草覆盖的路上，谁又能想得起、想得到这是皇后的出生地呢？她是如何走出这深山，到达宫廷的呢？

这一带已是潦源的源头地带了，山势高耸，山谷幽深，身处此境，你会有种天然的安全感，当然也有天然的隔绝感。坐落在此处的岭脚村只有十几户人家，这个以畲族钟姓为主的村庄已处千里岗北麓，翻山去安阳二十五里，但离里商乡政府有四十七里。在这个遥远的源头，还有着一些村庄，一些村民，现在公路抵达了，外出相对方便，换上过去的岁月，他们是如何走出去，怎样做到与外界交流畅达，如何始终保持着身处深山心不滞后于时代呢？那天我们去岭脚，在不宽的乡间公路上遇到一辆挂着金华牌照的宝马车，小心翼翼地行驶在前头。

显然对这样的山村公路十分陌生，开车有点谨慎。在一个宽点的地方他们靠边让了我们，经过他们时，我往他们车里看了看。开车的是小伙子，副驾上是一个年轻的姑娘，后排还坐着两位年长一点的。我们推测：很可能是本地美女，带着外地男友回家看看。我们超过他们的地方，恰恰是杨家坞口子往里一点点。当年的杨桂枝能出去，今天的人们走出去更没阻碍吧？

根据一般的地理经验，往往是源头空间越小，峡谷越深，山越高耸。但也有所不同，与石湾一山之隔的石门村是一个盆地，有着宽阔的天空和一马平川的耕地。人均 0.5 亩田，全村还有 24000 亩山，一个村 663 人独守着源头 11 公里长的流域。千里岗在正南方，溪流从那里出发，缓缓流经石门。这河床有足足 50 米宽，甚至比下游还要宽。在石门村的村委大楼门口看天与四野，你不会觉得这是一个源头村，你想不到这源头竟还有这么开阔的空间。我们继续往里进，村党支部书记叶世广指着远处一排高山说，那就是千里岗。他告诉我们，翻越千里岗既能到衢州也能到建德，翻山还可以到安阳，只是现在没人走了。

石门奇特的还有村子出入口的狭窄。一条溪打村口流过，溪对面是悬崖峭壁，这边是两道门。一道是延伸过来的来龙山，一道是临溪的石头。过去进出村庄都得受这两道门的"检查、检阅"，方便是不方便，但确实给人以安全之感。相传临溪的那片石头，昼启夜闭，外人没法入内。石门村就像一个锁在里面的村庄，桃花源般悠然自得。前些年，石门村在出口处建了一个门楼，门楼上刻着三个字：状元坊。

何以以此自居，不是说这个村出过状元，而是指村里读书的传统与风气。清朝出了进士，民国时期在黄埔二期生叶有余的荐举下，村里有十多位人士进了黄埔和其他军校，号称"十八条黄皮带"。现在有六人考取清华、北大、复旦等名校，读书之风浓郁，传承了商辂的衣钵。石门是一个神奇的"机关"，既锁住了些什么，又留住了些什么，同时也在选择些什么。

像石门这样的水口，在里商随处可见，尤其是商家源流域。商家源到里商、叶家一带分成两源，一边是宰相源，一边是潦源，整个流域溪流蜿蜒曲折，蛇行向前，村庄往往就在弯弯里怀绕着。溪流常常是曲线向前的，但像里商这种 S 形如此密集的却是非常少见的。何以这么多 S 形呢？原来那种横生出来的来龙山众多，把溪一会儿向左顶，一会儿向右顶，而这种山的余脉往往比较矮小，所以形成的景观效果特别明显。

里阳村位于里商的出口处，这里其实已经是千岛湖的库湾了，但这是一处四面高山环成的圆形空间，东边、西边、北边都是高高的山，南边是流域的正向，只有西北角有一个小小出口与外湖连接，数了数，那种"左冲右突"的来龙山有四道，如同四道闸门把里商深深锁住。在里阳村的村尾，洞口自然村的下方，有三道这样的闸门，紧紧锁住的同时呈现出无与伦比的风貌，航模的话一定是一个非常震撼的画面。里商的山平均海拔五百三十米，山势陡峭，绵延不绝，制造了深远空间。而这种水口紧闭的山的余脉，又使这空间变得隐秘，杨皇后的墓地也位于这种地形。

杨皇后的墓地既不在她的出生地，也不在杨氏后裔所在村——杨合，而是在杨合下游的皇后坪村。这个村名显然是杨桂枝下葬在此后得名的，墓地现位于村中央，估计当时可能并没多少人居住。

里商的山高耸巍峨，里商的水蜿蜒曲折，这山这水形成了异于寻常的地理空间。

五花八门的姓氏

商是里商的大姓，有 1466 人，占全乡总人口的 12.6%。里商的许多地名，可能也是由商氏引起的。如果里商没有商氏，肯定不叫里商，这流域也不会叫商家源。但这商姓好像就只有里商有，是里商特有的姓氏。我不敢说淳安的其他地方绝对没有，但我可以说基本没有。商姓因为出了个"三元宰相"，而大大提高了姓氏的知名度。我在很小的时候，不知道有商姓时就耳闻了"商辂公"这个称谓。即使这么叫了，也很长时间不知商是姓，总认为这是个尊号。

从全县范围来看，仅属里商的姓非常多，而且好多不是一两户的"插花"，而是同姓形成村庄，并以姓氏命名的，其他乡镇难以比肩。翻开里商的户口本就像翻开一座城市的户口本，从这种五花八门的姓是否可以看出一些现象？例如，山势的险峻？源的深远？土地的包容性？

小源流域有三个姓在淳安是比较少有的：向、於、左。而且向和於都在以姓氏命名的村里。"向阳"在小源流域算是一个大村了，这是一个由向家与杨家两个自然村组成的村，"向"占近90%，杨占10%以上。原先叫"向杨"，后来改为"向阳"，可能这个名字更符合潮流。

於阿高是武源村的老书记，他在小源流域是一个名人。其中一点原因是他对历史与人文的一些了解比别人多。他所在村叫"於家"，於阿高向我们介绍这流域的地理特色时，讲了一个顺口溜：

> 妈啊妈，嫁我嫁到山棚上，
>
> 大门开开石头旁，
>
> 偏门打开刺骨旁，
>
> 客人来了没坐场，
>
> 只好坐到门槛上，
>
> 咸菜炒起没放场，
>
> 放在木桶上，
>
> 一件衣服没晒场，
>
> 晒到石头上，
>
> 收来没放场，
>
> 挂到丫杈上。

於书记的顺口溜，讲出了这一方村庄人家所处的地理位置特色：村庄的生产、生活都与大山紧密相关，女儿虽怨言绵绵，但只是从侧面说明了一点东西，并不能说明一切，因爱情而嫁入此地的自然大有人在，孙家桥村的唐彩红就是为爱而从淳安的西北嫁到东南来的。此村因孙氏得名，但现在住在这里的以左、叶两姓为主，孙氏早已不见。唐彩红已在此生活了四十多年，但唐村口音仍能辨出。虽然说到这里的深山闭塞，也有这样那样的不满意，但她口气中没有半点怨意，提到丈夫左有根的名字时还带有点老年人的羞涩。她笑着说："那时觉得奇怪，还有姓左的。"

当年左有根到唐村水库工地上做民工，他俩由此相爱。在当时，嫁到这里已算十分遥远，但爱情打败了距离。她拿出祖居地安徽安庆桐城左氏的新修家谱给我们看，他们这支左氏是清末逃荒到此地的。安庆话虽有人会说，但也渐渐融入到里商话中。他们在此落地根，变成纯粹的里商人。唐彩红有三个儿子，其中两个在南京做生意。前些年两个儿子与老头子商议，先在门口建座桥，房子以后再说。于是将本来用于建房的钱建了桥，花了三十八万，这座桥就叫"左氏桥"。现在的房子虽然是木头结构，但女主人收拾得整洁，其实住着也舒服。她笑得很真诚："不建也好，这样的房子越来越少了。"唐彩红虽然不姓"左"，但已然是左氏家族的一员了。

除商以外，还有几个在其他乡镇鲜见的姓，如郎家的郎氏，十五坑、洞坑口的解氏，天池的涂氏。这些村庄缀在里商的流域里，呈现出不同的姓氏色彩，自成风景。这还是以姓氏组成的村庄，还有些村庄的姓氏如繁星一样众多。

五百三十人的燕窝村有着二十六个姓氏，众多姓氏说明他们来自五湖四海，聚到一起后难免会冲突、碰撞，但他们在融合的过程中慢慢学会宽量与包容。村里讲着各式各样的方言，有常山话、有安徽话、有淳安话、有遂安话，关于常山话在这个村里流传着一个很有意思桥段：

说常山话的老奶奶指着鱼对小孙子说：这是"鹅"。

孙子说：这是"鱼"。

奶奶说：这是"鹅"。

当鹅走过来时，孙子问奶奶："这是什么？"

奶奶答：这是"无"。

孙子哈哈大笑。

笑话归笑话，多文化背景的融合之地，其实能创造不一样的人文特色。燕窝村的文化员小封是曾祖父那辈来此地的，他们家来自常山。她爷爷封龙山与她外公汪树山在村里曾势不两立，两人都是村里的强人，互不相让，争强好胜，这种情况下形成了一个"势"，其实不利于村里的和睦。如何把这个势给做掉，也是善良的村里人的想法。这种关系最终被儿女亲家化解了。封家的儿子与汪家的女儿恋爱了，尽管两个死对头不太同意，但儿女之间的情感他们也破坏不了，于是便顺坡下驴化解了僵局。如今讲起这件事，小封笑得很开心似乎在诉说着很久以前的一个故事。

燕窝并不是姓氏最多的村，与相邻的塔山村相比可谓小巫见大巫。据统计，塔山有五十三个姓，这还是户主的姓，没有包括嫁过来的和整家转非农户口的。塔山有一个自然村，二百六十八人，有姓氏二十六个，平均一个姓十个人，这个村叫阮家源。阮家源一听，就知道是以姓氏得名的村，但在这个村里，阮氏却并不多，只有八户。但在这个姓氏五花八门的村里，八户的比例可能已经很大了。这个村有四公里长，房子稀稀拉拉地坐落在峡谷中，几乎看不到平地，山脚缓坡地带基本都被利用起来建了房子。这个村里人的祖辈来自安徽、江西、福建和浙江等地，原先大多数都在阮家源的山上住山棚，后来慢慢移居到山脚，形成了一个完整的村落。

在这里，还有查、邱、曾等在淳安极少出现的姓氏，一个个姓氏就像一片片色彩不同的树叶，组成了斑斓的风景。每一个姓氏背后有着不同的文化，多文化的融合产生了旖旎的效果。

喀斯特传奇下的石林

从前这里并不叫石林，石林作为行政区域名还没二十年，应该说还是个很年轻的名称。用"石林"来命名这个镇，肯定有其独特的原因。其实，过去这里是两个乡镇：茶园与赋溪。在过去这两个乡镇要大得多，而目前，好大一部分因千岛湖的形成而淹没了。这个镇是面北向湖，站在湖岸边向北眺望，湖水浩渺，桂花岛、蜜山岛尽在眼前，极目远望可以看到金竹牌大桥。这片水域很广阔，湖岸线很长，但走在石林其实感受到的是身处边边角角，是零星、碎片与小。无论是峡源的大小、村庄的规模还是滨湖的空间，都给人以小的概念。小小的流域，不大的村庄，沿着湖岸线行走，一边是山一边是水，十分逼仄，在这一百四十四平方公里的面积里，绝大多数是绿色的山。人口密度是全县最小的，每平方公里只有三十三人，远远低于全县一百零二人的平均水平。

从高峰引开去

2017 年 10 月 2 日，已近黄昏，在石林镇的千岛湖村走访接近尾声，但还有两三个小自然村没跑到。村里的陈开泉书记说，高峰去不去？我说要去，其目的是看看每个村都有什么不一样的地理特征。他们向我介绍说，从前有个高峰庵就在这个村里，说这个庵很有名气云云，其实我对这类东西并没有特别大的兴趣，除非它能给这方水土带来巨大的影响。但我觉得还是得看看，为什么这高山上会有这个庵？这村庄是什么地形，与我之前见到的高山村有什么不同？我叫陈书记忙别的去，有人带路即可。

这个叫高峰的村其实并不高，海拔只有三百米出头，但从山麓公路到这个村绝对落差却接近二百米。一到这个村，我就被这个村的样态所吸引。这是个只有三四十户农家的村庄，像一口锅，房屋沿周边而建。开始我并没有注意到这个村的奇特与不同，我以为西边是这个村的水流出口，因为那边看过去有点山岙的样子。我问的第一个问题就是高峰庵遗址在哪，有人指了指，我往南向上爬了爬，到达当年高峰庵所在地，恰恰就在村里的会计金斯根的屋旁。金跟我聊了聊他所知道的高峰庵情况，以及其他情况。在他家门口看整个村，看着看着，又一个问题冒出来：你们村是不是四周高高的，中间像盆地。这个村四周都是高高的，水往哪里走呢？金斯根说：水往洞里走。我惊讶地问：洞，什么洞？

金说"水往洞里走"这话时是异常平静的，因为他一出生面对的就是这样的村庄，这样的地形，这样一个洞。而我面对这个信息时，是诧异的，因为它超出了我所经历过的村庄的经验。也就是说，这个村是没有村口的村，它西边翻个山岗去到半坑，东边下山到徐坑，北边是山可以瞭望广阔的湖面，而南边是更为巍峨的高山。

　　我说洞在哪里，赶紧带我去看看。

　　在夕阳的金光里，金斯根带着我往村庄的东北方向走去，并不时地下坡，直到抵达这个村庄的最低处。洞不大，一米来宽。洞的三边都是毛竹，倒也能起到护栏的作用。水流到这里好像遇到了一堵墙，只好在墙根处钻入一个洞消失掉。时值枯水季节，看不到明显的水流。从上往洞里看，也就一个黑黑的窟窿。金斯根一年带好几次人来看这个洞，每次他都要做的动作就是往洞里丢石头，用声音来测试洞的深度。跟前的小石头都没了，他不得不跑远点去找石头。他娴熟地向洞里丢去，从声音，我判断这个有很深，但金斯根却说：原先比现在要深得多，石头丢下有一会儿才传出声音。这个洞口谁也没下去过，不知里面的世界如何，是大是小。村里人只知道水往洞口进，从别处流出来。我问那水从哪流出呢？金说，在山下的公路边。我觉得很神奇，在下山时，我提出一定要看看水流出的洞口。在公路下方，我看到一个不大的洞，流出不算多的水。从洞口看，估计只能容一人爬进。从高峰入口到山脚出口，即使洞内不转弯，直线也有近两公里。这个隐秘的地下世界没有人走过，也不知里面是如何丰富多彩，有没有其他生物。我想，现在是枯水期，到来年的梅季再来看看，这个溶洞水流的入口与出口的滚滚模样。

金斯根带着我往东北方向爬，因为那里有几幢房舍。按着正常逻辑，这里是村庄的出口，水流的方向。但现在是一座山，像一堵墙，岗上正适合村民建房。如果这个村里没有这个洞，那估计不会有这个村，因为这里会是一个小小的湖。但事实上是现在这样子，村庄是一个小小的锅，锅底有个小溶洞，几十户人家守着这个小世界。

高峰和这个小溶洞的存在，使我对石林的认识发生了改变。过去，我常以为石林名字的由来是因为石林景区的存在。未料到距离石林景区大概五十多里路的高峰仍有着突出的喀斯特地貌的样态。高峰是千岛湖村的一个自然村，处在滨湖沿线上。这说明，石林的外延更广，说明喀斯特地貌在这一带有着广阔的面积。溶洞并非仅仅存在于这一带，在石林的背面，建德的石屏有更为出名的灵栖洞，灵栖洞比高峰的这个洞要大得多，影响力甚广。

在石林景区的边沿，有一个村曾经叫仙洞村，而今这个村已并入玳瑁，仙洞村的来历与这个村有一个仙姑洞有关。仙姑洞处在仙洞村最南边快与建德交界之处的一个小小山坞里。这个小山坞吸纳两泓水，一泓从西岭而来，另一泓从仙洞这边而来。这两泓山涧水夹牢一个山垄，仙姑洞就在这山垄的正下方。仙姑洞下是一个相对开阔的三角地带，从山坞的口子走进这三角地带，是两三里路的弄巷形状。两边悬崖耸立，夹得很紧。盛夏季节走在此道上，顿感凉风拂面，分外惬意。这个地形，很容易让人想起某种象征，想起生命的蓬勃与起源。

关于仙姑洞的来历，还有一个传说：

很久以前，有一年大旱，村里大部分稻子都快枯死，唯有何姓人家的稻子还是青的，很多村民为了一探究竟，来到这田里。大家发现，这块田的后面有一股泉水潺潺喷出，村民们都为何家感到高兴，何家人更是日夜派人守候。

一天，何家大人要出门办事，于是叫家里排行第三的女儿到田里去看水。她来到田间，看到自家田里绿油油的稻子感到很高兴，但看见周边田里的稻子枯黄又觉得不是滋味，眼前的情景拨动了她一颗善良的心。她毫不犹豫地找来一根细细的竹竿，在自家的田里钻了一个洞，让自家田里的水往下流。

何家大人因路上耽搁，过了好几天才回，一看泉水还像往常一样往自家田里流，奇怪的是田里不见有水，而下面田里枯黄的稻子却正在返青。何家人断定是下面田里的人偷了自己田里的水，但又找不到证据，于是叫来三女儿一问究竟。三女儿在大人的逼迫下说出了实情。家人一气之下拿起棍子就要打，她无奈地往村下逃。她逃到山脚，已是有气无力，可家人还在后面紧追不舍，一急之下她逃进了山洞。家人追到洞口，洞里漆黑一片，便不再继续追，只守在洞口呼唤她，但就是听不到回应。家人在洞口守了三天三夜，也不见她出来，她从此消失在这个山洞。后人为了纪念这个善良的姑娘，把此洞称之为仙姑洞。

后来，当地人遇到旱情就到仙姑洞来求雨。

当地的有位七十多岁的老太太，名叫练樟花，她曾经是仙洞村的姑娘，后嫁往建德寿昌。从小耳濡目染，对仙姑洞有着不一般的感情，无法忘怀。三年前，她在仙姑洞下建了几间简陋的房子，把家搬到了这里，她的子女会不定期地送些生活用品。那天我们去仙姑洞走访时，练氏老太已回建德老家了，没能与她聊聊，没有听听她的想法，感到非常遗憾。两只狗守着这幢小屋，也守着这份平静。我突然觉得这样的意境已十分难得：仙姑洞下的三角地带，一间小屋冒着炊烟，左右两条山涧水在门前汇合，一个老太独自守着这方山水……

两头空 走两头

沿富溪源往石林景区方向走，到了岭足村就开始爬山了，海拔陡然增加。兰玉坪村在这个岭的半途，到了这个村，你随便往跟前山上一看，就看到露出地表的石头，星罗棋布、密密麻麻，像柱像笋又像菇，是典型的喀斯特地貌。总的来说，到了这里就给你一种强烈的石林印象。虽然这里离石林景区还有十几里路，但这一带，好像是石林景区的序曲与预热。

我想起二十一世纪初，第一次来到玳瑁村的情景，石头露出泥土欲与树木比高的样子，很是震撼人。在村庄的西南方向有一个山包，看上去像一个馒头山。在这座山上，呼之欲出的石头特别多，我想这要是给规划规划，说不准又是一个景区。因此，我把摄像头对准了这座山，拍摄了不少镜头，全不管自己要拍的片子能否用上。石头是吸引我的因素之一，其实真正让我感到特别震撼的是这里高山地形的独特样态。在海拔五百五十米高的山村，缓出这样一块平地其实是极为少有的。当时第一次接触玳瑁时，就感到这里特别，那种空旷感压根不像是在一个小山村，完全是平原才具有的气质。当时想，这里不是很有开发空间吗？可以让人呼吸到不同的空气，可以欣赏到不同的风景，可以体会到不同的风情。

当时，我与一位同事正在拍一个纪录片，叫《小谢参军》。那是冬天，在玳瑁明显感受到温度比山下低好几度。为了跟踪拍摄，我们就住在小谢家。夜幕降临后，彻骨的冷很有硬度。村庄的夜晚天上的星辰特别清晰，天幕没有完全黑，还透露着淡淡的墨蓝，满天繁星在眨巴着眼睛。与它们一样调皮的是飞过的飞机，既多又亮。小谢早晨五点多就要出发，我们也得早早起床。我们在白霜中迎着寒风爬上中巴，送着小谢离开玳瑁，向着一种远方走去。

我对玳瑁的印象很好，其中一个原因是这个村名很别致。玳瑁其实是海龟的一种，它生活在海洋，与这个高山村似乎一点关系也没有。我在想这种生物的化石或许在这一带发现过，这个地名或许是这样来的。因为看到这个名，就想起海洋生物，就想起地貌变迁，进而想起了这里地貌的不同。这样想似乎是合乎逻辑的。

当年去玳瑁还听到了这么一句话：玳瑁两头空，代代出长工。2017年10月1日去玳瑁，了解到这句话的来历。原来这句话是这么说的：玳瑁两头空，代代出相公。相传后来有一天，有位神仙路过此地，看到一玳瑁人，与其聊天，见此人言谈中露出"不恭、不谦、不敬"样，就留下了另一句话：玳瑁两头空，代代儿孙打长工。玳瑁为何是两头空呢？

玳瑁的东北方向有座山叫白兔尖，白兔尖海拔八百米；它的西南方向有座山叫前山，稍低点，这两山之间是平坦的土地。这样南北两个方向都是下行的地形，便成了两条源的出发地。我特意走过这个空旷空间的最高点，如果雨天，这里的水就是分两边流的，一边向南到建德石屏，一边向北到富溪。

　　同样两头空的还有西岭，它是玳瑁的姐妹村，与玳瑁有着相似的地理特征，也是两山之间缓出开阔的空旷地，也守着两条源的起始地。这个村里的水向西流进宰相源，向东流进建德石屏。这个村庄的开阔地比玳瑁大得多，相当于三个玳瑁那么大。在这个村里走着，感觉有的是田地，似乎有着无限的农业资源。但在这种高海拔，气候、土质都不是特别好。大自然有时就是这么奇怪，它赋予你广阔的土地，但没有赋予你与其相匹配的其他要素。这片土地未能孕育更大的村庄，西岭村四百人，四百年，还是有点历史的，我在村中也发现了几幢老宅。村民是项羽的后裔，从开封迁此定居。村委主任项德庶告诉我，村里的两座山，北边的叫前山，南边的叫后山坪，这与玳瑁的山的叫法何其相似。过了西岭就是石林景区了，石林景区的风景不在此赘言。

　　从玳瑁到西岭这一带有几个自然村，守着三条源的源头。在西岭古道上曾留下商辂的影子，在淳安建德的交界处来来往往着两边的民众。离仙姑洞不远的地方曾经有个亭子，叫友谊亭。玳瑁村村委主任叶永林说，这个亭子开公路时拆了，我们还想恢复它，这个亭子见证了边界两地民众的来往。过去两边结亲的特别多，玳瑁村上了七十岁的有百分之八十五以上的人与建德那边有联姻。玳瑁岭两边的村庄交往的密度远远超过与本县各村之间的交往密度。这种亲密关系其实还辐射到了其他稍远的村，富溪源里去建德寿昌那一带，基本都是走玳瑁岭。两边的关系源远流长。

岭足村的方富有是一个八十一岁的老中医，他的医术远近闻名，他的病人遍布两边各乡镇，因为那边乡镇密度更大，村庄人口更多。因为行医，他年轻时候娶了寿昌的姑娘。后来，他的两个女儿都嫁在了寿昌。方医生的大女儿八十年代到寿昌街上学裁缝，之后在那边开了缝纫店，然后就在那边成家立业了，嫁的是寿昌本地人。大女儿说，因为有舅舅、舅妈在那边，学裁缝也是舅妈张罗的，没有舅妈肯定不会去寿昌，不在寿昌就自然不会嫁在那边。

像方医生这样娶了寿昌女又将女儿嫁到寿昌的不在少数，他说以前去岳父家后来去女儿家，走的都是岭，现在交通方便了就改为乘车为主。但这两边的病人，是每个村都有，所以虽然年岁大了，有时也挨村去看病。回忆起看病的经历，他还是有所得意。他举了个例子，三十年前，寿昌那边有一对年轻夫妻结婚才一个多月就闹离婚。男方叫张云，事情是张云的丈母娘传出的。那时方医生正在寿昌那边行医，丈母娘找到方医生说：这张云不会要老婆的。看她满面愁容的样子，方医生安慰她：你不急，我给开个方试试，如果吃了一个疗程有效，叫他再来找我。十天后，张云果真来找了。方又给他开了张方，之后这小伙的病就好了。后来生了孩子，夫妻恩爱，一家幸福。他说到这里，露出满意的神情。他觉得自己很积德，一生做了很多好事，治了不少疑难杂症。

方医生是玳瑁岭上众多常客之一，这条岭像一根绳子，把两边的村庄紧紧拴在一起。

一堆小村窝旮旯

石林是全县人口最少的乡镇，很大的一个原因就是村小人寡。为什么村庄小呢？估计是山谷平地少，严重缺乏居住空间。人口过百的自然村落在石林就算大村了。小村窝在山坞、山麓、山旮里，显得极为精致、安宁。

从毛竹源一路往西直到棠高的沿湖地带，散布着众多小村庄，这些村庄不是在小小的坞、源里，就是贴着山麓湖滨。石林的村庄基本坐落在两条线上，一条是滨湖线，一条是富溪源线。两条线在镇政府所在地富德交汇，成"丁"字架构，因为有石林景区与景区附近的村庄，这个"丁"字一竖的末尾部分就加重了分量。我们先从"一横"开始数起，茶园村有毛竹源、枧坑坞、马鞍山、九龙源、里胡家、龙门里等村；千岛湖村有徐坑、湖畔、高峰、半坑、乌山尖等村；还有富德、里四、棠高、考坑。这些滨湖沿线村大多数都是小源、小坞形成的村，茶园与千岛湖两个村的各村，小源小坞的感觉更明显。它们有一个共同的特点，就是都背对建德，基本上每个源都能翻越去建德，只是山较高，走的人少罢了。

毛竹源，曾经的茶园镇所在地。当年它是淳安真正意义上的东大门，有我县唯一的火车站，有水陆联营，有大宗物资中转，有我县的许多职能部门，有著名的中英街，还有很有标志性的水上宾馆，现在正装修为摄影主题酒店。昔日嘈杂的中英街，店铺虽然更像样了，但早已人去楼落寞。没了人声鼎沸，街就成了一条普通的路。伫立在库湾码头，夕阳倒映在湖水中，平静得像从镜中反射出来光芒，只有几艘归港的游船还卖力地航行，引导人们走进昔日的时光。茶园镇的落寞，其实不是一段历史的消失，而是全县发展的一种表现。说明淳安不再将这逼仄之地作为唯一的大门，这方山水资源优佳之地，找到了自己的本位。

九龙源作为村庄已基本式微了，大多村民都迁到口子上的里胡家。但九龙源还是值得一说的，它是那众多小源小坞村中最大的一个。

九龙源，听起来很有气势，但其实它是一个十分狭窄的源，长有五点二公里，两山高耸，两山之间的距离也就一两百米，鲜有农田。这条源的出口更为狭窄，最窄处也就二十来米。

九龙源说是一个村，不如说是一个源。这个村二百来号人基本不能称为邻居，他们散落在十几里路的沿线，有两三户人家的地方就算是比较宽的了。现在整个村往外移，里面的房子大多都还在，整个村被一家公司收购了，办起了民宿。在村庄靠外面一点的地方，有两户已经修饰一新，对外营业，这个叫"初喜"的民宿正在准备迎接"十一"黄金周的客人。曾珊珊说，这两幢房是公司推出来的首批民宿，整个九龙源正在规划，计划分期分批推出。今天是 9 月 30 日她正在忙着准备迎接第二天客人的到来，我们欲叫她到门口清澈的池塘边拍张照的想法也说不出口了。

在滨湖沿线有一个源一定得详细描述一下，这个源里就一个村：考坑。这个村现在是棠高的一个自然村，考坑也有两个自然村：里考坑和外考坑，共有两百二十号人，里外各一百多。这条小源里面就这么一个村，与其他村没有太多的联系。过去从考坑走出这条源，是要翻山越岭的。这岭一般有两条，一是从源头翻岭到富德村的修坑坞；一是从村口翻草坑岭到里商的中坑。它处在石林与里商的边界上，曾经也归里商管过。这个村就像住在一个竹节里，出来不方便，里面很安全。这条源的出口，有长达四公里的嶙峋怪状的地形，两边青山高耸入云。在这两山的半山腰，横生出一垄垄小支脉。这些小支脉是各式各样的，有横冲出来直达对面山麓的，也有斜冲过来的。溪水也就因山势而蜿蜒曲折。

带我们的项中全说，这一段地形十分复杂，如果爬上山顶往下看，就像一个复杂的盆景。我说，我只能用一个词来形容：犬牙交错。这种地形，我没有在其他地方发现过。我想等到明年梅季发洪水时再来看看这条溪的模样。我在想，现在通公路了，村民自然方便了，但也把这个地形破坏了，这四公里地方要保持原有样态那该多么好啊。入村可以在别处打个隧道，也许这要求太高了。穿过这四公里，到了考坑却是平坦的地形，草坑岭就在这四公里的尾巴上，从这里向西翻座山。这翻山也不是很容易的，当年项中全的爷爷在这条路的最险处铺了四个台阶，生了四个儿子。村里人说，这是上天对他爷爷的报答。

我没能沿着考坑的源头翻山到修坑坞，很是遗憾。修坑坞是很小的自然村，不到二十户人家。像这样的小山村，在富溪源里有一堆。

我随便掐指一数就有梧桐弯、邵家、松底、修坑坞、直坑、苦竹、叶毛坞等。这些村有两个共同的特点：一是都处在斜逸出的坞里，且这坞的口子都十分不起眼，进入村庄却有一块独立的空间，给人一种隐蔽消匿之感；二是村子规模都很小，有的是十二十户，有的是三四十户。这些村庄虽小但很耐看。村庄最基础的元素都具有。

这堆小村中，有个叫修坑坞的村只有十几户人家，我对其名中的修字很感兴趣，觉得取此名的人很有内涵。在这个村里，我们遇到了一位九十五岁的老军人。他解放战争时期就参加了工作，后来参加了抗美援朝。他要是当年不回到这个小山村，在外谋份工作，现在也是离休人员。但他很坦然，丝毫没有可惜之感。这个叫邹国政的老人，根本看不出他已经年近百岁。邻居说他心态好，是一个老实人。他说，比起那些在战场牺牲的战友，自己今天还健在，这不是莫大的福气吗？

清平流出富文

一条清平源，一方富文地。

清平与富文这两个词像一条河流的两岸，都那么清新雅致、庄典厚重，给人以想象空间。这种地方总会给人以向往，清平源里有什么，富文乡域有何说？

清平源溪的下游已被千岛湖吞没，青田溪与清平源溪早已没有了真正意义上的连接，它们已经各自注入千岛湖，但做为很重要的地理标志的山仍然相依相偎，它们的形态也有相似之处，山高源深峡小。对富文来说，青田源就是一个旁逸斜出的存在。整个富文对淳安来说何尝不是这样的存在呢？离中心与出口很近，但又不处在主干道位置，它就是这样的"旁与斜"，虽不占中央位置，但不可或缺，又是很艺术的存在。

旁逸斜出的青田源

青田源现在就一个村：青田，700 多号人。过去有两个村，青田与雪坑。行政村区划调整时，这两个村合并了。这两个村并成一个村是顺理成章的事，他们共一条源，雪坑在上游，青田在下游。从源的角度来说，这是一个小小的源，虽然有十几公里远，但源里的空间是极为狭窄的。这小小的地方何以叫青田这样有模有样的名字呢？真正的青田村是一个小小自然村，充其量不到三十户人家，处在这个源的中间偏下的地方，是一座山垄出又延伸出的一块坡地。村后的山叫茶焙山，这座山以及茶叶与茶叶炒制有关。我对青田这个地名极为感兴趣，对来历追问不断。青田自然村的邵培木与余樟信给了我较为合理的答案。他们说，过去这儿叫顷田，也就是说田少，就半顷田。解放后，按谐音就改叫"青田"。我觉得这个解释较为合理，比较符合实际又有逻辑。

在这条源的外部地带，有一处值得一说：葛岭。葛岭是一个自然村名，也是一座山名，同时也是这个地方的名称。这个地方的地理特色是值得一说的，溪流从北到南，在葛岭这带形成特别的地理样式。西边的一垄山横刺过来，与东边的一堵山形成紧密的对应关系，中间的溪流把这个山冲出一个口子，两岸都是斧劈一样的峭壁。"打开石门，拉断葛岭"的传说可能就是基于对这一地理特色的演绎。西边过去是无路可走的，后来才开了公路。以前这个地方地形是十分奇特的，沿溪不能行走，更为奇特的是紧挨此地的上游，恰恰有两水交汇。从东北方向跳跃而来的阴坞里的水，就在这里汇入青田溪。两溪交汇处四周岸边皆是山，山和溪之间没有一点平地。溪水离岸很高，茂盛的树木掩盖着两溪，一种深幽、神秘的感觉油然而生。从前进出源的路是打东岸走的，所以在阴坞溪上必须有座桥。这里确实有座桥，古老石拱小桥很有故事感。这座桥叫"囡姑桥"。关于"囡姑桥"还有一段久远的传说。

相传北宋末年，淳安西乡农民方腊率穷苦百姓起义，威震东南。朝廷派兵前来镇压，一路烧杀抢掠，百姓人心惶惶。

方腊的妹妹方百花是女中豪杰，一天率义军来到清平源一带安营扎寨，招收青年男女参加义军。这支义军没几天就开赴金华去了，留下几个女兵驻守青田，当官兵追到清平源后，听说方百花在青田、雪坑一带安过营，招过兵，就要来围剿，青田村的百姓知道这个消息后，纷纷计划外逃。这时，有个 20 多岁的俊俏姑娘站了出来，大声说："乡亲们，请安下心来，如果宋兵真的要来，我一个人顶着，决不让大家损失一根毫毛，请乡亲们放心。"

第二天一早，官兵真的来了。只见青田村外葛岭上的石桥上，一位包着红头巾，身穿短衣，腰束绸带的俊俏姑娘，背着两把短剑，威风凛凛地站着，挡住了官兵的去路。追兵头领见一个黄毛丫头挡着去路，大声呵斥道："小丫头，快滚开，不然老子就叫你去西天！"姑娘一见领头的凶神恶煞的样子，心里来了火，从地上捡起一把三叉大钢叉，嗖的一声甩了出去。钢叉不远不近，竖立在领头面前三丈多远的地方，三个钢叉朝着天。姑娘一个燕子腾空，飞身一跃，稳稳当当地坐在钢叉正中的叉尖上，追兵一见这个小丫头武艺超群，知道自己不是对手，急令退兵。

青田村人由此避免了一场兵祸，为了纪念这位不知名的义军女英雄，就把这座桥改名为"囡姑桥"。

方贞寿站在"囡姑桥"上给我介绍这一带的地理特征。从前没有公路的时代，进出青田源都是从溪的东边走的，到了葛岭，从阴坞来了一涧水，因此必须在这里架一座桥。阴坞溪的两岸忒不像两岸了，更像是山的边沿。"囡姑桥"搭在这样的两岸，与其他桥是有所不同的。虽然是石拱桥，但桥面一点不拱起，平整笔直。桥面上布满泥土，与两头连接处的痕迹也抹平了，加上它与两岸的高度近似，加上四周的植被密布，这桥已与这里的山水融为一体。我走进小小的阴坞溪，仔细望了望这"囡姑桥"。它是用没有凿过的最原始的石头砌成的，如同一堆石头随意码在那里，这个小路现在基本上没人走了，石缝和桥面上都长着杂草与藤蔓，荒芜使桥归了自然。

青田整条源其实分两段，分界岭在上岭脚。上岭脚以外是过去的青田源，是未合并之前的青田村的范围，山岭脚以里就是雪坑源，过去是独立的雪坑村。上岭脚这个地方很有趣，下半段的青田源是从北往南方向，但到了上岭脚这个地方突然拐了90度，雪坑源就变成了东西方向。这两段源，有一个共同的特点，那就是落差显著，在葛岭之外的地方海拔只有150米左右，但在源头的荷山海拔有600多米。如此这般，就造就了这条小溪独特的气质，少有平缓、悠扬而去的绵长，大多地段都是跳跃、喧闹的。到了雪坑源的源头地带，从荷山口开始溪分两路，一路去荷山，一路去山后源。这源头的两段溪的坡度更为陡一些，无数的小落差，表成无数的小瀑布，这无数的小瀑布便发出了天籁。

山后源村的房屋已全部拆毁，昔日的村基已被茅草覆盖，只有一株上了年纪的古柏还站在那里，应该是过去的村口。这源头出发的小溪以低调的姿态，在草丛下柴火间平静流过，不支起耳朵都发现不了水流过的声响。这个雪坑最里面的村，窝在山旮旯儿，不张不显，似乎已经到了尽头，但往村后看似乎有一个山呑可以通外，但其实山外还有山，这个呑是一个错觉，往西翻山可以走到清平源的板桥坞。

与山后源村差不多大的荷山村，是方忠永与方贞寿父子的老家，这里更靠东，处在与建德的交界上。当年有二三十户人家，如今还有三幢房子存在，曾住着张有海三兄弟这三户人家其实都已迁到外面，只是房子还没拆。三兄弟一年来个几次，做点活，比如采茶叶之类的。张有海的嫂子陈菊仙两口子，每年会在这里待上半年，养几百只鸡，就放在这无人打扰的山野。

方忠永带我们往里走了走，柴高尖更为巍峨。这是一个海拔1080米的高山，基本是这一带的最高峰了。它处在淳（安）建（德）两县交界处，是众多驴友的目的地。方与陈两人都向我指了指山巅：那上面还有一面红旗。这座山的另一边是建德莲花镇的里芳村，从那边上来的人也不少。这面旗可能就是驴友插上去的。他们告诉我，高铁就从这座山底下穿过。高铁从柴高尖的深处穿过，不知深夜可否听到轰鸣？

方氏父子带我在村中闲逛，曾经村庄的巷弄，现今芒杆一片茂盛。在他们房子的地基上，方忠永驻足良久，他告诉我，1969 年他们从对面的半山腰搬到荷山，2008 年又搬到青田的羊角湾，这是第三个家了。说到这里时，他有那么一点惘然。一个村庄的消失，如同一个生命的倒下。无论你曾经对其抱有什么样的情感，当你离别时，总有纠葛把你牵牢，这与矫情无关。

何为雪坑？是因为雪比外面大吗？是气温比外面低吗？好几个青田人告诉我，这里的气温一般比外面低 3 到 5 度。我把同样的问题抛给方忠永时，他给说 47 年前的冬天，也就是 1971 年 12 月 20 日，他去了趟江西，走时下了场大雪，20 天后回到村里，雪还没融化掉。

十几里雪坑的雪比外面厚，有雪的日子比外面长，气温比外面低。过去的雪坑缺田少地、出行不便、居住分散。300 多人住在十几个自然村，有的小村其实就只住了两兄弟。雪坑源空间狭窄，两山之间的最窄处估计百米不到。谷地只有一条小溪顺坡潺潺而下，几乎看不到耕地几户人家也就在山脚凿点地基建房。背倚青山，推门触山，出门绕山，干活爬山，人们在山的缝隙里活动、生产。雪坑源里有一类山很有特点，处在房子的对面，陡峭如墙，看似独立存在，其实背面与其他山相连。这山上阔叶林远多于针叶林，许多柴木到了冬天都落叶了，看上去丝丝条条，看似随意但又很艺术。没了叶子，雪落上去，整座山便成一个艺术展览馆，如果雪被冻成冰，成雾凇状，艺术感更强，煞是好看。

政府鼓励村民往外迁，改善生活、生产条件。大多数村民都迁到黄家店与羊角湾了，留在里面的农户已经很少很少。村民腾出的空间，成了另一种优质资源，通过规划，这个"苦寒之源"的审美价值、体验价值、观赏价值从另一面得到了提升。民宿选址盯了这条窄小的雪坑源，众多新主人涌入此源，建成与在建的有六家，据说最源头的荷山与山后源也被人盯上了。过去的"上岭脚、下马岔、高公坞、雪坑、屋基畈、黄烟畈"已被"淳雪居、乡庐怡陌、美客·爱途、青麓·书院、萝蔓世家、茂山·青田野"所取代。民宿的美名让人赞赏，但过去的地名容易让人想起路边的野草、野花，更有乡野气息。

希望这些风雅的民宿在发展的同时，仍能留下雪坑的丝丝风情、风俗、习惯，不让它们成为尘封的记忆。

无限分支的小源

清平源在漠川分了岔，左边是小源，右边是大源，当然大源是清平源的正源。这大与小是指规模，是积雨面积。两源的分界处有一座山呈金字塔形，显得规整端庄，好似为分界而特意设置的一样。这样的一座山几乎每处两水交汇处都有。

漠川过后是聚璧，聚璧村恰恰处在一个分支处。左边是燕坑源，右边是章坑源，两个源差不多大小，水流相仿。以燕川为例，到了钟山脚，形成一个分支，左右水的流量几乎一样。沿西边源走3里处又是个分岔，一边到柴源头，一边到浪岭脚。即使到了浪岭脚这源头水的尽头，水流也有着分岔的样子，两泓小小涧流在倪连女的家门口相汇。

浪岭脚现在只有 4 户人家了，但在从前这里其实也是一个小小的桥头堡。一边翻过去是文昌的浪岭，另一边翻过去是千岛湖镇的桃源。倪连女的娘家就在桃源，她嫁到这边来快 30 年了，见证了这一边界地带从繁华到凋敝的过程。

倪连女与丈夫正在家里砌灶台，带路的燕坑村文化员陈伟金叫了她一声，她歇下手中的活陪我们聊了起来。为了让我们更明白，她特意走到门口，用手指着远处的山说：那边过去是桃源上坪，那边过去是文昌浪岭。她说过去她经常爬山走这条路，走此路的人很多，她家就像一个中转站一样，好多行人都在她家歇歇脚，喝口水。现在基本没人走了，路也差不多荒废掉了，一年估计有那么几个山民会走此路。她说：现在我自己回桃源也坐车走大路了。她说到去娘家用了一个"回"字，说明她已真正与这个浪岭脚融为一体了。

直源头比浪岭脚还要凋敝，原先有五六户人家，现在只有一栋房子还坚守着故乡，我们到那里时大门紧闭，主人不知是出门干活去了还是到城里去了。当时我也忘记问陈伟金了，事后才得知这栋房子就是友人柯小慧的老家。柯小慧是文友，记得有次在微信上跟我说起过她是富文燕坑人。出了直源头才想起来问柯小慧的家在哪？陈伟金的回答让我后悔，那幢房子也没拍张照片。柯小慧孝顺，早在县城给父母买了房子，家里的老房子也还保留着，没往村外面移。父母现在两头住，城里乡村，倒也惬意。事后与柯小慧在微信上又聊了聊，她说原本村里有汪、柯、陶、童几姓，后代凭努力走出了大山。村庄近乎消失的原因，除过于偏远外，还包括村里在离直源头不到一里路的杨里坞建了公墓，这加速了村民逃离的步伐。

从钟山往右边进，又是一番天地。在转桥边有一个分岔，左边进是横岭脚，右边去是蒙去坞。蒙去坞相对于横岭脚是正源，要深，要远，要大。在蒙去坞的吴功德门口，朝西北望去，有一座不算高的山，顶上呈呑状。这山上植被茂密，还有一株柿子树，柿子像小灯笼一样挂着，煞是好看。我说这也没人摘，他说没人要了，谁想吃都可以上去摘。他指着这座山说，翻过去就是文昌的江坑了。江坑那边我也到过，我总觉得两地之间有好远的距离。吴功德说，就三里路翻过去就是了，以前他们那边茶叶也挑到这边来卖，我家的一位婶婶就是江坑人。吴功德与几位村民还议到了规划中的富文到文昌的公路，他说从这里去最近了，打个几百米的隧道就到了，希望路能从这里走。

在聚璧的两源分岔处还是一座金字塔形的山，往右走就是与燕坑一山之隔的章坑了。过去这里有三个村：小章坑、大章坑与章坑口，现在合并为一村，三村相距不远，呈三角形。其实小章坑在若干年前我到过，跟着一位友人去其邓姓战友家吃年猪肉，由于是傍晚了，也没在村里走过，对这村里的地形地貌不熟悉。

村里的舞蹈队正在排练，方伟根主任也在那边，他带着我们走了走，特意去了高铁工地。路过邓姓家时，我说这户人家我来过，方主任说这是他姐夫家，由于离工地太近，这几年都不太住了，灰尘重。我们爬上了高铁，往两头看了看，隧道的前方是大章坑，线已架得差不多了，工人正要下班。如果允许的话，一直往前走，不用走几里路就是文昌的江坑了，山重重复重重，要是一线可串其实也并不遥远，只是在山脚下绕出了无限距离，比如小章坑到大章坑必须要先到章坑口，再直走才能到达。小章坑只是章坑源里一条向右横出的支源，这样横出的支源在大章坑也就是章坑源的里面还有一条，不过这条是向左的，这条横出的就叫横坞，与直坞垂直。

在横坞与一位大娘聊天，她是这条坞最里边的人家了。从这边翻过去就是文昌的浪洞村，这条路几乎每年都整修一次，因为每年的农历八月十二日，这边好多村里人都要去那边的罗富庙烧香。大娘也每年都去，翻过去还是有点路程的，来回要整整一天。

正源一条直线到底，连望过去的空间也是笔直的样态。我们问从这一直到底，翻过山是哪里？陪着我们的村文化员王冬英说，是分水的螺山。

小源里现在只有三个村，燕坑、章坑和聚璧，燕坑与章坑都是多自然村的边界地形，而聚璧基本上是一个自然村，村里的王氏在此居住了四五百年，村里的老式民宅很有历史感。这个村有田有山，村前是小溪，风景如画，自然资源丰富，因此村子自古以来就比较富裕。

别有洞天的大源

六联是清平源的正源头，村书记刘樟达说六联的面积相当于三分之二个澳门，但有 40 多万人，我们只有 920 人。他说我们这里有众多自然村，地广人稀村多，还是给你画张图写上村名清楚点。他写得一手好字，唰唰几下一张草图就出现在我面前。这 17 个自然村都是有 6 户以上人家的，还有小的没有标注，他一再强调这点。

茂山、汪家坞口、前坑口、寒石坑、前库头、何来坞、潘家源、刘公院、关南坞、何冲坞口、川塂、小毛岭、石牛栏、李家坞口、大毛岭、宋家坞口、白石岩。这一长串村名让我背可能花上半天时间也不见得能记得住。他说我们村里人是清末民初时从各地迁来的，南腔北调。在这个大山深处，虽然过去出去很不方便，但村里在外面创业有所成就的不在少数。雷玄锋是小毛岭自然村人，在桐庐的分水办制笔企业，生意做得很好，在村里应该是钱最多的人了，但他很低调，从不显摆，从不趾高气扬，举手投足如一个普通得不能再普通的村民，你很难将他从一堆村民中区分开来。这届被选进了村支委会，对村里的工作全力支持，但从不越位。

小毛岭既是个村的名字，也是一条岭的名称。站在小毛岭的岭顶公路眺望，两边都是崇山峻岭。刘樟达书记告诉我，那边岭理会高的地方是百江的钱家村，那个坞就叫毛岭坞。十多年前，这条去百江的公路打通了，毛岭人去那边办事买东西比去县城更多。六联去分水 30 公里，比到千岛湖镇还近。即便过去没开公路，由于两边挨着，交往也十分频繁，刘书记的妈妈、大嫂都是从分水那边嫁过来的。海拔 460 米的小毛岭根本阻止不了两边人对交往的热情与渴求。

关南坞是小毛岭沿线一条横出的支源，这个独立的小山村很隐蔽，十几户人家在小小山岙中，保持着传统的生活方式。鄢永财的祖上是从湖北漂过来的，他 16 岁开始跟着人家学酿酒，至今已经 41 年了。他家里有着无数的酒坛子，齐整划一地排在堂前与一个小副房中。这些酒基本上是由三种粮食酿造而成的：玉米、高粱和荞麦。主人很客气，让我们尝尝他酿制的酒。我们每种都抿一小口，口感很不错。富文土酿酒有名，但真正酿酒者都出自六联。六联何以在此方面出名，能出好酒？除了水之外，与这里毫无污染的环境有关吗？深山里是不是有独特的菌更适合酿酒呢？

翻开富文地图，六联离乡政府很远，近 15 公里。这是一处秘境，由近 20 个自然村组成，散落在 20 平方公里的区域内，山高林密，峡谷深深。二十世纪五十年代由 6 个低级社并成，因此就叫六联。在这个区域间，有着众多的空间布局。我们越过大毛岭水库向大毛岭的源头进发，路过几个村庄，沿线山形态各异，变幻无穷，给人以山可以产生无限可能之感。山的千变万化，使山村也姿态万方。

我们到了近源头的枧箸坑，刘樟达指着远处的山告诉我们：里面就是白石岩，以前有人住，现在没了。里面的最高峰有 978 米，山的那边就是建德的下涯镇大洲村。里面还有一片茶园，叫葛塔茶园。我想这个茶园里生产出来的茶叶，一定有着卓越的品质吧。站在枧箸坑的溪边向公路的对面望去，在石岩下还有一户人家，有一老人在屋边操劳。我问刘书记，这里还有人住？他说，这是最里面一户人家了，这两口子都有点残疾，但生了三个女儿，个个如花似玉。女儿们都在城里买了房，老两口都不愿进城。

这山上许多阔叶植物，我心想到了春暖花开的日子一定再来一次大小毛岭，看看这山花遍野、万物复苏、绿意盎然的深山是什么样子的。

此地叫重坑，是因为围绕村庄的水重重复重重，村委主任方普顺说我们村有六条水。村后方向有三条，村前方向有两条，还有一条就是主流，是从六联流下的清平源正流。村前的两条水其中一条是从吴山自然村流下来的，正是这条溪收留了仙姑洞里的水。我从未看到过这样奇怪的布局——六条溪水环绕一个村。

仙姑洞是富文重要的地理标志了，它坐落在吴山村，这个村后来并入了重坑。这个仙姑洞有着与石林仙姑洞相似的传说，但这个仙姑洞比石林那个规模要大得多，样子、造型，以及钟乳石的形态要高出好几筹。洞内第一进，是人们布置好的，祭拜仙姑的祭坛。洞内一半距离通了电，装了电灯，也修了简易的路，我们攀爬起来也方便了许多。我们只走了一半，另一半因为没有灯只好放弃，其实我是很想走完全程的，想看看出口是什么样子，在什么地方。在洞内，最让我惊奇的是依附在石壁上的一样的石灰岩随滴水成型的样子，像一层层梯田，又像是一面面玉盆。

桐岭上曾是一个130人左右的自然村，如今已遗迹难觅。在过去的20年间，村里人自寻出路散落到各地，桐庐、建德、常山、衢州都有，但他们户口还在这个村。桐岭上有一个小小涧流，这涧流流经仙姑洞时遇到了阻碍，仙姑洞那一带是像山岗一样的地形，涧断了水往哪流呢？钻入了地下，最终钻出了个仙姑洞。

目前，这个村里人已散落四方，以前守着这个仙姑洞过日子的人们已不在村中，但还是有人愿守仙姑洞，不离不弃的。饶启良就是桐岭上至今没搬走的两户人家之一，严格来说饶启良这一户，就是一人独守空屋，儿子在桐庐横村，老婆在分水。他们都劝他下山，但65岁的老饶就是不愿。他曾经是这个小村的领头人，与这里的山水已融为一体。他说看到村里人一户户地搬走，虽然觉得日益冷清孤寂，但他可以与群山对话，与这里的众物相欢。山上有茶叶、油茶、毛竹等作物，有这么多地荒芜着，在这里有得忙，且自由自在，也挺惬意。最让他舍不得的是仙姑洞，一年到头都有香客来，他可以为他们提供服务，也让香客有所着落。他说，他一年大约接待有一两百老香客，他希望这仙姑洞里香火缭绕，这桐岭上炊烟再起，有更多的都市人能来此驻足。

从另一个村——廷章也可看到仙姑洞所在的山——桐岭山。侧面的桐岭山别有一番韵味，像一座标准的金字塔。在廷章的横坞口，又有两个涧流相聚：一个叫上寺坑，一个叫下寺坑。上寺坑是个比较有意思的山岙，这个看上去两头空的山岙成筦形，两边两座山都很有气势。西边叫武禁山，东边叫九峰尖。透过这个山岙可看到远处的桐岭山，桐岭山像堵住了缺口又没完全堵住。那天云雾缭绕、流岚缥缈，桐岭山若隐若现，九峰尖被雾霭包去顶尖，70岁的邵灶炎老人非常热心，一再跟我叙说这一带的山势地貌。他说古代有一官人走到板桥坞口就看到了九峰尖的形态，立即下马，说此地要出人物。我为他的传说点了赞，但我说，这个上寺坑看上去更有意思，更吸引我。他说我识景，这是村里的八景之一，具体是哪八景想不起来了。

过了三天，他给我打来电话，说从家谱上抄下了八景，并告诉我从上寺坑看桐岭之景叫：桐岭清飔。与那天我看到的景象何其一致，那天恰恰是细雨蒙蒙之日。廷章八景包括：

桐岭清飔、碧涧合流、层峦叠翠、峭壁瀑布、高峰晴雪、后坞松涛、前山夕照、村舍晚烟。

左口的右边

    329 人的左口自然村，是当今左口行政村人口的五分之一。新中国成立初期，这里是两个乡：左口乡与瑶村乡；随后是左口乡与桥西乡。后来千岛湖形成又逢人民公社，左口乡与桥西乡部分未被淹没的村合并成立了左口人民公社，公社所在地也从左口搬到了显后。到了 2006 年，原光昌乡的 5 个村并入，乡政府又从显后搬到桥西村龙坑坞自然村。乡域在不断变化，乡政府所在地在不断变更，但左口这个名称一直岿然，左口是自然村名，也是行政村名，还是乡名，这个小小的自然村很让人产生探究的欲望。

    在早先的左口乡，左口村确实处在相对中心的位置，并且恰恰处在左右两源交汇后的下方。关于"左口"这一名字的由来，《淳安县地名志》上是这样说的：村址于十八都左右两源汇合处左边，故称左口。左口的右边地域广阔，那就从右边说起吧。

三个龙源那边排

从西南往东北，龙源、雄龙源、雌龙源并排开来，水流从西北往东南，三条源像一队战士坚守着这片土地。用雌雄来命名一处地点，极为少见，为何叫雌雄龙源哩，这里有一段传说。

相传，雌龙源、雄龙源是一对恩爱夫妻，住在龙源村头的龙洞里。一天夫妻俩为了小事闹矛盾吵架直到打架，雌龙忍受不了，离洞私自向石岭后奔去，那条源就叫雌龙源。雄龙见雌龙不归洞，知道是自己脾气不好气走了妻子，盲目出洞去找，一走走到与雌龙相反方向的塘边村。雄龙自知理亏，但去追老婆脸又拉不下，就猛一抓抓出一个沉浮潭，之后再也不去找老婆了而是顺流进了另一个源，这条源就叫雄龙源。

我们从东边这条雌龙源说起。这条源全长 16 公里，是三条源中最长的，目前有两个行政村：雌龙源与石岭后。石岭后姑且不说，光雌龙源村就够庞杂了。据不完全统计，在十几公里的范围内，散布着 15 个自然村。这 15 个村数着还得半天，从外到里依次为泥鱼形后、长田里、何家、下由坑、许家、浪泗坑口、屋基后、阴山下、井边湾口、红枣树底、童家后、胡桃岭脚、富安前、黑岭坞底、里岭脚。

方为荣的房子是里岭脚这个有着十几户人家的自然村最好最新的洋房了。他老婆在门口菜地里干活，他还赖在床上，我们走进他家后他才起床，老婆也赶紧从菜地里回来，给我们泡茶。他说大冬天，也没什么活干。这村是最源头了，过去翻山还能到屏门的胡桃坑，但现在没人走了。他把我们带到屋外，指着屋后的那个山岭说，那边就是屏门。他还告诉我们，之前从外面的胡桃岭脚村还有条机耕路通往胡桃坑，现在也不能走了。这边的胡桃岭和那边的胡桃坑，名字一定有着一段历史渊源。

雌龙源的源头其实是分两个源的，从西边过来还有一个源，那个源里还有一个村，黑岭坞底，村庄在两溪交汇处附近。一个叫"脚"，一个叫"底"，恰恰能说明这里是源头地带。感觉里岭脚处在正源，而黑岭坞底处在偏源。

在这源头地带，这两条小溪的交汇处，那座分割成两源的界山垄过来，在结束处形成一个圆形的山包，这山包与那垄山之间似断未断。山包颈脖处被挖断了，因为从黑岭坞底到里岭脚这样走路程短。在这三条源里，类似这样的山包不在少数。最为有趣的一座在许家，从西而来的支流，在快与正流交汇时遇到了一座山，它不得不掉头往南再往东再往北，围着这座山画了个圆圈。这座山是圆形山包，颈处很细很低，像螺蛳的尾部，再加上差不多四面环水，村里人称其为"活水螺蛳"。活水螺蛳，多么形象的称号，我为这个命名而欢呼，惊叹于农民的智慧与有趣。

活水螺蛳旁的许家自然村是这条源里的中心村，有 200 多人口。村庄东边的茶塔尖，像圆锥的尖顶，高耸在那里。村庄的对面是前山，在前山脚有块陡陡的旱地叫温田，事实上那里是阴面，气温应该比别处还低。我始终找不到地名与这块地的内在联系。

奎星桥，是雄龙源的水流进千岛湖的水口，所以过去是码头，从地图上看是属于文昌镇的光昌边。但现在是一个崭新的村落。这村庄由两个小村从高山上搬迁过来，一个叫小揸坞，一个叫百尖头。小揸坞属于龙源庄，百尖头属于塘边。现在的奎星桥村依山面湖，风光十分了得，真有种"面朝大海，春暖花开"的意境。56岁的仰北朝是从百尖头搬过来的，他说，他们老家在安庆的潜山县槎水镇，爷爷手上逃荒过来的。百尖头其实是个好地方，当时爷爷选这个位置也是有原因的，老家安庆在长江边，水灾弄怕了。百尖头离水十万八千里，可以安心睡觉，安心生活，但那太高太远了，交通实在不便。几年前从百尖头搬下来时，村里40岁以上的人，尤其是中老年妇女都不太愿意，现在习惯了，当然是这里好，多方便呀。村里人的生产方式也转变了，都开起了农家乐。仰北朝说：祖宗怕住水边，现在我们又搬到了水边，但这湖风平浪静，碧波荡漾。

百尖头曾经是雄龙源最里面的一个村，现在人去房毁，只有村口的几株古树，还在告诉吹来的风，这里曾经是个二十几户的村庄。现在雄龙源最里面的自然村是田湾脚，66岁的洪怀枝过去是这个村的赤脚医生，他说话嗓门很高，一副风风火火的样子。我在村前的马路上环视四周，问他：雄龙源与雌龙源最大的区别或者说不同在哪里？他望了望村对面的山说：从山的土质上来说，雄龙源上厚下薄，而雌龙源恰恰相反，下厚上薄。田湾脚到百尖头十几里路，在过去行医岁月，洪怀枝每个礼拜基本都要跑两趟，对这里的山山岭岭，一草一木烂熟于心，对百尖头的地形地貌了如指掌，对村民个个能叫出名字。他带我们去了趟百尖头，告诉我们，这是村头，叫安基坪，是村子迁来时最早的居住之地，祖宗的坟墓就安葬在安基坪边上。

百尖头海拔 550 米，站在那里极目远望，一座座山头耸立远方，像竹笋，像塔林。在这些众多的山头中，靠近雌龙源方向的山更为陡峭，更为星罗棋布。无数的山尖，差不多在同一水平线上，如一支千军万马的队伍。

仰北朝说，可能大家以为百尖头冬天很冷，恰恰相反，这里冬暖夏凉。一围山顶缓缓起伏的高山弧垄过来，形成从容的坡地，村民的房子就散落在这些坡地上，高出的缓坡成为屋后。这一群山基本看不到尖，多是隆起的包与大大长长的缓岗。环视四周看不见山口，在这里风基本找不到自由出入的口子，冬天并没有大风，而且日照充足，早上不到六点就有太阳。

奎星桥村里还掺杂着小揸坞搬下来的村民，小揸坞是龙源这条源里的小山村，它其实处在这条源里的一个支源，在下龙源与龙源溪交汇，但这个小山村的出入主道是在龙源村。整个龙源庄村有 9 个自然村，占地 18.4 平方公里，过去叫龙源，后来避讳县内的同名村，加了个庄字，叫龙源庄。龙源是龙源庄村的一个中心村。

这是一个地理条件优越的村，村落被群山围在中间，1000 多人口在这里安居乐业、兴旺发达。我没有见过第二个地理条件这样好的村。村庄坐落在一个环形的山岙里，南西北是弧形山围拢，东边是北边山的延伸，是一个小小的独立的山，这座山叫荫山。它堵在村庄的正东边，与南边山之间只有两丈来宽，只有一个小小的口子，刚可让一条小溪与一条路穿过。

洪氏祖先选中了这个地方作为繁衍生息之地，真是造化所至。洪氏宗祠坐北朝南，威武气派。我在其间浏览，发现从它的正堂前三米处透过天井刚好能看到南边的山顶。这南边的山岗，因有起伏、有层叠，看上去像万马奔腾，起伏向前。年轻的村会计洪江自豪地告诉我：这叫千马山，看上去似一群奔跑的马。

三座名山三角立

左口的右边，在我看来是以永芳溪为界的一个泛指，但实际上并没有明显界线，也没有必要有界线，只是我为了找到一个叙述的坐标，才用的一个词组。

天堂山、蔗山、金紫尖，这三座山，其中两座在"左口的右边"。三座山有一个共同的特点，就是在过去的几百年间，山上都有一处有一点名气的寺庙。这三座山中，除金紫尖的自然禀赋相对出众外，另外两座并没有独特的自然景观。

天堂山，这名字听起来很有气势。我们不知道这名称的来历，在《淳安县志》中它不叫天堂山，而只叫堂山。有关它的记载，仅有短短一句："在县东北六十里，峦嶂层叠若堂陛，山麓洪氏居焉。"其实叫堂山，还比较好理解：峦嶂层叠若堂陛。查问过，过去这地方的寺庙是不是叫天堂寺，有人告诉我否定的答案。那我猜测大概率是民间的讹化了，能够被民间讹化为天堂的山，一定有让人信服之处吧。处在龙源口子右边的这座山，海拔700余米，从05省道方向看，或是从光昌边看都是一座基座庞大，四平八稳的山。没有突兀高耸的山峰，没有嶙峋怪石，甚至山上的树，也没有那么高大，很少见得到参天大树，也缺少淳安比比皆是的马尾松与杉木。春天里，一眼望去，也郁郁葱葱，也满山翠绿，但大多是低矮阔叶树木，灌木多于乔木。这种山很像浙江沿海那边的山，平庸、乏势。

民间何以把堂山讹化为天堂山，没有找到记载，可能是人们的愿望。2018年4月20日，我到了向往已久的天堂山。我与左口乡的文化站站长毛德华一起，但我们只到了这座山的半山腰。这里有几十亩的平地，像一个馒头横竖两刀切去一个直角剩下来的样子。平台朝南，竖直在北，我估计这个地方才是"峦嶂层叠若堂陛"经典说法的由来。这个大大的平台现在是村里的山核桃林，曾经是寺庙的所在地，如今这遗址还存在，基石、地基、平地，还有两棵规模并不算特别大但十分古老的古树还在，一棵已枯，一棵已老态龙钟。这里所呈现的一切都在告诉光顾此地的人：这里曾经繁华过。

在天堂山的南边不远处就是蔗山，蔗山的海拔略高于天堂山，有780米。蔗山是许多水系的源头，《淳安县志》里是这样记载的：在县东北四十里，山分八面，水注十派。昔人植蔗于此，中有宋齐邱读书石室。一座山有十条山涧小溪的源头，自然是一个丰灵之地。这座山在丰坪的北边，瑶村的东边。它流经丰坪的只是一条细细的涧水，在枯水期几乎看不见，因为丰坪是一个高山台地，不太可能有丰盈之水。二十几户人家点缀在缓缓的梯形坡地上，北依蔗山，南望广阔的千岛湖，实在是风水上乘的居住之地。

方仁六老人聊起蔗山来，神情兴奋，虽然话语平稳，但那种急切想表达的意思还是十分明显。他说蔗山山顶有个庵，叫白云庵，供奉观音菩萨，那庵堂是自然形成的。他说的这个庵与县志中记载的古室应该是同一个地方，对巨石略加修饰，就成了一个历经风吹雨打，不摇不动的居室。古人后将其改建成庙，古人也在此读书。石室，庙堂，读书；也有可能是石室，读书，庙堂。神奇的是，石寺庙边上还有一株金、银同体的桂树，桂树边上还有一个井。多少年过去了，山顶的庙宇早已无人，归于沉寂。桂树仍枝繁，井水仍清盈。这一树一井似乎是在告诉后人这里曾经的一切"响动"，曾经的书声、经声。

金紫尖是淳安的传奇之山，《淳安县志》中的记载文字比天堂山与蔗山都多，还附诗两句：在县北八十里，高二千丈，中峰圆石耸峭，光莹无草木，其旁两峰若俯，每旭日照灼则金紫闪烁，其色不可捉摸。上有九泷瀑布。洪震老诗：白波九道汩流雪，青玉双峰长挂天。古人的计量与今有别，在此文中，说高二千丈，准确地说应是海拔1451米，在我县名列第四。关于金紫尖，古人的这几句描述已经很详尽了，我只想加一句，这山的山岗与王阜交界的地方像薄薄的一堵墙，走在上面往两边看都很吓人，就是这墙把金紫尖这边的人围住了。所以，在金紫尖山麓，就有点尽头之感，也有安全之感。

方有才的新房就在山麓的山涧边，他儿子办起了登山俱乐部，为登山的驴友们提供食宿、登山用品等服务。他说最多时有30人，每个周末都有人来。他还告诉我，之前有一批上海客人住在这里，那时新房还未建好，客人说上厕所不方便，等条件改善了再来，前些天还真又联系上了。他的旧房就在对面，与新房隔山涧相望，旧房也已改建成客房了。夕阳照在对面，金光闪闪，似乎有着不可捉搦的金紫一样。金紫尖山麓地带，涧水汩汩，清澈无比，溪底的鹅卵石，光滑圆润，核桃树、樟树掩映其间。

距此地几里路的地方有一幢新屋，单门独户的，离村有近两里路，是友人胡雅琴的娘家。新房独守着一个小小的支坞，这个支坞叫件念坞。我觉得这个名字很有意思，村里人也有谐音成"千年坞"的。我觉得这里位置很好，垄断着一坞涧水的清澈。新房如今空着，胡雅琴说想开间民宿，我觉得她想法很好。如果友人的愿望实现了，我定会再次前往，喝喝念坞水泡出来的茶。

边界有三面

金紫尖再往北，是左口右源的源头。源头翻过桐木岭，就是王阜的郑中。在桐木岭脚有个独一无二的村，桐木岭村。这个村是个真正意义上的"特区"，一村两乡管辖。这边是左口的方家，那边是王阜的郑中。两边管的户数差不多，各二十来户，七八十口人。两边的户头插花住，完全是一个村的样态。

两边管辖，各一个小组，都叫桐木岭。这个村姓邵与管的较多，这两姓大多是王阜那边来的，但现在分属两乡管辖。邵道鼓，是郑中的桐木岭人，是老党员，过去也是这个小组的组长。他是1957年，9

岁时跟着父亲住到这边来的，在这边60年了，一切都习惯了。对于桐木岭（这不是桐木岭村，是真正的那条岭），他是再熟悉不过，因为他要经常去郑中开会。从这里到郑中，有25里，走一趟要半天。我问他，你后来为何不住回郑中去？他说，还是习惯了，而且这里有丰富的生产资料。过去开山种玉米，现在有山核桃、中药材、茶叶。方家村村委主任方章南告诉我：桐木岭在我们村里算较为富裕的，光山核桃这一项，毛利最多的达十万。

桐木岭边有个挡柱尖有1100多米，桐木岭也有八九百米高。因为高，这条岭对两边的山民来说，最大的记忆是冷。桐木岭的老鹰尖上，也就是岭顶，有个雪洞，让大家记忆深刻。这个雪洞是光绪年间一个生意人建的，有十余平方米，像堡垒、似工事，洞内由过了凿的青石板铺就。顶部是层层叠加的石头，四周是厚厚的青石，除了一个拱形小门外没有任何窗户，所以，人们叫它：雪洞。

如今的雪洞还是那么精致，洞顶的野草与周边的自然融为一体，看上去是自然的一部分，雪洞也因此有了生命的样态。

桐木岭只是方家的一个小小自然村，真正的方家与它相距十几里路。方主任把村里最为热衷乡间文化的方绍兴老人叫过来，给我们介绍了属于方家的地理与人文。他今年72岁，自称是村里唯一的诗人，确实，他也称得上是诗人、唯一的诗人。他说自己写有上百首诗，记在笔记本上。我叫他背诵一首，他就把写蜜蜂尖的那首背了一遍：

千岛山川一流景，

三面环山原始林；

　　奇山怪石望无尽，

　　盘古造化服世人。

　　蜜蜂尖处在方家与桐木岭之间一个叫竹坑坞的地方。我们只到了蜜蜂尖的山脚，在山脚望山尖，此山像从另一座山上长出来一样，直插云霄，如同一支竹笋，也如同一只倒立的蜂。在此地只能看到蜜蜂尖的正面，真正的神奇是它的背面，它的背面是空的，好像是破了的竹节。为何叫蜜蜂尖，有两个原因：一是形状像蜜蜂；二是险得只有蜜蜂能上。能登上这山尖的人在方家也为数不多。方绍兴与方章南许多年前都登过顶，据他们说，上面是原始次生林，在顶尖极目远望，可以看到群山绵延，绿浪滔滔。

　　黑坑坞是从东往西的一条坞，还有个小地名叫黑岭脚，与雌龙源的黑岭坞底东西对应。墓堂里就在这个坞里不远处，墓堂里肯定是后面叫出来的名字，因为这里还有着方氏迁过来的始祖坟墓。这其实是处离山谷六七十米高的一个地方，近十亩，是始祖道同公的始居地。此地，对面一排山，像迎面而来的五匹马，就叫五马相守，屋后的山像佛手。在这祥瑞之地住了三代，人丁兴旺，后来住不下了，便迁到现在的方家。

　　关于迁到此地定居，还有一个传说。公元 1428 年冬天，住在贺城郊区竹甫村的方道同带着猎狗到方家这一带狩猎。结果猎狗懒在当今叫墓堂里的地方不走，大雪天，狗待的地方居然没有积雪。道同公环顾四周，风水很好，心里极为高兴，便决定迁入此地，次年农历二月，方道同带着妻子余氏定居于此地。

　　类似这样的传说，在十八都源里甚多，在墙里、徽州舍、田里等村皆有猎狗选址的传说。像墙里这样的村，其地形绝对值得一说，其名字便是对这里地理特征的高度概括。墙里其实就是两座山围起来的村庄。在溪道没有修改之前，村庄的气势尤为突出。村后是一座高山，这座山一头在东边煞尾，留下围墙一样的边角，而另一方向是从东到西，绕到南，再绕到东。更为奇特的是墙里还有一座前山，这前山是一垄从溪的东边山上长出来的龙脉，不高不大但修长。这一垄山直抵西边，从北往南流的溪遇到了前山只有往西转个弯，再往南继而往东，溪在这里走了个完整的"之"字。墙里被这两座山绕在了真正的"墙里"，墙里的后山绕了一个弯后抢在了前山前面，在这个山岬上有着另一个村徽州舍。

　　而今前山靠东边处挖了一个口子，这口子走溪又走路，墙里那一个大弯的河道成了农田。村庄更为隐匿，整个被锁进了里面。

　　现在的左口村由九个自然村组成，在这九个村中，我对九龙这个小流域特别感兴趣。这个小流域隐藏在左口、凤翔西山的后面，是山后面挤出的一个支流，这个支流的口子在凤翔村口下方附近，与其他山体融为一体，不仔细观察，不知这地方还有一条小源。加上九龙建了水库，水被穿洞引到新田方向发电，真正走这个小源出口的水并不多，小源便更为隐晦了。这个旁侧而去的小源非常有意思，沿着地形如登台阶般一级级而上，到了九龙村才显出有些许平地。有三个小村藏在里面：九龙、官田和猴狲湾。九龙村是这条源里稍宽的地方，村口很紧，有狮象把门之说。进了村，里面空间十分宽敞，后来建了水库，这肚子有削去一半之感。

猴狲湾坐落在九龙南边的山上，海拔 630 米。没亲自到过，很难想象在这样的高山之地竟有村庄存在。胡根三用手向山巅指了指：那个地方有 40 来亩田。他说的那个地方叫石井里，被称为石井，说明泉水很多。那些山巅之田就是靠这些泉水灌溉生长的。胡根三强调，石井里光照时间特长，夏季从早上五点到晚上七点。被太阳青睐之地，自然会闪闪发光。

山间水田最多的是官田村，在与金峰安上交界之地有座山，叫小坞尖，在这山的北麓有一片水田，是湿地梯田，也就是沼泽田，农民俗称烂糊田，有 60 亩之多。虽然是烂糊田，但产量还是可观的。这里不缺水，不缺太阳，泉眼密布，只是村里到田地还有四五里路，确实有点偏了。

我数了数，左口与七个乡镇交界，是我县交界乡镇最多的乡了。官田村的邵三奎坐在门口的小凳上向西指了指说："去金峰安上、去宋村碛石都是 10 里左右，小坞尖就在那方向。"

无规山势铸屏门

打开地图，屏门的形状什么都不像，南北偏长，略向西倾斜，如果一定要比作什么，我只能说似一张梧桐树叶撕去了一半的样子。在这163平方千米的地域内，有着密密麻麻的用绿色线条所标记的溪流，我数了数有40余条之多。它们没有规则，有南往北，有东到西，有西到东，最终走向还是西北至东南，这也是圭川溪的最终走向。这些溪流，除两条较小的流向域外，其余都流向了圭川溪。那两条是域外溪的源头，一条是瑶山云溪的源头，一条是临安大明山溪的源头。那条由南往北的千亩田溪，在进入大明山时，形成了一个壮观美丽的瀑布，大明山的景观从千亩田消失处开始，这是两种完全不同的地理奇观：一种是江南高山湿地，一种是奇松怪石。

千亩田与高山流水

隐将村的王千梅在离开千亩田后，再也没上去过，她说对千亩田已经没有任何印象了。她 1969 年出生在千亩田，1966 年到 1971 年，父母曾与村里的 60 多人在千亩田待了五年。五年间在千亩田出生了一小拨人，王千梅与其他在山上出生的人一样，名字里都有一个"千"字，被称为"千"字辈的人。我很想在她脸上找到千亩田的痕迹，可是我失望了，除了她名字中有一个"千"字外，无迹可寻，因为下山时她才两岁。千亩田对她来说，是一个传说，尽管她出生在那里。

王千梅的父亲王星祥是与村里的其他近 20 户人家一起上千亩田的，基本上是一个生产队了。他说，那时是有长期定居的打算的，大队也是这么计划的，开荒种地，甚至也种田，但亩产很低，只有 200 来斤，顶多 300 斤。从隐将去千亩田有 40 多里山路，一个来回往往要整整走一天，还得赔上一双腿。王星祥们那时每月下山一两次，筹办生活必需品，其艰辛程度可想而知。他们的本意是在千亩田"开疆拓土"，辟出新的田地，进行农业生产，"千亩田"这个地名的来历，也十有八九寄托着这方人对土地的向往。但事实上，千亩田并不适合农业生产，自古至今有很多古人尝试在这里生活，但最终都没能留下村寨。王星祥们的尝试也以失败告终，在山上待了五年，其实真是不易。

这块地方为何鲜人居住，不能人丁兴旺？自古以来，留在史志中的零星记载都表明，此处是过渡之居，还有就是风云变幻的大时代，金戈铁马的身影在此飘过，或偶尔屯兵，或撤离时逗留，或逃难时避居……这块地域，太平盛世并没多少人关注，到了危急关头都成了部分人的避难之所。王星祥他们至此也是在缺粮年代的一次尝试，他们没能走出祖先的命运。

千亩田对百姓是极具诱惑的土地空间，1050 亩的地方，偌大的一处平地，对缺田少地的屏门人来说，这是童话般的存在，怪不得一次次尝试上去开垦农耕。王星祥他们下山后，20 世纪 70 年代秋源公社上山办过林场，但它的独特地理条件根本不适合农耕。首先是它的海拔，有 1300 多米，最高处达 1400 余米，这样高的海拔基本不适宜粮食作物生长，不适宜一般蔬菜生长。气候条件也严酷，冬天一般比山下要低 5 至 6 度。其次是地理位置，它是重重山峦相互挤搡累积之地，离任何一个出口都遥远又艰辛。它离隐将有 40 里路，离瑶山的天坪也近 40 里，离临安的大明山要近很多，但那是处陡峭嶙峋之地，很不方便。千百年来，千亩田与隐将联系最为紧密，但隐将去千亩田要跨三个水系，绕过一座又一座的高山才能到达。

千亩田我曾去过四五次，其中 1999 年的夏天到秋天之间我就去过三次，都是奔着葛少华去的。葛少华带着其他几位来自全国各地的青年，在山上坚守，企图开辟一个新景点。此前，他因事迹被记者写进了《一个人的战争》发表在《杭州日报·下午版》上，而一时成了新闻人物。有次我是陪省电视台记者去，在山上还住了两个晚上。山上没什么蔬菜，多是土豆，土豆我不甚喜欢，但那两天是我这辈子吃土豆最多的日子。在那高海拔的山上，很奇怪，饭量特别好，胃口也很好，单一的土豆让我们吃得津津有味。每次去那里我都会穿过茫茫草甸去看大明寺遗迹。坍圮的石头，在荒草间累积。草从石缝里长出，又把石头遮盖，好像是故意诱使你去捉迷藏的花招，挑逗着你的兴趣。石头与杂草，这一显一盖，共同完成了对历史的述说，对曾经繁盛寺庙追忆的欲望一涨再涨。不知是谁利用这些石头搭建了一个小小的房子，也许是王星祥他们搭建的，也许不是。那块最有分量的"与国同休"的匾额还是那么让人生发追思远古之幽情，只是这一块无人管理，交付风霜雨露的牌子是何人复制的不得而知，真正的朱元璋所赐的匾额据说放在县文博所里。

虽然去过那儿多次，但从千亩田到隐将这条路我只走过一次。据说这条路上有一大现象，就是蚂蟥身上挂，十分恐怖。那次，葛少华派了一位家住大源的二十岁小伙带路，帮我们扛三脚架。一行三人在吃了早中饭后出发了，选择回来时走这条路也是考虑下山省体力。我穿着一条紧身的旧牛仔裤，经过路边杂草上重重水珠的浸润，半条裤子都湿漉漉的了，裤口与脚踝紧贴，这客观上为蚂蟥进入设置了障碍，所以在整个过程中，没发现被蚂蟥叮咬，而我的同事已经发现了十几只，我心中暗自庆幸。等走到山下，开始整理衣裤，当我把紧紧的裤口往上翻时，还是发现了两只青褐色的，软软的，令人恶心、让人恐怖的蚂蟥挂在腿上。蚂蟥是拔不出来的，只有用手拍才能让它滑落。它们离开后，血立即涌了出来。这么大的蚂蟥挂在身上，却一点都没感觉，看来蚂蟥的戕害是多么温柔与甜蜜。

0.7 平方千米，如此大的空间，让人叹为观止。不单纯是因为大，还因为奇特，在海拔 1300 多米的山上，在这一带缺少田地的地方有这么一块平地，肯定是造物主的神来之笔。这是一处神奇的高山草甸，在这个群山绵亘不绝的地理空间，有着这样一块与江南地貌完全相反的地方，造就了地理奇观。人处其中，一眼望去，有着北方草原的辽阔，那种没有树木只有草的场面，让人一下想起"天苍苍，野茫茫，风吹草低见牛羊"的广袤苍茫之感，江南人立马体会到北方的雄壮宽广。在草甸上在湿地旁有席草、萱草、菖蒲、茭白等植物，在他们的周围还有无数的小竹子，这些草类包围着一条小溪与湿地。小溪的出口是一域高高垄起的石头，像人工筑的坝，使水涵养在里面，形成了湿地地貌。在这方水中有一种鱼很特别，叫竹叶鱼，形如竹叶，在这方水域游着。有关这竹叶鱼还有个与朱元璋有关的传说——

元朝末年，朱元璋率领农民起义军与元军在安徽太平打了一仗，结果兵败逃到千亩田屯兵休养，招兵买马，伺机再起。三千兵马在这里住了月余，个个都患上了粗颈病。朱元璋急了，连忙找军师刘伯温商量。刘伯温说："这是山高瘴气重，加上水质稀薄，又无鱼腥海味可吃，所以才得了这种疾病。"朱元璋听了，急忙传令，令人下山去买鱼腥海味。刘伯温制止说："山上这么多人，一人一斤就要买几千斤。山下元军包围，冲不出去，就是冲出去，几千斤鲜鱼，怎么运来？"

两人商量来商量去，总想不出一个妥善的办法。心中纳闷便走出帐篷，沿着小山溪一边散步一边商议。他们谈着谈着，刘伯温随手捋下一把竹叶撒到小溪里，竹叶随水流着，活像一群小鱼儿在游来游去，便笑着对朱元璋说："哈，假如这些竹叶是鱼，那该多好啊！"朱元璋看着像小鱼一样流动的竹叶，随口说了一句："那就叫它竹叶鱼吧！"说来也怪，朱元璋说完，那些竹叶真的就变成了小鱼。刘伯温一见，赶紧又捋了几把竹叶撒向山溪，一时间，噼里啪啦，鱼挤满了。三千将士有了新鲜鱼汤吃，没几天，得粗颈病的全好了。

朱元璋金口一开，竹叶变成鱼，打那以后千亩田就有了这种竹叶鱼了。

事实上在千亩田附近的几条山涧里，都有这种竹叶鱼，比如瑶山的天坪村也有竹叶鱼，只是千亩田的这种鱼，个子更小点，颜色稍微浅点。傍晚，在千亩田溪里洗澡时，认真地端详过这鱼，确实像竹叶，无论是块头还是形态色彩，真像竹叶在水中漂。当时我就想，这个水系少说也有几万年了吧，这竹叶鱼，是下面带进来的还是它带给的别的溪流？

千亩田位于屏门东北一角，是很小的偏隅，只占全乡面积的0.43%。千亩田因为有了一种广袤田野的景象，所以才在这方土地成为独特的存在。真正的屏门，是山成堆，山挤山、山叠山的屏门，淳安不存在没有山的地方，但屏门的山有其特别之处，那便是山多，山陡，山高，山在打架，山在纠缠。那种山的形状，特别不像山的基本样子，山与山的衔接方式也超出我们的认知，超出我们的意料。你很难用语言去描述去形容这里山的样子，那么多山你找不出规律总结。在屏门几条源里穿梭，你会觉得是在山的任意夹缝中行走，你的体会往往比你实际走的路要多得多：十里峡谷百里味。

在离大源村不远的地方有座山，拐过那座山马上就到村了。这座山给我留下特别奇怪的印象，如果从大源出来，首先看到的是一垄普通的山要收尾的样子但当你绕过去一点看，这座山其实是一小部分，它的侧面有着更为复杂的样子，层层垒起，看不到山尖，像是一种凸起的瓜的样态。陪我一同前往的乡政府的童会东说了一句更为形象的话：像一只章鱼。他的这个比喻简直是天才的比喻。

从隐将到大源的七八公里，都是这样的山。峡谷很逼仄，两山之间没有一点点的空间，只剩一小溪。两边山上下来的水，因为有巨大的落差，形成无数大小不一、形状各异的瀑布。如果碰上雨季，这两边的高山流水是怎样的一幅图画？众多的流水穿越高山小岙，到达山涧，又从山涧到达小溪，那形成的气势是万马奔腾还是轻抚低吟呢？这小小山涧将发出怎样的天籁呢？

有群山绵延就有涧水无数，这片土地与水纠缠相伴得比较深的村庄，我认为是金陵自然村。十九年前，我曾在这个村住过两晚。6·30洪灾给这个村造成较大的毁损，灾后自救工作做得很好，不等靠要，靠自力更生努力恢复，我当时去拍摄他们的灾后重要场景，睡在村书记童兴木家，后来与童书记成了朋友。我当时被这个村的独特地理景观震住了，金陵处在圭川溪的源头，海拔也有五百多米，两条溪在村里交汇。一条从北而来，相对平缓点，一条从东而来，由于落差较大，完全是另一种风格。房子随地势呈梯级而上，村后的东山像一堵墙，巍峨峻峭，成为村庄的背景。19年前，我并不知道这水从哪来，其实这水就是从天上来，因为这水是海拔933米的水竹坪来的水。那水顺着300多米的落差，一泻而下，虽然没有形成瀑布，也十分壮观了。

龙潭在金陵村的下游，处在徐家庄与童家坪交界的地带，是这种落差地形的精华。这里幽谷深深，森林密布，一走进龙潭，就有一种恐怖之感。三个潭挂在悬崖峭壁上，形成奇特的自然景观。为什么会这样呢？童家坪村的张之杰老师说，那是大自然精凿出来的。那里的悬崖其实就是河床，有 100 米高。水流经崖壁，不时受到凸出来的像台阶一样的崖壁的阻挡，经过万年冲击，就形成了挂在悬崖上的潭。张老师说，这样的地理景观，我觉得其他地方是不太会有的。

说起屏门瀑布，最为有名的一定是上西村的九咆界了。其以拥有九座形态各异、声如咆哮的瀑布而得名，如今已是有所闻名的景区了。

这样的景观，在另一条堪称上西姐妹源的屏前十分相似。屏前的村后上游也有类似的瀑布，数量可能比上西还多，但为什么上西的瀑布被开发商看中，现在出名了，而屏前的瀑布还是养在深闺人未识呢？我推测最大的一个原因，就是这里更为偏，离中心的距离更远。并且瀑布与瀑布之间的距离没有上西的瀑布挨得紧凑，上西的相对集约，容易成景区。我在想，一直未能成景区的地方其实更有自然味、更原生态，而今把这一段叫成了"金屏峡谷"，供人健步，这种原始形态是否更能吸引现代人呢？

金屏峡谷与村村相锁

金屏峡谷，是乡里打出来的名称。金是金陵，屏是屏前，意为从金陵到屏前这段较为原始的峡谷瀑布群、山涧溪流。这个流域的源头是驮坪，是金陵行政村下面的一个自然村，与真正的金陵村不处在一个流域。但考虑到行政村更为重要，所以就以金陵与屏前命名。从驮坪到屏前全长 12 里的生态峡谷，我未能全程走过，但 15 年前我走过屏前瀑布群的一部分，对这些瀑布还有些依稀的印象。当年我带着浙江传媒的四个同学去拍这个生态沟的片子，作为他们的实习作业。这个地方的瀑布群的信息是家住屏前村的郑氏文友提供的，他大力推介说，此地的瀑布群其实好于上西九咆界。因当天要赶回，未能走完全程但我从见到的情况来看，郑氏文友并没有虚夸。如今的这个金屏峡谷，我推测全程的精华可能就是这无数大小瀑布组成的清澈歌唱。这圣洁的水从高处而下，落在茂密的阔叶林中，发出各种声响偶似千军万马，偶似嘈杂闹市，偶似轻轻耳语。处在这样一个奇妙的生态空间里，人的情绪会向爽朗转化。

屏前村过去村口有两重四道东西走向的垄岗，外面一重，好似两座山的余脉相向而行，这样的地形本就属风水上乘了，里面还有一重更绝，两座垄岗，相向紧密擦肩而过，这两垄小山岗如同人筑的城墙，留下的细细缝隙，刚够溪水挤过，画下了一个半"之"字。村庄就隐藏在这双重的庇护后面，外人走到跟前，面对这神秘的景象，大多以为里面根本没人居住了。在淳安看过无数个两垄山相向而来的"锁状"，但像屏前这样的是绝无仅有的。现在靠里从西往东的那垄已沿西山凿掉成溪床，垄岗已平掉，填上了"之"字上面的那"横"溪床。从东往西走的那垄还在，但像一面独立的挡土墙，没了相向而行的呼应，没了水蜿蜒曲折地流淌，味道已全无。老书记洪四苟说到这景观被毁时，捶胸顿足，长叹一声："当时开挖时，我就说过将来要后悔的。"

外面一道相对松宽点，两垄山从东西两向绵延而来，无论是宽度还是相距的距离，都没里面那道更像城墙，但也是一"锁"，在村头也形成别样的风景。这两垒也被挖掉了，双重相锁成了现在的敞开无蔽。需要说明的是，屏前村名的由来不是因为这两道"锁"，而是因为"屏"，在现在村庄的后面约一里处，是屏前村的老村基。老村基的正对面有坐山像一"屏峰"，这一"屏峰"是村里的特有标志，村庄在这"屏峰"前，所以叫屏前。

与这命名由来类似的村庄就是"屏门"，这既是村庄名又是乡名。500多人口的屏门以王氏为主，据《王氏宗谱》记载：此村有峰耸列东南面水口，顶平而四方，高而且正，系全境之壁障。文人赖毓秀名其曰"屏山"。

不知何因，民国二十年（1931年）将"屏山"改为"屏门"。我觉得这一改十分生动，这里是一扇门，整个屏门就是"门"里之地了，把屏门一乡的隐蔽特点都概括进去了。这条源有种遗世独立的感觉，一源有许多小村，有的村名十分奇特，如：破柴里、判光凸上。"判光凸上"这村名有个传说，此地原属墓葬之地，死人送葬此处就到了判官堂上，故名：判官堂上。后来，张姓村民到此建房定居，觉得判官堂上，不仅毫无祥瑞之气还很阴森，遂取谐音改为"判光凸上"。这个源最里面的村叫茅坪里。站在徐福庚的门口往北望，一座很规矩的山高耸云霄，它身后有一排横亘的山脉。徐福庚告诉我们，这座山叫横山尖。传说在这山上藏有"十八坛金银财宝"，至今没人得去，但留下了"里不归，外不出"的传说故事。

从屏门"门外"的将坑刮到最源头的隐将，这里有8个自然村，整个流域就如同一个相对独立的版块，因为从秋源通往隐将的7公里路，大凡是峡谷，最窄处两山高耸，看上去似乎相向倾斜，人走其间，好像在一个墙很高的弄堂里打转。650多年前，少年常遇春从皖辗转来到这个地方时，不知那时这里叫什么名字，村庄有几人？但关于最源头的隐将，《淳安县地名志》有这样一个条目：

> 元末，朱元璋的大将军常遇春隐居于此，徐达驾此求常遇春从军。自后在灭元建明战争中，常遇春屡建大功，被封为大将军，此村得名"隐将"。

村里人说来，常遇春在此居住应该是少年时期，因为是与母亲一起，生活十分艰苦，大概率是逃荒或逃难来到此地。并非功成名就后隐居到这里，当然更不可能是徐达到此求常遇春出山从军。这些都是村里人演绎的细节，在明史中找不到相关的记载，也就无从考证，但"隐将"的"隐"字倒是具有实实在在的地理特色。

村里的退休老师章大春带着我去看常遇春曾经居住的地方，目前这是一幢4间的房子，在一个山坡上。隐将村坐落在山坡上，房子如台阶层层增高。村后，是造山运动时滑落的几个山坡，再之后就是高高的山，其中常遇春所居住的山坡比较显眼。房子坐北朝南，坡两边各有一泓涧水，对这个村来说，居住在这里并不"隐"，反而是显。

隐将周边几个小村都有这隐的特点，像年川、三峰、黄家庄等，在大山里找它们好比面对一丛庞大的麦冬，掰开密密的叶子找到绿色的籽，颇费一番周折。找到石井其实也不易，村庄处在石井岭的半山腰，海拔530米。村前是悬崖，流出的水成一瀑布。村庄在一个浅浅的山势处，一涧小溪跳跃而下，所以，叫石井，除"村口有一口石块砌成的井，井水清澈"外，还因那小溪的流水顺着石头便有了"清泉石上流"的意境，总让人觉得这水是从石头里流出的。

80岁的章寿来指着村后远处的一座山说："那就是海拔900多米的大山尖，那是产茶的好地方。"他说那地方产的茶叶，价格比别村都要高。用石井的水泡起来特别碧绿，头遍甜丝丝，二遍清透透，三遍四遍香村头。这好茶遇上了对的水才会产生极佳的效果，我常想，这方寸空间，这遥远的高山茶，这石井里的水，怎样才能进入客人的嘴巴呢？

相锁得最有意思的村庄是潭上，村庄空间不算大，在一座半圆形的山麓，村庄沿山麓分布呈半圆形。本来村庄很是显眼，偏偏在半圆的圆心处平生出了一座很有特色的小山，这小山独立成椭圆形，顶部还平缓，过去建有学校。这山把村庄的主要部分给挡了，使村庄出现了隐约之感。村里人很有想象力，把这座独立之山说成是翻转过来的船：匍船形。

童家坪之前村脚有一垄从东往西的低矮山丘，在此上游不远处，有一垄山从西往东绵延过来，还有点微微往回翘。后来这一垄山被打点了，看上去河流拉直了，也多出来几亩水田，但这里的壮丽景观一个没有了。老书记张兴春说，过去水经过上游那垄山时阻挡了一下，再到下游那垄山处时形成了一个大大的回旋水，呈S形路线。每年洪水季节，这里蔚为壮观。下游那个回旋湾成了拦截打捞的最佳埠头，所有被冲下来的东西，都会在湾里停留，不用花大力气就能打捞上岸，也没有任何风险。这种独特的地形，是水与山之间的一种绝无仅有的默契，是水与山无意形成的最高合唱。下游的那垄山还在，但上游的那垄已不复存在，曾经的壮观已成为经历者的记忆、未经历者的想象。

胡坑岭与路过屏门

方的财家住齐坑，他告诉我，齐坑有一个奇特的地理景观。过去这个村叫七齐坑，为什么叫七齐坑呢？因为除主溪圭川溪外还有七条小溪，所以叫七齐坑，而且这七条小溪都是东西南北走向。"你说哪个村里有这么好的地理条件呢？估计淳安找不出第二个村。"齐坑的七条小溪分别是：

云坑、桶坑、程家坑、犬坑、坦坞坑、河岭坑、碳焦坞坑，这些小溪村里人都称其为坑，在村里成网也成格。

齐坑还有一个地理优势，那便是刚好地处云岭脚，过去近半个世纪从威坪过王阜，翻长岭到临岐、文昌甚至到杭州都这么走，齐坑也就成了一个节点。云岭是处又高又长的盘山公路，跨越山脉连接流域，今春这条去王阜的路重新开通了，不爬岭了，钻隧道了，那么齐坑就受到冷落了。

高铁在屏门境内还是有露出地表的，最明显两段在佛岭后和堪头的村口。

堪头的村头有一个新颖的牌楼，过了这个牌楼也就算进入这个村了。现在牌楼的前上方，是高高的高铁大桥，这大桥从东南方向的山里钻出，又钻入西北方向的山里，乍一看像无比巨大的牌楼，两山就是柱子。现在看来，就变成了大牌楼里套小牌楼，这也成了此村无意中的一个景观，是自然风光去人工建筑相结合的独特样态。

堪头还有一处独特的地理景观，那就是"双龙戏珠"。村后的北山，刚好有两垄山岗并排南下，与下方一座独立的圆形山包有微微相连，形成经典的"双龙戏珠"形状。69岁的方江北说，这两垄山分别叫大陵岭与夏峇岭。"珠"东西两边的两棵古树恰恰是两根蜡烛。现在在山包与两山岗连接的小峇处是公路，那种连接感便被淡化了，但仍能看出"戏珠"的形态。堪头村整个村庄基本分为两层，"珠"前的"戏台"和"戏台"下方的"戏场"。建在"戏台"上的都是村里最古老的房子，现在仍有遗迹清晰可辨。

佛岭后和堪头是相邻的村，不过佛岭后独处一源，这条源叫儒山源。儒山源是条由南往北的源，跟屏门大多水的走向相反。这个源的源头有个小村叫塔上，此村虽然处在半山腰，但生活还是不错的。因为这里山场多，有大片缓坡，这些缓坡既可种粮食，又可种经济林，目前主要种植山核桃、茶叶、油茶、覆盆子、核桃等。村前、村侧的山地郁郁葱葱，得穿越很长一段路才能到达村子。这个海拔530米的小村只有140多人，郑兴忠指着南边的一排山岗说，过去去贺城，就是通过那个缺口到左口，然后进城，全程大概60多里。

村庄不大，但姓氏繁多有方、王、郑、张、吕、支等，说明人是从各地迁来的。七十多岁的王木兰快人快语，声音大而尖。她说其夫家是姓支的，祖上其实是江西南昌人。其丈夫的太公是一个木匠，做工到这边来，长期不回。儿子也就是王木兰丈夫的爷爷，来寻找父亲，在塔上一户人家家里找到了父亲，结果父子都留在了这户人家家里，组成了塔上的新家庭。从支姓家庭也可以看出塔上村民由来的复杂性。

佛岭后村是儒山源这一带七八个村的中心村，处在儒山源与胡坑支流的交汇处。这个地方很有意思，两水交汇切成三块，这三块里刚好有三座山，这三座山恰恰是沿顺时针方向弯曲，感觉像风扇的三个叶子。水也依山势曲成相同的样态。从东北方向绵延而来的那垄山有长长的尾巴，形成了一个围墙，把村庄给半围住了。所以从前进村，都要过这个岭，这个岭叫佛岭。为何叫佛岭，因岭下有一庙，庙内供有一尊菩萨。

与儒山源垂直的一条小源叫胡坑源，是儒山源里的一条小支流，里面有一村叫胡坑。我要说的不是这个村，而是胡坑岭。在这条小小源里，有着一条大大的岭。大不是因为它高，恰恰相反，而是因为它不算高也不算远，走的人多了，而成了主道，成了成千上万人用脚步丈量的一条岭，身影与脚步声响动了几百年。郑家兴家就住在这条岭附近，见证了这条岭的变迁。

他家其实是佛岭后人，清末时期，其奶奶自愿去胡坑岭给过路客人提供服务。服务的内容一是提供茶，二是提供住，三是提供食。村里把胡坑岭那一带的一片山、一点地送给其家经营。来往的客人有王阜、屏门、威坪、临岐一带的过路客，还有安徽一带的客人。抗日战争时期，安徽到富阳去挑盐的客人特别多，他家客人特别热闹。

后来公路开通了，公路开在云岭，绕过了胡坑岭。有了公路后，就不太有人走这条胡坑岭了，郑家兴家也就歇业了，不再给人供茶了，他家随即被安置在胡坑村。现在这条路又改到胡坑来了，在胡坑岭下穿了个隧道，也就几百米，就从屏门界到了王阜界。郑家兴站在隧道不远处的崭新的公路边，指着对面山脚的一个地方对我说："我很想政府批给我一点地，在原址上建点房子，为过往客人提供服务。"

远方的家在王阜

　　方灶军在 2016 年正月回老家花树下过年时，与横路村的书记吕东辉见过一面花树下是横路村下属的一个自然村，方灶军是村里的博士，现在还是博士生导师，是村里飞出去的金凤凰。方博士告诉吕书记："明年工作岗位可能会从上海调往宁波。"吕书记问他，你是从哪条路来的？他说："当然是从三阳过来的呀！"

　　三阳是安徽歙县的一个镇，处在杭徽高速的沿线，还有一个高速出口。横路村离三阳也就 35 至 40 分钟车程，但如果他们走县城上高速，要两个多小时。吕书记告诉我说："我们村里人出远门，80% 都是走三阳上高速直达杭州或黄山。"也就是说，横路村与安徽是毗邻乡镇，这边村庄与那边村庄的距离更近，联系也更为紧密，甚至方言的相似度也很高。这种情况，是王阜独特地理条件带来的结果。

　　王阜给外人的第一感觉是：远。从任何一条路走，都是远的。过去东翻云岭去屏门，西翻长岭去威坪的公路，都有近 30 里的纯爬坡路程。这两条岭一个叫"云"，一个叫"长"，不是随便叫叫的，恰恰表达了山的高与远。王阜与下游宋村乡之间有个廿五里青山，就是二十五里没人家，还是峡谷绝壁的地形。所以，这个源外出需要翻两个岭，与下游交往反而不方便。整个王阜还有一个地理特点，就是海拔高，全域比周边高出一截，估计是全县平均海拔最高的乡了。

"远"是可想而知的了，走出王阜不是翻越高高的长岭就是翻越云岭，从前没通公路的时代，往东不走云岭还可走胡坑岭，路程短些，走的人更多些。陡峭的廿五里峡谷基本没人走，峡谷近乎把去下游的路给封死了。但这个地方倒是自给自足、自得其乐，显得十分安全。副乡长伊建华调到王阜乡已经 4 年，我问他对王阜最大的体会是什么？他说：王阜就像一个遥远的家。

源头两形态

云源港的源头部分是分岔的，分岔处在仙人潭（此潭随严家水库的建立而消失）。东源似乎是主源，方灶军住在西源的一个小村庄花树下。花树下坐落在仙人潭的上方，红庙溪的口子上。过去溪水在跃下二十多米的悬崖后与主流相汇合，这一跃就跃出了迷人的瀑布，以及一个圆圆的深深的潭，这个潭就是仙人潭如今红庙溪的水直接流进了水库，水已漫过了仙人潭。

花树下这个美丽的村名源于村中的一棵合欢树，古树早已不复存在，但村名仍旧保留着故事。方灶军自从上大学以后，每次回家基本都是走三阳这条路。三阳在安徽歙县，那就是说红庙溪是从安徽流过来的。其实三阳不在此流域，而是在山的另一边，真正处在红庙溪流域的是歙县金川乡的一大部分。所以，说到这云源港的源头，不得不从王阜之外的金川乡说起。

这源头两流域像一棵树的两个枝丫，西面的这个属安徽。当时不知为何这样分配，金川乡的面积是跨流域的，它既占据着云源港的西源头，又占据着山那边的部分。这种布局的边界在淳皖边界乡上不是绝无仅有的，在本县的中洲，安徽休宁、歙县的三个乡（璜尖、白际、狮石）都是跨流域管到武强溪的源头。但那都是巍峨高山，绵亘百里，没有山岙可通行，只有山岗一排横置，他们去县里要翻过高高的山岭，甚是不便。过去黄山市、休宁和歙县领导去这几个乡视察工作都要借道淳安才能到达。但奇怪的是，从金川翻过去，到歙县的岭并不太高大，这个叫二望岭的山岭也不算特别高，所以从金川去他们的县里很方便，公路也直达无阻。这个源头乡倒成为两省交界的桥头堡，来来往往极为频繁。

让我们看一组数据，金川乡面积 52 平方公里，人口 11498 人，人口密度为每平方公里 221 人。王阜乡面积 168 平方公里，人口 18148 人，人口密度为每平方公里 109 人。金川人口密度乡比王阜乡要高出一倍还多，这说明什么呢？说明金川地形比王阜更为平缓，土地更为养人。在金川穿行，能收获与王阜完全不一样的体验。

金川的山比王阜的山要收敛得多，一个个低坡度的山包既星罗棋布又错落有致，公路绕过一个山坡又绕过一个山坡，这山坡一头长在西边的山脉上，一头突出成独立的垄岗。村庄就绕着这垄岗布局，一个挨着一个，村庄之间的距离十分近，有的就相差一个弯或一个岗。村庄这样的密集与形态，使其有了别致的城镇味道。

金川境内平均海拔883.5米，比王阜的平均海拔还要高，也是歙县平均海拔最高的乡。由于地势高，在金川不太看得到巍峨耸立的高山，站在稍微高一点的地方，前方是一望无际、绵亘不绝的山包。境内除了与东源头交接的山像一堵墙外，并没有太高的山耸立。在金川乡的水塘村，我们下车站在村口一个很大的空地上，这空地像曾经的一个操场。在一棵柏树旁挂着一个牌子，上面写着：搁船尖由此去。我问村里人，搁船尖在哪？一个潘姓大叔带着我往北走了几十米，然后指给我看："前方远处就是搁船尖。"我顺着他手指方向看去，在目及的远方横亘着一脉山。这山并没有我想象中的高大巍峨，威武壮丽，这山很是低调，整个形状也是平缓规矩，表面也没有嶙峋的气势。山上感觉没有特别大的树，好些地方看过去好像只长着草或者是稀疏的小灌木。潘大叔说："这山形状如同翻过来匍在地上的船。"经他这么一说，确实如此，顶部平平的，两头削去，横侧看过去如梯形。它还有另外一个名字，叫光明顶。搁船尖在安徽歙县的金川与淳安王阜交界处，它的东边沿就在淳安境内。据介绍，它是歙县第二高峰，如果它可以算在我县境内，那也是第二高峰，比磨心尖低46米。

搁船尖的东边挨得最近的一个村，即板桥西北方向的一个小小村深湾里，便是云源港出发的地方，是东源头最里面。与西源头差不多是同一个地方，都是搁船尖出发的涧水。它们沿着不同的溪床，最后在仙人潭汇合。

东源头这带与西边的红庙溪流域是完全相反的，这里的山比那边的山要高调得多，或高耸峻峭，或万仞绝壁，或直入云霄。站在山谷向上看，山顶的树在天上作画。这山是绵亘不绝的，基本没有独立的山包，没有平缓的坡度。

东源头到底就是板桥村，到板桥村如同到了一处死胡同。它的北边是海拔1460米的雨伞尖，东边是海拔千米以上的杨柳树尖和大岭塔，西边是有名的搁船尖，只剩南边有出口，也就是云源港。这是山成堆重叠之地，所以把板桥隆起到1000米，但真到了板桥，却发现此处是一个高山的缓坪。板桥像一个对半剖开的窝的形状，村庄就分散在窝沿之下，看上去很有型。几十户人家呈弧形按水平带状布局，梯次而上或梯次而下。下午的阳光从西南方向照进，村庄涂上了亮色，呈现出少有的光芒。

梯次而下到从前的村口，那里其实是一个突然垂直而下的地形，被茂密的古树覆盖，现在这小路不太有人走了。就在这村口，从前有个庵堂，叫石桥庵，20世纪30年代成了淳安县委的地址。就在这边上，去年有了一家估计是全县最高最远的民宿：云上菊庐。

这名字既有古典韵味又十分应景，因为这个小山村的紫菊远近闻名。我打老书记詹木英门口经过时，他正在翻晒他的菊花。我与他寒暄了几句，我说多年前采访过他。他嘿嘿笑了笑，他已经忘记。

云上菊庐民宿的主人带我逛了逛她的三幢房子，这些老房子经过收拾很成样子，既有山村民居的特点又融入了现代人们的审美。她说周末客流量不错，但到了冬天，客流量会减少甚至空白，因为这里气温太低。主人叫罗梅桔，是胡家坪人，翻过几个高高的山村就到了，管理起来还算方便。

离开时，我在詹木英房子的边上看到了一块牌子，上面写有四座可去的山，其中一处是搁船尖。搁船尖与此相邻，在西源头的底部，这就是东西两源头的联系。

高山有家园

胡家坪所管辖的几个小村更有地理特色，胡家坪本村处在一个半山腰的缓坡处，村庄梯次而上，东北方的一座山像一堵墙一样，在这堵墙上有一个豁口，像古代的城门，使这个处在半山的村庄更显庄重，使村庄具有"隐与显"的气质。半山腰海拔 680 米，如果在山脚的远处，所看到的胡家坪如同一幅画贴着山的倾斜面，很有美感。这个村庄的罗氏是 490 年前从安徽黄山呈坎村迁居过来的，这让我想起十几年前去该村的一次拍摄。

那是为了拍摄一部有关茶叶及其历史的纪录片，想找一处而且是老山村，有人文沉淀的老山村。有人向我推荐了胡家坪，我们从村头的豁口进入后，古朴的气息迎面而来，路、台阶、挡土墙、墙基基本上以石材为主，那种青褐的色彩显得很厚重。豁口进入后到达的是村庄的中间地带，我们在此处找到了一块平地，支起一个铁架，挂上一把烟炱层层的老铜壶，点起了柴火。一位懂山歌的老人，喝着茶唱起了山歌，那味道古朴悠扬，随茶香飘荡，合着雾水流岚在山岗、山间弥漫。

古老的房舍，塌圮的门楼做前景，蓝天白云做背景，湛蓝与纯白相结合的优美画面留了下来，成为了台里的资料，供好多片子使用。

塘里、切切湾、上源、下源这几个小村的水是流进屏门的金陵，也就是说是另一个流域的源头、山巅，所以，胡家坪村所管辖的7.44平方公里面积里，其实有好几个源头的出发地是山巅的次坡。随村里的胡长木书记，我们来到了塘里与切切湾之间的一个山岬。站在海拔近千米的高地，眼前是深深的沟壑，这沟壑不算宽，是金陵的源头，在这源头还坐落着 4 个小山村。对面是更为巍峨的一排山：排排尖。我们站立的地方与排排尖的直线距离到底是多少，我目测不准，那山总让我想起这么个成语：排山倒海。是一排山绵延几里，像一堵巨墙，笔直却又不单调，在斜面上是一垄垄均匀的小山，气势恢宏。排排尖的背面是水竹坪向西而去的那个山峁，那边山脉虽然也直，但要低矮得多。排排尖是一座独立的山墙，西边是深沟万仞，东边是峁坞小憩，一座墙隔出了两种地貌、两种风情。我想到，围着排排尖做个游步道，供登山爱好者使用，不是很好吗？

胡家坪的西面是金家峁村。这个村辖 16 个自然村，这些小小自然村大多是高山村，分布在金峁幽谷两岸的半山腰，对岸之间，可谓鸡犬相。

从山脚到东边的何公塔有 4.5 公里，这么一段路要放在山脚平地那是很短的，但若是走盘山公路，那还是有点远的，而山的陡弯、狭窄、险要，更显得路途遥远。何公塔海拔 770 米，基本处在次山巅，一个稍缓的坡上，村子位置还是十分不错的，面朝西南，视野开阔，可以看到群山起伏的远方。这个村现在是潘姓居多，但此村是何氏开埠的，所以村名仍保留"何公"，可见潘氏后裔对何氏的敬重与懂得感恩。

一户潘姓人家在杭州做生意多年，赚了不少钱，现在年近七十，回到何公塔建了百万元的别墅，回乡养老，生意交给了子女。这样的房子，伫立在这山野中，很是显眼，乍一看与周边的环境很不般配。房子的周围花坛密布，花花草草生机勃勃。有不少是山上挖来的野兰花，他的这种生活方式也在渐渐影响着村里其他人。

峰岭倒是另一种风情，整个村庄不在斜凸面上而是在微凹的横面上，村口是陡陡的山，似一面悬崖。村口有数的古木，盖住了陡势的恐惧。其中有一种树，我没有见过，它叫砂糖树。树上长一种果子，叫砂糖，很甜很甜。6月上旬的时候果子还是很小，一个中年男人走过来告诉我："成熟的砂糖比山核桃略大，口感很好。"这个只有90多人的村庄，却是那一带詹氏的始住地，所以詹氏宗祠就建在峰岭村。周边好些詹氏村庄人口已经超过峰岭，但几百年来仍保持着到这个村来祭拜祖宗的习惯。

詹氏祖先何以选择山腰做落脚地，而不选择山脚，其实看看这里的地理条件就十分明了了，在金岙幽谷长2公里左右的地方基本无平地，只有一条溪勉强冲出来的一条细缝。所以，这里的村庄都在山上，或山巅或山腰。真所谓：溪岸两片山，山上皆村庄，看看在前方，走走十里场。

横路村的村庄布局与金家畲村刚好相反。横路村的中心点在韭菜坪，韭菜坪是这座山的山巅。横路有 22 个这样的自然村，韭菜坪、外凸、大柱畲、大柱坑，这四个村基本占据着山巅的一大片畲地。这一带有三个地方的水是分两边流入不同的流域的，是好多小溪的出发地。横路村的书记吕东辉带着我去看了三处水往两边流的地方，从这里可以看出韭菜坪的复杂与奇特。在那个畲里穿梭，有种四通八达的感觉。这个山巅是山路的枢纽，可以走出很多条路。

吕书记说，韭菜坪是这一带众多小村的中心。坐在村中的老年食堂就有这种感觉，从不同方向来的车不时在门口停留。韭菜坪往南翻个岭到了另一个流域，还有两个属横路的村：三坪与外塔。与它们相邻的还有一个坪：何坪。这个"坪"是何包山与坐马坪合并后的叫法。三坪与外塔的水是往银川溪流的，所以它们是真正的最源头。银川溪从北而南，到了驮岭上的下方向东拐了个 90 度的弯流入云源港，这个出口缩得非常小，这种地形是两座山共同作用的结果，这两座山一座叫银山，一座叫千只山。银山从北到南一字排开，巍峨高耸，气势磅礴。千只山从南环弧到西，迫使从北而来的银川溪拐了弯，银川溪在缩成一线后消失，好似两座山在此打了个"折笕"形成了漏斗状。漏斗的上方是越往上越宽阔，在此形成了一个巨大的空间，环出了大面积的山地。在这巨大的空间里，孕育出了两个村：杨柳塘与驮岭上。虽然没有寸土耕地，但因为有山场，两个村繁衍了 870 多号人，给空寂的山间带来了喧嚣。这两个村都是值得一说的村，地理特点非常突出，但要是不到现场，很难用语言精准地描述出它们来。两村坐落处一凹一凸，如此对称如此别致。

杨柳塘岙在一个凹处，原先有七处塘现在还剩三个，这个村景致出众村口30米的瀑布飞流而下，左右还有狮象把门：睡狮猛望与大象驮物。这两个词都有动感，很是形象。杨柳塘的景色通过八景可见一斑：

石缝春花、笔倚山峰、山浮烟海、龙门飞瀑、凤岭翠珠、屏岗红叶、雪迎千壑、虎山松涛。

与杨柳塘相距一里光景的地方就是驮岭上，一条公路在山间横过，杨柳塘在路上，驮岭上在路下。山上有一处横排面，向前方凸出规则独立的山岗，村庄就坐落在山岗上方的平缓处。在这样的地形上，村庄像一个孤立的小岛，也像一个向前延伸的悬空的观景平台。若碰上云雾缭绕的天气，雾气把山给遮挡了，村庄就如同悬在空中，似海市蜃楼，像人间仙境。我靠在村里的悬栏上，头脑中出现了两个问题。像这样的地形在驮岭上的西边还有一个，差不多大小，但那里只有开垦出来的山地，满岗都是山核桃树，为什么那边没住人，这边却是个300多人的村庄？村庄坐落在这个孤立的山岗上，为什么能抵得住狂风？

第二个问题，我在眺望前方的时候想到了答案。高高的银山挡住了东北风，环弧状的千只山挡住了西南风，村后的大茂山更加高大，把这个空间围成了一处温柔之乡，像大海中的宁静港湾。

我紧接着问出了这么个问题，这个村没溪没河，甚至山涧也没有，过去怎么解决吃水问题呢？55岁的吕先理说村里有口井，就是那口井解决了村民吃水用水问题。我赶紧叫他带我去看看。说是井也不完全对，其实是一个井一样形状的泉眼。这泉水终年不断，够一村人使用。如今泉水虽然依旧清洌，但村里人都用上了从远处山涧里引来的自来水。我立马想到了旁边那个凸出的横排面，那里住不了人，估计是因为没有这样的井。

在悬栏上往深深的谷底看，那"漏斗"处有着复杂的山形地貌，有马头山有狗头山。"漏斗"处有个古亭子，正对着一座石拱桥。这桥的石头古朴形大，桥面很宽，相当于当今的通村公路的桥。从前这里是一条车水马龙的跨源通道，而今已空寂无音，基本无人走了，顶多只是杨家畈村干农活的人走走，如此倒存在着浓郁的古典意境：一亭，一桥，一小溪；石板，人影，空孤寂。

何包山坐落在银山里段，山脚基本上是村庄的出口，村庄从倾斜面开始，所以进村就要拾级而上。这处村子基本上是以青条石为主的建筑，很有历史感，现代洋房基本没有。村子只有 80 户人家，在村街上走着，总让人感到是在一个袖珍的古镇子里穿行。这个村已经有 600 多年的历史，包氏祖先包希华来此定居，他当时是在抗金队伍，后被朝廷追杀，一路南逃西进。包希华第一站是威坪河村，后到长岭再到现在的何包山，一路往山里钻，直到何包山这不能再往里钻的地方，途中留下了两个地名，河村的包家畈、长岭临顶处的包家岭。据《淳安县地名志》记载："何包山"何氏始居，以姓氏取名"何家山"，后包氏迁居此地，遂以两姓合称易名为"何包山"。

村里的陈鸣并不姓包，但对何包山的历史地理如数家珍。他是外甥过继给娘舅的，但姓一直未改。我问他你为何一直不改姓，他笑笑："改不改不都一样吗？我的儿女都姓包了。"他今年 70 岁了，除了不在此村出生，其他一切都与何包山有着千丝万缕的关系，扯也扯不断了。

他告诉我，在离村庄一公里处有几个有趣的地名：徐洪州、九子府、埠溪县。一个普通的山里居然有以"州、府、县"为命名的地方，令人感到惊奇，此外，还有一座像公鸡一样的山，在这个"公鸡"的头上建了一座庙，故留下了这么一句话：徐洪州九子府埠溪县，公鸡头上找神殿。这个殿里祭奠着"方吴陈"三个祖先，他们当年是方腊的追随者，失败后逃到此地。人们造殿纪念他们，此殿也成了远近"方吴陈"后裔的祭奠场所。

何包山是在银川溪的东面，坐马坪、驮岭上、杨柳塘都在银川溪的西面，且高出银川溪很多。从村里往下看，就是深深的山谷，这谷底极窄，没有一点平缓之地。夏天的时候村里的孩子对水特别向往，住在坐马坪的翁爱新说："禁不住诱惑跑到谷底去玩个水，来回要一小时，回到家时又满身大汗了。"

峡源向南去

云源港从搁船尖与雨伞尖山麓出发，一直到廿五里青山宋村乡交接处，在王阜境内流经百里。因为这条溪与这些山的共同作用，王阜的地形别具一格。从地图上看，王阜就像一截棍子，或者一把糙刀，南北长东西窄。虽然溪不完全成直线，但在山的弥补后基本还是成直线的，正宗的南北走向，不偏不倚。

从溪的东源走到金岙幽谷，是峡谷的第一高潮，就是人工斧劈也不见得能劈出这样陡峭的样子。从郑家坦开始到牛关下这一两公里的核心峡谷，让人感叹大自然的鬼斧神工。穿越那谷地如同在一个巨型的水渠里走过，这一段溪两岸都是悬崖，东边更为突出，基本上是刀削般的垂直平面。在这平面上前后有三个豁口，其中金家岙村就在中间那个豁口里。部分房屋就在那垂直悬崖的顶端，从山脚向上望像极了道观的选址。

在悬崖之后的空间里布满着房屋，挤下了银坞里、麻园菜、金家蚕、石门岭、石门坑、牛关下这么多小村，石门岭、石门坑之下恰恰就是那里真正的石门。这一对石门，你可以想象得到，在远古时期是连在一起的，经过万年水的冲洗才形成了一条小小的缝。我在这石门底下走，感到彻骨的凉意与阴沉。透过石门向北望，刚刚看到牛关下小村的几幢房子。那小村就在石门框定的空间里，我以这个角度拍了张照片山谷、悬崖、悬崖里的村庄，很有味道。

当云源港流到马山时，向东拐了一个大弯，但从地图上看边界的山势并没有向东突出，基本保持直的面貌。在马山与何包山之间有座银山，这银山把云源港往东挤出了一段距离，在王阜、山川、马上形成三角地带，成为这条源里空间最大的地方，耕地最多的地方，也是整条源的中心点。

东边的山坞普遍较浅，从云岭脚下的杜坑到金川再到阴坞、曹家坞，这几个坞都有田有地无坡度。像金川，现在都是一坞的山核桃，阴坞的王氏最早住过来时其实就在金川，后因水不够才住到现在的阴坞。阴坞与曹家坞其实是一个坞，不过王姓住外面叫阴坞，管姓住里面叫曹家坞。2007 年行政村区划调整时，这两个村合并了。因在他们两姓家谱上，阴坞叫象山庄，曹家坞叫锦川庄，所以各取一字叫山川。既有传统，又有意思，且十分应景，很符合云源港与两岸群山相伴的样态。

从东边流入从里口自然村出口到云源港的那条小溪，在山上是跳跃而下的。事实上它来自东边的三座高山，从北到南分别是：大角尖、十亩尖、金紫尖。大角尖与十亩尖下来的水先相汇，走了一程后又与金紫尖下来的水相遇，再走一程后汇入云源港。沿着水的方向，向东翻岭到屏门的塔上村，可以去金紫尖，可以去桐木岭。去桐木岭中途有一个叫雪洞的地方十分有名，这雪洞还是从前郑中人建的，是一个供人歇息的地方，因为去桐木岭要走 25 里路，要走半天有余。这些小路现在越来越没人走了，杂草成了主角，霸占了空间。

峡谷一路绵延，云源港一路蜿蜒。到了刘店，山越来越高大，两山之间的距离越来越紧密，溪越来越塞满谷地空间。除了凿出来的一条公路，峡谷之间找不到任何一块平地。溪流在此接收了从金紫尖流下的几条山涧水后，向廿五里青山流去，然后穿越宋村流入千岛湖。

浪川的颜色有声音

2018年11月17日晚上，我与乡里的鲍善平一起在乡村旅店说着第二天的行程。我打开地图，琢磨着浪川像什么，我突然想起："像一只蚕？"鲍胸有成竹："更像一只立即吐丝做茧的蚕。"我哈哈笑了起来，果真如他所说，像一只马上吐丝的蚕，因为浪川在马石桥以下的排溪两岸，是广阔的农田，过往一直是全县的重点农业区，现在是重要的蚕桑基地，有桑园8600亩。我注意到了公路边广告牌上的一句话：丝情画意，浪漫山川。对这方山水的概括与提炼，是多么准确而富有诗意。

这个乡在全县23个乡镇中，人口第六，面积倒数第三，人口密度每平方公里191人，让人感到是一个平坦宽广的乡。确实如此，现在千（岛湖）汾（口）线穿境而过，两边是大田野、阔田畈，一看就知道是生活的好地方。浪川畈从地图上来看正处在浪川的中间部位，一头一尾与中间的地貌还是有大区别的。尾是峡谷，也是排溪的结束，像绳索一扎，紧紧地流入千岛湖。而头上呢，却是两条源，是真正意义上的山乡。其中在一条源的源头处连岭古道，它通徽州，从前是跨省的石板官道，相当于现在的国道。

双源有色彩

西边是浯溪，东边是排溪主流，很长时间故事都是发生在排溪的支流——浯溪流域。过去这两条源组成一个乡叫双源，后来与浪川乡合并了。我们从浯溪流域说起，这个流域的源头是一堵高高厚厚的山脉，即我县大名鼎鼎的白际山脉，在这一段叫连岭。连岭是龙（山街）徽（州）古道的精华，是整个古道最巍峨、最壮观、最具风情的部分。所以，民间称其为：大连岭。我想这个"大"的修饰不仅是说这个岭的高远规模，应该包括它的气势。据说连岭上 20 里，横 20 里，下 20 里，全程 60 里。我只爬了其中的三分之一，但就是这么三分之一，我已经到了连岭的顶峰：啸天龙。那里的海拔接近 1400 米。

那次是 2012 年的初冬季节，一次记者节活动在那儿举办。午饭后有个活动，就是登连岭，到啸天龙一个来回，前几名有奖。由于我膝盖问题，医生建议不要爬山，所以我没有要登顶的打算，更没有要得名次的想法，只管往前走，能走到哪走到哪。几位与我想法相似的同事，不自觉就加入了我的队伍，他们甚至打算走到三里亭就下山，顶多走到五里亭，五里亭还不到啸天龙的三分之一。我们开始不定目标地走着，我的前进成为他们最大的动力："连姓余的都能走，我还有问题吗？"我们开始慢慢地爬，不问已经到哪儿，不问要到哪儿，不问能到哪儿。几位女同胞原本计划到三里亭就回头，没想到跟着我这个残兵走着走着，一点也没有气喘与叫苦。我们低头爬山，不聊登山。我们看到了大连岭的雄伟，大连岭的低处多是杉松木，中间处以阔叶林为主，顶部出现了高海拔特点：一是树木稀疏，二是树木矮墩，枝叶缩成一团。到了七眠雪，就可东望无际群山，这些白际山的余脉绵亘不绝，郁郁葱葱的森林，形成了海的气势。有些落叶乔木裸露出偏白色的干条，特别醒目，有点像热带原始森林中的高大树木。

到了啸天龙，就到了连岭的顶峰。而今的啸天龙只有一个小亭，供寻遗风、赏雄胆者歇息。到了这里，如同走入了武侠小说的某一场景，你会"侠气冲天"，哪怕是一位闺中小姐到了此地，都会摇身一变，去娇成侠。我想啸天龙这个名字，一定是从侠缸里打捞出来的。

从连岭脚到啸天龙，这二十里岭上有三个客栈。第一个在岭顶叫"啸天龙客栈"；第二个在箬帽头叫"绝槠木客栈"；第三个在枫树底，可能就叫"枫树底客栈"。为何第二个叫绝槠木客栈，据说是因为箬帽头以上的连岭就不长槠木了，所以就取了这个名儿。我推测，可能是海拔与气候的关系，导致槠木不能出去。但村里还流传着一则别的故事，与朱元璋有关，而且与安阳的"崀岭无槠木"的来历几乎一样。

"古道雄风"是一个匾额，被一户人家出现后用来做猪舍护栏了。村里的老书记王烟林在偶然的机会得知此事，便付了点酬劳拿到家里来收藏。村里的陈军华书记告诉我，这个匾额有可能是山上哪个客栈里的，也有可能是连岭会馆里的。为一个岭建了一个会馆，可见当时连岭是一个怎样的盛况，可见过连岭是一件多么重要的事。

连岭脚村是一个桥头堡，是整条古道上的一个重要节点。在这个村里，当年有三家客栈，本地方言中，把客栈叫"歇店"。"听奶奶说，我家的歇店最大最好。"王金桃说这话时还流露着骄傲。她爷爷叫王六来，因为开的歇店位置好，条件好，服务好，所以生意也很好。她出生于20世纪70年代，爷爷如何做生意，她并不知道，她对祖上开歇店的了解都来自于奶奶的口述。她说小时候，奶奶对她说，过连岭的人一般都要在我们村里转担，把大担转成小担，才能过岭。所以，歇店里，不仅人住，还有货。货中也有活口，比如猪崽和鸡什么的。开歇店的那幢房子，一直到三年前还在，但最终毁于一场大火。

"蛮可惜，毁的不是一幢屋，而是一段有文化的历史。"村书记陈军华说。对连岭的开发，一直都有着这方面的考虑，但如何做、做什么一直是难题。一定要在"绿水青山就是金山银山"的框架内，既传统又富现代的项目，也许就是不久后的意向。所以，陈书记想到的是如何打通传统，让歇店文化在新时代重现光芒。

多少客人在连岭留下了足迹，影响最大的还是兵客。

中国工农红军北上抗日先遣队，曾在这条古道的送驾岭处打了一次非常漂亮的仗。当时，先遣队利用了地形，灵活机动地打击敌人，在当地民间留下永久的美谈。

送驾岭曾经是一个20余户人家的小山村，就坐落在这条古道的途中。现今还有三四户人家住，更多的农户都已离开。这个偏僻的小山处在五洲源里，这条流往汾口的源，下游造了一个水库，龙姚水库。

上下游之间就断了来往，好在这上游归浪川乡管辖。上游的出发地也是白际山脉，与浯溪源其实共处一座源头大山。这五洲源的上游与浯溪源就隔一条低低的岭，进出都走浯溪源。这样的地形，使得五洲源特别有意思：源头往外走，外面不到头，说是一条源，其实已尽头。这个空间就显得特别隐蔽，独立成秘境：五洲源既在天边，也在眼前。

有意思的是五洲源的上游与浯溪源的上游，都是几村成堆。浯溪源上游是浯溪、陈家、连岭脚和洪家源头；五洲源上游是送驾岭、下五洲源和上五洲源。最为有趣的是这几个村距离相近，交往频繁，与周边任何地点都有一定的距离，从浯溪往外走，是一个 9 里路没人家的峡谷地形，独自守着一域空间。

五洲源的上游其实是个生态植被十分茂密的峡谷地带，从送驾岭以上都如此，一条小小的溪沟，两边是高高的山，然而到最源头又有一处相对宽一点的空间，像一口锅放在白际山下五洲源头。这个"锅"，就窝出了两个村。在下五洲源下方有一条从西边而来的小坞，叫榨坑。这里住有五六户人家，在榨坑的口子上目前还有两户，其中只有一户长年在家。在榨坑口我们与这户人家做了短暂的接触。

我们在其门口的小凳上坐定，女主人蒋玉英客气地为我们倒了茶。我说不要客气，坐下来聊聊。她过去是住浯溪村里的，40 年前搬到这里，与另几户人家组成一个小小生产组，在这边有广阔无垠的山，还可以弄点山货，住习惯了，不想住外面去了。儿子鲍书芳要给老两口在乡政府那边买屋，他们不同意。与蒋说着话期间，蒋玉英的老伴鲍瑞祥骑着三轮电瓶车回来了，一花狗一黑猫跳上了鲍瑞祥的电瓶车。

想起我们刚刚来到时，那只花狗衔着我们的裤管嗅个不停，表现出无限友好，没有对我们吠一声，其实这种单门独户的狗往往是吠得很凶的。我在想，或许是蒋玉英两口的好客，待人热情感染了他们的狗与猫。我把相同的问题又抛给了鲍瑞祥，为什么不住回浯溪去？他坐下后点了支烟："住这里与人没有纠纷，务农时物件可以随便放，多自由呀。"

我问生活生产还方便吗？

他答：我们五洲源里虽然是山沟沟，但路开通了。我骑着电瓶车也很方便，到浯溪村里也就十分钟。

离榨坑口三里有个两户人家的微形村，这才是榨坑村。村民都已搬到外面去了，房子还空在那里。浯溪村一个篾匠鲍敬立帮他们看山，山上有众多毛竹。鲍一人待在那屋里，大多时候晚上也住在那里。我们到时，他正在门口剖篾，屋里传出响亮的声音，我以为是电视机的声音，进去一看才知是收音机，他是为了打破这无边寂静才故意开着收音机的，感觉热闹有人。深秋时节，四周寂静，我问出了幼稚的问题："你一个待在这里，怕吗？"

他轻微地笑了笑，也不抬头："这有什么怕的？"

前后左右，满眼青山，满目翠绿。这样绿得透明的空间，这样与绿相守的人。

这个榨坑的源头是汾口黄石塔的源头，有趣的是，它的背面恰恰是中洲一个也叫榨坑的村。

上沈家是五洲源里最源头的一个村，这个村其实很有地理特点。

它处在高高的山坡上，村前是两个平缓山头，整个山头都是旱地，可以在这样的"山穷水尽"的地方养育村庄，令人惊叹。其中一个山头的顶尖已削平填入沟壑中，被削平的还有一垄从东边过来的风塍山，被挖掉后，造上了七幢房子，村庄也敞开了，目前还有一棵古槐树和槐树下的一块土堆保留着原始风貌。陈家红说，我们村过去是典型的燕窝，村庄的出口很小，只是这垄小山挖掉了，不像了，蛮可惜的。

他介绍说，东来的这座似风塍的山，与西来的一垄山形成合围，村庄里面的空间不大，东边是平地，西边是坡地，合围的口子也就三四米宽，不进入这口子都看不到村庄。百十号人就住在里面，像安全温暖的燕窝。也许是太温暖了，村里几乎每年都发生火灾。火灾发生时，往往水不够用，不是村里没水，饮用水没问题，但救火就成问题了。为了解决救火的难题，村里在20世纪70年代从西边的山涧里挖渠引来了水，如今这水如同一条小溪，在村口流到下面的涧壑，形成了一个小瀑布。

上沈家与下沈家相隔着一座独山，这座山像一头匍匐在地的猪，这样的猪形山为村民提供了无数耕地。这种象形山在浯溪村也同样存在，他们称其为五马破槽。

我一直以为许家山是狮古山的下游，属同一个流域，而且处在半山腰，视野开阔，站在村前可以一展嗓门，甚至都幻想着歌喉大开，革命歌曲嘹亮，边上的红旗映天飘扬。但真正到达许家山，才知道完全不是我想象中的地理形态。许家山是排溪主流与浯溪流域之间挤出来的一个小小偏流。所以，它是"畸形"的。许家山有一泓独立的水流，但没有溪流的形状。水流从高高的山上沿小凹处一跃而下，许家山就坐落在这个水的出发处，海拔510米，两边山，中间一沟吞。许家山离周边任何一个村都差不多10里以上，它藏在高高的山间密林里。所以，许多年前它便与狮古山呼应，成了一处红色地点。

狮古山就是排溪最源头的村庄了，作为村庄那都是近20年前的事了，20世纪90年代末村子便搬到了连岭脚去。80多年前，下浙皖特委就在这个小山村成立，染红了浙皖边境线的白际山脉。它给那一带的许多村庄传递了红色，汪家村就是其中之一。汪家处在通往郭村的朱接岭脚，而朱接岭可以说是红色之岭，翻过此岭就是郭村的黄坑坞与马鞍脚，而遂安中心县委就在马鞍脚。当时那一带许多人加入了地下党组织，参加了红军。

汪家村的汪传茂今年86岁，他说他哥哥汪樟林，曾给郭村区委副书记老程当警卫员。后来与老程一起被抓，骨头被敲碎，最后毙在郭村桥头。

狮古山村搬迁下山了，汪家就成了排溪源最里面的村了。汪家最多时有30多户，现在只有12户，多数都到了姜家定居点，也有去千岛湖的。我在汪传茂的家里看对面的前山，觉得那些阔叶林树特别壮硕，叶子有红的，也有淡黄的，当然更多的是不落叶的。绿色在不断加厚，成为这个源的底色。在他老屋的前面，有一幢50平方米左右的房子在建，我问这是谁的，他说是他的。"你这么大年纪了，还要建房，不跟儿子住姜家去？"我问道。他说："我还是住这里好，有许多伴，健在的白天说说话，不健在的夜里说说话。我昨晚还梦到了我哥哥哩。"

汪传茂的新屋是汪家村里唯一在建的新房。

让我们再回到浯溪流域，在裕丰、芳梧这一带有个小小的村：浪川口。坐落在南边的一个山坞口，农户 30 来户，历史已 300 来年。他们的祖先是从汾口宋京住过来的，过这个坞翻过一个岭就到汾口那边的姚家了，是过去经常走的路。我对这个地名感到很不解：浪川口。一个小地名，居然与乡名相同。与村民余早贵、余发祥聊天时，我觉得应该叫"老家口"更为贴切。方言听起来，那个坞就叫老家坞，处在口子上的村不叫"老家口"叫什么呢？"老家"寄托着思念，而这一带的地形确实有"乡村的老家"的样态。

从"老家"看到的柴山显得低缓，而从芳梧翻个低低的岭，到排溪流域则完全是另一个样子，落差要大得多。在岭上看全城 8 个村，一时很难分清谁是谁。村庄星罗棋布，一个挽着一个。在村委大楼的后门口，也就是过去老祠堂牌楼门口，可以看到一座山，这座山是柴山的一部分，叫"猴山"。

马石桥位于浯溪注入排溪之处，两条溪在快要交汇时，都改变了方向，变成对冲撞，一个西去，一个东来，冲撞之后向南而去。这两溪的交汇使马石桥村位于半岛。让村里的王丁元他说马石桥是朱元璋起的名，那像马一样的石头现在不见了，但马石桥所处地理位置的优势始终没变，马石桥以下的广阔田野显示出排溪两岸的田园风光无限。王丁元说出一串顺口溜：

摇一摇，摇到马石桥；

汤瓶饭，萝卜条；

外婆家里有雕梁。

王丁元说，当年的连岭会馆也在马石桥，可见这个两源会合之处的地理位置是多么重要。

芹溪有厚度

芹川村离我老家并不远，也就 20 多公里路，但我在漫长的 34 年中没到过这个村，第一次去那里还是从乡镇调往县广播电视台之后去采访。我在乡村出生、长大、生活、工作几十年，对老式的徽派建筑应该是非常熟悉，但到了芹川还是把我惊到了，有两点让我惊叹：明清徽派建筑的精美与规模的宏大。其中有一幢建筑给我留下无法磨灭的印象，那处房子坐落在溪的东边，房子在院子的后面，院子到正房之间还有一堵墙、一扇门，这扇门是月牙形的。在南边还建有一幢朝北面向院子的厢房。二楼半敞开式阳台总给人以隐隐约约的感觉，我似乎看到一位小姐倚栏侧目、顾盼流连。房子下面是一个池塘，这池塘一半在屋底一半在院内，美妙的是池塘与门口的溪相连。这样的池塘在芹川有好多，有好多沿溪的房子都是这种结构。

此后，每次到芹川我都要到那里去看看，遗憾的是每次看到的都比上次更坍塌了，更颓圮了，没有了我首次见到的那种场景与意境了。

但我对这房子早年兴旺场景的记忆还是顽固的，一直延伸到现在。

好在它曾经存在过，好在还有与此相仿的房子。它们的存在就是对这个村庄最好的地理注释。芹川其实是处在一个小小的源里，这个源里只有芹川一个村，而且这个庞大的村还是挤在一起的，是块状的，不是散状的。按淳安人的说法，芹川是上佳的居住地，事实也是如此，王氏在这个村里昌衍，人口已达 1700 人，周边无数的王氏村庄都是从这个村发过去的。

芹溪落差不大，溪床不宽，溪水缓缓的，因此即便洪水季节也不会威胁房屋。这些都是造就"芹川风骨"的主要地理元素。

村口只有十几米，水口收得很紧。这样的风塍，难得一遇，再加上人工堆垒，形成城堡样式。五株古樟伫立其间，形成了很好的村口布局。村庄绵延一公里基本按着水系走。这条溪在村内是蜿蜒前行的样子，完全笔直的段落不太有，中间部分稍直但也不是笔直的。溪的两岸就是居住地，这居住地有宽有窄，有深有浅。两边的山都不逼仄，都不咄咄逼人，给人一种远古造山时坍塌的余威之感。东边的银山相对较高，但也没有"兵临城下"的凛冽，与村庄之间还有足够的缓坡。西边的山相对比较低矮，成了一块块旱地。

溪两侧的一些垄岗使村庄风情百样。村里较为突出的地方有两个，一个叫老龙潭，水直冲下来，受到了一垄垂直的垄坡的阻挡，在那里形成了一个潭。那里比较逼仄，是芹川村里少有的在东岸没有房屋的地段，也就 30 多米长。另一个在三环庭，与老龙潭不同的是，三环庭由于溪里有巨大的石头起着保护作用，加之路上的垄岗坡度不大，溪水直冲处有着诸多房子。如此使村庄显得无限延伸，显得风情万种，显得柔韧有致。那种想说又不知如何说，想表达又难以表达，想倾诉又不知怎样倾诉的韵味弥漫其中。

在村庄的尾部，房屋的消失处，芹溪转了直角，但在这段溪的两岸已没有了房子，我心想，可以将芹水芹川不断延伸，沿溪向北扩展是很有风韵的。现在这上村头都是田野，里面已几乎无人居住。上面大源与小源汇合处的山坡上曾经住有三四户人家，如今只有一户。离村一里的王东方一户朝北的房子俯视着大小两源，这里被戏称为"芹川一号"，老王自得其乐，坐在缓坡的门口，跟我说大源进去有10里基本是农田旱地。小源没有什么地，翻过去是郭村，过去常有人走，现在没人走了。子女在嘉兴办公司，他一年两地跑，在家的日子，就种点菜也种点番薯玉米。

这个小源里的大村，外人乍一看，一定会提出这么个问题：这里的土地何以能养育这么多人？芹川村口那畈田归芹川村自然不必说，从前，新桥、芹畈那边土地也大多都是芹川的，沿芹溪田地一直到姜家的霞社，甚至会到更远的地方。芹溪与排溪两流域之间，大概是淳安跨流域的海拔最低的岭了，仅有几米，所以缓出了一大片土地，过往大都是旱地，当然也有水田，只是用水紧张，种稻比较困难。这些土地现在大多是新桥与芹畈两个村的，在它们的南边是一众低矮的山丘，山丘之间有些地，点点溪沟，水塘无数。过去这里叫大塘，现在已与芹畈合并。大塘过去是四个自然村，大塘里、秀茂溪、蓝田里和神门坑，四个村有七个塘，组成"北斗七星"的样子。这些村名都非常有意思，我的解读是：对大水的向往。

小水少水的村庄，在浪川有一串。它们远离排溪，蜗居山岙，如同世外桃源，隐蔽又不偏远。除大塘外，这样的村还有宏泽、瑞塘、内杨家、外杨家等，洪家也相似，只是现在新房建多了，挤出了山岙。像宏泽与瑞塘都是村庄在岙内，田地在外面，十分隐蔽。瑞塘坐落在岙内，一个小山窝里只有一涧小小的水，于是村里自古以来就有两个水塘。村庄里没有多余的空间，除了房子就是水塘。这水塘里的水干净、清澈，鱼在水里嬉戏，周边的景物及房屋倒映在水中，很有意境。汪雅娟的房子就坐落在中间那个水塘边，坐北朝南，门前是水，水中倒映着山。

汪雅娟说："我们村的水是从东往西流的，我的房子坐北朝南。"我认真地说："祥瑞呀。"

七堡有桃源

七堡是排溪下游的几个村，刚解放那会儿这里是一个乡。目前这里主要有五个村，詹家、桃源（叶家）、内杨家、外杨家、姜坞口，有田畈、有山坞、有丘陵、有坡地、有溪流。由于排溪在叶家之下突然收紧，然后入湖，所以这里失去了通达的空间，整个七堡流域变得相对独立，相对隐匿。关于这个空间，从前有这么一个顺口溜：

詹家挑鸡夹（笼），

叶家打石塔；

杨家种烂糊田，

姜坞口没米过年。

这个顺口溜还是说出了一定的地理特点，"詹家挑鸡夹（笼）"，意思是说村里挑夫比较多，它紧依着龙（山街）狮（城）古道，出挑夫很正常。叶家就是现在的桃源村，"叶家打石塔"的意思是这个村打石头卖，说明这个村石质很好。"杨家种烂糊田"是说，内外杨家沼泽地较多，没有河流只有丘坡以及山丘之间的岙地，所以烂糊田多。"姜坞口没米过年"意思是这个村生产资料偏少，相对穷困。

詹家与桃源、杨家基本是对岸，中间隔着排溪。不过詹家与桃源离排溪近，内、外杨家都离排溪较远，退到了山岙里。桃源村口有一排古柏，种在风塍上，有 56 棵，村里喻为 56 个民族。因为有了这些古柏，从远处看桃源，桃源掩映其间，村庄遁形，隐隐约约。古柏使村庄有了隐士的风格，低调、收敛，不张不显，这种风格很符合桃花源的调子。

村子边上有一个小坞，这个叫下坞的坞一直通到别处，翻过蛇岭到达汾口镇的栗园里。这个蛇岭是两边人共用的名字，翻下岭也就五六里路，过去来往非常密切，人走得也很多，现在不太有人走了，慢慢荒芜起来。蛇岭除了是一条通道自古以来都是采石场。这里采下来的石头不亚于茶园石，周边一带都到这里采购石头，用于做石磨、柱磉、门槛、门圈等，所以桃源村成了远近闻名的卖石头的村。

下坞出来有一条小溪沟，接近排溪时沿着一座山麓走。这座山是一整座石头山，石头呈暗红色，加上山势陡峭，村里称这座山为赤壁。红色的墙壁，多么有意思，虽与《三国》里的赤壁毫无关系，但我总觉得叫这个名字大气磅礴。在这赤壁的侧后方是另一个古采石场，这里的石头不是青石，而是呈灰红色。赤壁之下，排溪之上有处四孔石拱桥，叫万安桥，修于道光8年，建于哪年没有记载。万安桥是桃源十景之一，桃源十景包括：

殿山松涛、方塘映月、株林古荫、蛇岭樵唱、渭水渔歌、赤壁栖云、石桥垂钓、乐庵课读、洲畈春耕、桃峰龙洞。赤壁之下有三景：赤壁栖云、石桥垂钓、乐庵课读。一个村十景其占三景，是十分难得的。

桃源的东边即桃源的对面就是詹家，它们隔溪相望。詹家是七堡这带最大的村，门口有一畈田比较宽广，村后还有一座山叫小公山，在这一带小有名气。山以陡峭出名，山的近一半处都是垂直的悬崖。这个山崖上长有珍贵药材，每年都有外地的神秘采药者来此采挖。他们悄悄地来，晚上上悬崖，第二天就走。村里人推测，这珍贵药材可能是铁皮石斛。

小公山的边上曾有一条古道，是龙（山街）狮（城）古道的一段，古道叫新岭古道。新岭古道穿过不算高的新岭到达姜家，姜家再到狮城，但这段已被千岛湖淹没。在新岭古道上留有众多故事，这些故事使古道的风情倍增。

2018年11月18日，我跟着杨家的村委主任杨贤生来到了当年枫岭村所在地。那真是一个非常好的村基，东南方向是桃花尖及其下行的余脉，这余脉从半山开始形成了一个摊开笔形，缓缓而下，到山脚处形成一个簸箕形状，枫岭村就在这簸箕里。东边垄起一垄小山形成一个不高的岭，这个岭也叫枫岭，岭的东边就是外杨家。西边也是一垄小山，也形成一个更低的岭，叫尔岭，岭的西边就是汾口镇的山底村。簸箕的口子向北，口子处是一个大塘，塘的西边是古柏树，杨贤生说，过去这古柏树林比现在大、比现在密，古木参天，遮天蔽日。枫岭村其实就在这水尽处，水通过一条微小的沟向北又东拐流向内杨家。

龙（山街）狮（城）古道从西边的尔岭进，穿过村庄从东边的枫岭出，这一穿形成了枫岭村的千年传奇，它伫立在古道中途招展千年，但不知为何败落了消失了，后来古道也零落了。千岛湖形成后古道中断，这一带从早年的车水马龙，回归到自然的寂静。

鸠坑都是茶

打开鸠坑地图，我们能发现，这是一个十分规整的几何图形，很少有这么整整齐齐的行政区划：一个标准的三角形，不说等边也是等腰。

先来描述一下这个等腰三角形的边，右边也就是东北方向是大名鼎鼎的新安江，千岛湖形成后，这江变成了湖，但由于这一段新安江基本是峡谷，所以，线条的长短变化不大，不过是线条加粗、墨迹加重罢了。从湖的对岸看，这条边最为有意思，淹掉了江滨与口子上的村庄，正临湖边的是山的横截面，有的像削过，有的像砍过，有的像啃过，这些山也成了源与源之间的界山。左边也就是西北方向，是白际山脉，这山脉连绵几百里，这一段不算巍峨险峻，最高峰园尖山也就海拔 1050 米，是与安徽的界山。下方，也就是底边，是与本县梓桐镇相隔的一脉山岭，这一脉岭有好几个通道，过去两地来往都由此通过。这一排隔山有五座山尖，比较有名的有笔架尖、竹尖山、乌鹰尖，它们像卫兵守护着两地人民的安全。

在鸠坑有三条主要的源：南村源、赋置源和鸠坑源。过去沿着这源往外走，都是到新安江边的码头，所以源口就是通外面的埠头。后来千岛湖形成，东北方向被水封了口子，处在新安江边三条源口子上的村庄都淹入湖底。他们的出路从此被割断，封闭成了基本状况。好在封闭的空间关不住茶与茶事的绵延，关不住独特人文的沉淀与发展。

重点说说鸠坑源吧。

曹家为何不姓曹？

公元 1034 年，范仲淹被贬睦州任知州，他在睦州不过半年，但留下了许多清新隽永的好诗，其中有《萧洒桐庐郡十绝》。十首皆以"萧洒桐庐郡"开头，有这么一首是当中最出众的：

萧洒桐庐郡，春山半是茶。

新雷还好事，惊起雨前芽。

范仲淹在睦州总共待半年，十有八九没到过鸠坑，但本地人都觉得这"春山半是茶"说的就是鸠坑。

鸠坑口是一个小村，当年也就两百人不到，稀稀拉拉呈曲线状散开。它处的位置很重要，是一个口子上，这个口子在当年是重要的一个节点，因为整个鸠坑源里的人都要通过它沿新安江出去，那时可以直达杭州。外人也可以通过这里进鸠坑源。后来有了千岛湖，水位升高了。千岛湖地区交通的改善，陆路交通的四通八达，水路式微了，这个口子也落寞了，码头也被杂草、柴木夺回了控制权，鸠坑源的人走鸠坑口都成了奢侈。

鸠坑口村被水淹掉后，大多村民都移民去了江西。还有五六户人家"赖"了下来，他们到屋后的山上结棚落地。方淼华家是其中之一，他家就住在中垅山，父辈靠做点山场过日子。屋下十米就是千岛湖，只要出门就得乘船到对岸，然后才能出远门。后来他下了山搬到了对岸，在马路边建了幢房子，临湖靠路。一户人家，无打无扰，处在鸠坑口长长的峡谷里，像一个门卫，守着口子，守着这条源的口子，守着不太有人进出的路。

鸠坑口所在的行政村叫青苗村，这青苗村有六个自然村，都是后靠村，分别是：毛岭上、青苗碣、百念亩、刘家、鸠坑口、白坪。除了白坪，其余都在湖边。白坪在一个山岙里，有四十来户人家不是原村落，也是移民后靠的。这个山岙是一个只有鸟才可自由出入的地方，周边除了山就是水，它不临水，但它临的山临水。千岛湖的水把他们曾经的村庄淹掉了，他们不愿迁走，只能往后靠，靠以山为主的生产资料生活。水位最高时，差不多一直漫到曹家的下村头，所以这条源真正没被水淹的村是从曹家开始的。

曹家是一个有着出众自然环境的地方，62岁的徐凤鸣说："过去我们村里的水曲里拐弯，溪在村里有九道弯，这弯出来的样子，画都画不出它的美丽与壮观。"他说，溪从仙桥那里弯过来后，在村前就无规则地拐了起来，山环水绕，九曲连绵。这一拐，村庄就往里缩。也就是二十世纪六七十年代时，村里把这个溪给拉直了。地是多出来一点，但对村庄的整体形象影响还是很大的。过去曲里拐弯的溪床，现在已经是村庄的一部分，老徐说："我家的房子就建在当年的溪里。"

老徐万分遗憾地告诉我：溪改掉了，九曲的样子没了，若还说鸠坑是从这里来的，就不理直气壮了。

关于鸠坑的来历，还有另外两种说法，一种是说由鸠岭山演变而来，另一种是说鸠坑源里有九条溪，由九而鸠。这个由九而鸠与老徐的由九而鸠，何其相似，但又十分不同。王恒堂比较倾向于这种"由九条溪涧而来"的说法，他是鸠坑人更是鸠坑通，他当过鸠坑的乡党委书记，编过《鸠坑乡志》《鸠坑茶》和《常青村》，常青村就是他的老家。我也比较倾向于王书记的观点。

徐凤鸣的遗憾，其实更多的是源自曹家溪流的样态改变而失去了对鸠坑的注释，即便如此，当今曹家村的地理位置还是值得一说的，村庄在一座山下，这座山很有型，像一片瓦片横向剖开一半搁置的样子。这山叫牛背垄，缓缓的弧形，南北走向，村庄就在弧内。正面看上去好像是一座独立的山，事实上与其他山有着千丝万缕的联系。我跟着老徐爬上"半片瓦"南侧的山岗，完全是另一种景象。这南侧边上其实是一个山坞，山坞间有着旱地与农田。其实，这种依山的坡地在这一带还是不少的。往南望去，曹家的上游，山经过坍塌，在山脚处形成了一群一群低矮的山丘、山岭，错落有致，绵亘无规。不像馒头形，而是笋尖形，这类山因为不高，可以种作物，但因为非丘陵，又不太合适种粮。几千年来，人们在这里找到了一种适合作物：茶叶。在这广大的山岭、山垄、山尖中，有一垄奇怪的山，处在曹家的上游，这垄山跨越了溪流，像是在这里筑了一堵墙，把鸠坑源给封死了。

我对这垄山特别感兴趣，因为我在其他地方没见到过这样的地形。因这座山，好像封掉了鸠坑源，但又留出了一条溪，溪还是有走的空间，缝洞。如果这一垄山是死死封牢的，那么上游就会形成一个湖，水位漫过这山后就会以瀑布的形式流出。经过几万年十几万年的流淌，挤出了一个洞，挤出了一条溪。为了使这溪流得更顺畅，流得更悠然，流得更像溪，村里人把这个洞的顶部打开了，并且在东边拓宽了口子。徐凤鸣说，这段溪过去有许多大石头，很有气势。后来，把这溪打大了，打宽了，这上面的巨大卵石也不见了。也有说是一次洪水把溪上方的仙桥冲走，把两边的石墩冲宽了。这上游除了一条溪的出口，基本上是那垄山围成的一个近300度的弧，此地名叫"合头湾"。过去进出鸠坑源，得爬那垄山上下，后来打了个质朴、粗糙、袖珍的隧道，进出才方便了，现在看上去这垄山上有了两个"洞眼"了，一眼水流，一眼人流。

其实从前，外人去鸠坑源，走到这里都有点惊悸。骑马的下马，坐轿的下轿，觉得这种地形，里面一般有大乾坤，不可造次，得谨小慎微。但事实上，里面是两个小小的源头，大源8公里长，细源5公里不到，整个鸠坑源流域也就48平方公里。不大，不深，不宽，不远，是小家碧玉类的，而不是跌宕起伏、险峻高耸的，是平和、温情的，不是狰狞、暴戾的。这里面，可以找到曹家为什么不姓曹的答案。

曹家现在主要是徐、吴两姓，也有邵、方等姓，然而就是没有一人姓曹。但为何还叫曹家呢？这还得从元末朱元璋开始起义说起。村里的一段传说，说明了一切。

元朝末年，曹家居住着曹氏两兄弟，哥哥叫曹千斤，弟弟叫曹八百。两兄弟虎背熊腰，力大无比，且又武艺高强，在那一带很有名气。传说他俩能用石磨头当扇扇风，能用石臼当草帽遮阴。

曹氏兄弟得知朱元璋善待官兵，体恤百姓，就一同到谷雨岭去投奔朱元璋。在操练时，朱元璋见曹氏二兄弟身手不凡，聪明灵活，就在出兵时封他俩为打头阵的先锋将领。他俩跟随常遇春大将军，带领数千精兵，浩浩荡荡从鸠坑出发，经过赋置源到威坪，一直攻下淳安、桐庐县城，一路势如破竹，捷报频传，曹氏二兄弟名气越来越大。

这时候，军中另一名武将康茂财气量狭小，本领不如曹氏兄弟，就在朱元璋面前诬告曹氏兄弟有野心，想谋取天下。朱元璋偏信了康茂财的谗言，下令杀了曹氏兄弟。

朱元璋失去了曹氏二员猛将，战事节节失利、一筹莫展。一天朱元璋测字卜卦，他摸到一个"亥"字，测字先生说："亥属猪，猪性嗜糠，惜无槽也。"同时解释说："猪与朱同音，糠与康同音，槽与曹音近，你养康杀曹，故与兵机不利，一时难得天下。"朱元璋闻言，方知中了奸臣计，顿足捶胸追悔莫及，仰天号啕大哭了一场。为纪念曹氏兄弟的功德，朱元璋返回曹家，在其门口亲手栽下了两株柏树，这两株柏树历经 600 年风雨仍然郁郁葱葱地屹立着。

后来，徐、吴入居曹家，为纪念曹氏兄弟之德，仍叫曹家村。

老徐说，我们村里过去有三个殿，其中一个殿就是专门供奉曹氏兄弟的。这种守德重义的品行在鸠坑源蔚然成风。

类似村庄，在鸠坑源不在少数，随便数数都有好几个：曹家不姓曹，刘家不姓刘，姜家不姓姜，邵家不姓邵，潘家店不姓潘，程家山不姓程。更为有意思的是还有个十户小村叫：施家门前。它的对面从前曾住有一户姓施的，施姓走后，方姓入住了，但名字还是沿用下来。施家在明太祖朱元璋起兵战乱时，为躲避战事，一家老小从徽州迁至细坑源。施家结庐而栖，遇茶成友，把野茶树开垦出来，并不断地进行原种补种，形成非常有特色的八卦茶园。茶园内品种繁多，方圆几十里的茶农都到这里讨要茶种，将此地的茶叶生产推上了一个高度。后来，施家到徽州做茶叶生意，又回到了屯溪，但"施家门前"这个地名从此流传了下来。

潘家店原来是潘氏首居，至 1450 年，徐延坚迁入此地。潘音道夫妇无儿无女，二老宽厚仁义，极力帮扶徐姓立家。徐延坚知恩图报，奉养潘氏二老将。潘氏过世后，徐氏宗祠立潘音道的灵位，以供祭祀，并沿用潘家店村名。

村名虽小，仁义绵延。

这些有意思的村名也反映出，鸠坑源虽然空间狭窄，源里无空旷，但这里的人形成了大气包容、平和宽厚的人文性格，但人的内心比天大。现在的小源，当地民间叫"细源"，我特别喜欢这个名字，细源，多么具有风情。在这个源里，有七个自然村，现在合成了一个行政村，村名叫"常青"。无论从什么角度看这个村都是"常青"的，森林植被是常青的，平和的人文性格是常青的，更为重要的是茶叶是常青的。七个村，五个姓氏住在这细细的源里，和睦相处，孕育了像茶叶一样的人文情怀。

茶叶当如此：清雅的、淡泊的、醇厚的、平静的、质朴隽永的……那天我们在鸠岭山，陪同我们的洪培祥邀我们去他家坐坐，我们喝了杯鸠坑茶，起身就要走，洪培祥的家属一定要留我们吃饭，若不是事情没完成，我们真的就留下吃饭了。因为，她的语气与神态，你看不出任何一点包装与修饰的成分，质朴、本真、原始的意味，往往是无法抗拒的。

地理、人、茶叶不断地相互作用，造就了茶叶一样的鸠坑、鸠坑一样的茶叶、茶一般的鸠坑人。

瀑布、琴声与云雾

无论大源还是小源，有一个共同的特点，那就是盛产瀑布，而这瀑布又有一个共同特点，就是规模不大，凌空而下，很少有贴着石头而下的。心想这不就是铜壶倒水吗？山谷大地就是巨杯，大自然在斟茶呀。我在想，若我是画画的、搞美术的，一定到鸠坑茶乡来，对着瀑布写生，那该是一幅怎样的景象呢？

去万岁岭要经过一个叫大龙门的地方，这个地方的地形地貌非常有意思。那是老林坞村的下方几百米处，老林坞既在一个山涧里，又在一个悬崖上。《淳安县地名志》是这么说的，老林坞村民由下严家迁入，由地处古木繁盛的深山老林凤山脚，故名"老林坞"。因这个地名我们可以展开那里的想象。从大龙门瀑布看，有几幢房子，似临崖的，位于山涧往山凸走的横带上，看起来很有高山独有的韵味。由于落差大，山涧的水一直跳跃而下，到了大龙门这个地方，形成了一个瀑布，瀑布成几截，我称其为大龙门大瀑布，它在北面，而在大瀑布的西南面，也有一个十分出众的瀑布。那里有一个高高的断崖，这个断崖处在南边一座山的坡面上，这个悬崖不知怎么形成的。瀑布与悬崖内壁之间还有好大的距离。这水便临空而下，像山上突然的来水，顺势倒入下面的地上。

这瀑布的非同寻常肯定是这一带地形的非同寻常的结果，而这地形的非同寻常加上瀑布的景观效果又加深了地理形态的奇怪、超凡、不可多得，成为唯一的，为茶斟水的似形又神的样态。这个样态，是远古时期造山运动赐予鸠坑的礼物，如同一个形成好了的山与涧，又突然塌了下去，形成了瀑布、悬崖与乱石滩。

有大龙门一般来说就有小龙门，确实如此，在更上游，一个海拔更高的小山村柴坦的村口，就叫小龙门。村庄呈梯形坐落在一个悬崖之后，进出村都要爬陡峭的台阶。因此，在村口不远处的水涧，就形成了瀑布。由于此地树木茂密，这一泓飞下的水注，如隐匿的高人斟水。闻其轰隆声，循音见倩影。

在鸠坑，瀑布随处可见，尤其是在鸠坑源里面的那些小山村。我所知道的，柴坦、老林坞、胡琴湾、程家山、胡家、严村、毛坪、塘坪山、鸠岭山、石山、避暑坞、潘家店等都有瀑布。最大的瀑布在严村的天堂山，分二级，瀑布高 70 余米。丰水季节，瀑布自断崖处一泻而下，如白绫千尺、银河倒悬，气势磅礴、蔚为壮观。

瀑布倾泻碰撞出来的声音，该是真正意义上的天籁了吧。在高高的万岁岭一侧有一个小山村，只有 7 户 22 人。这个村有别样的名字：胡琴湾。《淳安县地名志》上是这样解释村名的来历：传说，清朝时，严姓祖先由本乡下严村涡潭迁此，住地两侧山高坑涧深，流水嗡嗡作响，胜似琴声，故名"胡琴湾"。怎么样的地势才能让山涧水发出胜似琴声一样的声音？这水如弹奏的手指，这大地如一把琴，这要经过多少地势作用才能奏出琴声？

琴声如诉，如歌如梦，如茶淡雅。

天堂山是严村的后山，典型的高山盆地地形，500 米的海拔使此地云雾缭绕嫁到严村 20 多年的万甜花，对天堂山云雾的体验十分深刻，她说：我没看到过没有云雾的天堂山。无论什么季节上天堂山，都是云雾的世界，有时浓浓的十米之内看不清人形，有时是淡淡的薄雾，有时东一块西一块呈零散状。整个地形如一把靠背椅，背面天堂山高耸，东西两侧低山环护，中间是二级阶地，南面是悬崖峭壁。里、外天堂水自断崖处跌落，飞银泻玉。中部阶地土层深厚、土壤肥沃，终日云雾缭绕，太阳光透过云层形成的漫射光有利于茶树生长和茶树内部物质转换，自古以来就是高山云雾茶产地。天堂山以阶地内吊桥峰为界，又分为里、外天堂。清咸丰年间，曾有严氏子孙为躲兵寇避居于此，形成村落。解放后，村民陆续回迁下山，房屋倾圮，村庄芜废。

没有村庄的天堂山，成了茶叶的天堂。

另一处雾的世界就是鸠岭山，是细源的源头。2019 年 1 月 7 日，我们到了海拔近 600 米的一个叫送嫁塘的地方。村里的王荣焕向我们介绍，这是"金龙毛凤"传说的发祥地。这一带有一些树龄几百年的老茶树，让人觉得这里就是鸠坑茶叶的根据地。站在此山目视前方，许多山头像笋尖一样伫立，层层叠叠，雾掩盖住了山峰以下的大部分山体，我们能看到的是从雾中伸展出来的山峰，如仙似幻。

春山半是茶

鸠岭山送嫁塘有一个传说，说的是鸠坑毛峰茶的来历。相传，古时候鸠岭山上住着一对年轻夫妻，男的叫金龙，女的叫毛凤。男的开山种苞芦（玉米），女的挖地种茶。那时，鸠坑源是睦州到徽州的要道，往来客商脚夫到鸠岭上都要讨茶喝，夫妻俩总是热情接待，不收分文。后来，过往客人讨茶喝的越来越多，屋后岗上和老山崖采的茶叶不够用，夫妻俩甚是发愁。这年冬天，来了一位仙风道骨的世外高人。见夫妻俩愁眉苦脸，就到屋后的茶园里走了一圈，口里念念有词。不几日，鸠岭山上连续十多天电闪雷鸣，狂风暴雨，而屋后岗上和老山崖的茶园里却是土肥苗壮，生机益然。第二年，茶叶长势喜人。采下的茶叶碧绿青翠，清香扑鼻，制成干茶后外观既如雀舌云片，又似凤蕊龙团，慕名而来的客商赞不绝口。为了能卖个好价钱，金龙就把老山崖采来的茶叫做"金龙茶"，毛凤则把屋后岗上采下的茶叫做

"毛凤茶"。一时间，金龙、毛凤茶声名鹊起，誉传浙皖。后来，鸠坑的金龙、毛凤茶被皇帝选为贡茶，名享誉京城。不过，皇帝忌讳龙凤二字，就降旨将金龙、毛凤茶改名为鸠坑毛峰茶。

细坑源如今七个村，从头到尾大约七八里山地，在所有的缓地、坡地、山地上，甚至在仅有的珍贵的田里，都种上了茶叶。

在方店的村旁，茶园与村庄相依相偎，传统木结构房子的黄白配色与茶叶的墨绿形成反差，具有强烈的画感。那黑绿的、厚重的、平缓又呈缓弧形的茶园，把村庄包围了，那茶丛的高度基本到了窗。

石山的村前有一个小坞，这个小坞就是出产青溪龙砚石的地方。这个小坞，有山有水，只是特别袖珍，我估计曾经仅有一两户人家居住。现在，整个西边半片山与山脚不多的旱地，都是茶园，都是那绿得透亮又绿得滴汁的世界。那种呈梯阶状绵亘的图画，让人十分惊叹。

鸠坑的主源大约有 15 里，它的源头有一条大名鼎鼎的山岭，万岁岭。这个岭与朱元璋有关，因为他曾在那里屯兵多日，留下了许多与他有关的故事。有一说法，万岁岭是朱元璋命名的，但我觉得这名字应该是来自民间，而且一定是朱元璋百岁之后。不管怎么说，这条岭这个地方承受得起这个名字。

凉水洞，并不是一个洞，而是一山涧水的出发地，只是它像是从洞里流出来，所以叫它凉水洞。当年就是这条小溪供朱元璋部队饮用，在凉水洞的后山上，有许多士兵的坟墓，当地人数过，有 108 堆，因此这里就叫：108 堆坟。在这一带还有一个地名叫打铁岩曾是朱元璋办公的地方，这是一个类似于洞的地方。还有一个地名，也与朱元璋紧密相关：女儿坟。这是绵亘几片山的一角，它的周围都是茶叶。当年朱元璋的女儿用违反军纪被斩，就葬在这里，后人就把这个地方称作女儿坟。这里是茶叶的世界，翻过一片山岗，还是茶叶。这个地方有个非同一般的名字：老茶桠下。柴坦村的严华元，指着自己的茶园跟我们说，老茶桠下我有 4 亩茶叶。

老茶桠下，这名字多么有形象感。桠在淳安就是树桩、根部的意思。这样的地名出现在这里，是多么的贴切又合适。这一大片，一个又一个山坡、山凹、山岗、山岙都是茶园，在万岁岭顶看两边，那边是安徽，这边是鸠坑，基本看的是茶园的形态，比的也是茶园的规模和质量。两地茶叶的交流，两地茶叶的贸易，两地茶叶的采摘互帮，促进两地之间的交往。柴坦村里有 80% 的人娶的是安徽女人，这是深度交流的结果，又促进了彼此的和睦亲善。

柴坦村离万岁岭不到千米，处在一个山的斜坡上，梯级面上。在万岁岭下来的一个山岗上看它，这个村庄的风情立即显现。二十幢房子布满其间，为山增添了烟火气息，为这广大的地理空间布上了人的踪迹。

严华元的家属也是安徽嫁过来的，如今她的鸠坑话已与别人无任何差别，已完全融入这方山水。他说现在已离不开这里，是因为他离不开茶叶，离不开万岁岭下的独有空间。他说两口子伺候着十几亩茶园，光这项就有三四万的年收入。比严华元小十几岁的严华胜是老林坞人，老林坞离柴坦就两里路，但都是上坡路。他有 20 亩茶园，有一半在柴坦上面，其中 5 亩在女儿坟。所以，他经常要到柴坦来干活。

跟着他一起的是一只叫灰狗的狗，它每天跟着他一起出门，一会儿在前一会儿在后，好像它是向导。这狗也是万岁岭的常客，估计它是少有的出过省的狗。在老林坞去柴坦的路边，有各式各样的茶园，其中有一大片是刚种下不久的茶，上面有牌子：鸠坑种基地。鸠坑种是全国十大良种之一，很是了得。

天堂山的云雾抚揉出了只长在天堂的茶叶，长在这里的茶叶品质绝非一般。天堂山是严村的骄傲，村里有位去世没几年的老师严华云，写了一副对联，很有内涵，也很精彩：

云封顶谷千山外

雾锁毛峰万壑中

顶谷与毛峰是鸠坑的两种茶，顶谷茶后再有毛峰茶，毛峰是由顶谷发展而来的。我有一位江苏扬中的同学范继平，对鸠坑毛峰有着十二分的喜爱，凡是在网上看到有关于鸠坑的信息，他都眼睛一亮。年初还发了一条有关鸠坑的网上信息给我。我说："你下次来千岛湖，我一定要带你去鸠坑走走看看，一定让你上上万岁岭，上上天堂山。"

77 岁的严嫩伢，跟我滔滔不绝，说 20 世纪 80 年代，他用来自天堂山的茶叶加工成干茶，在全省茶叶评比中得到了第一名，今天说起这件事，还是骄傲无比。他还向我回忆起小时候的一件事。在他还是幼儿时，他父亲与来自安徽、福建、山东等地的人，聚集在他家，摆弄茶叶。后来，他才知道他们这是在改良顶谷茶的技艺。而今回忆此事，他特别佩服父亲对茶叶的执着。顶谷茶是鸠坑茶的传统，后来在严村的村口外留下了一个永久的地名：顶谷坪。

塘坪山有一株茶树，很是吸引人。整丛树有 40 平方米，被称为茶树王。多年前，我就把它拍进了一个电视专题片中。这次去，我发现乡里对它周边的环境进行了整治，说明来人已越来越多。最引人注目的是一块牌子，上面写有：鸠坑茶树王。题字的落款是浙江省原政协主席周国富，这说明这棵茶树引起了人们的关注，并为人所重视。

威坪美如画

　　威坪很古老，古老得与淳安齐平。淳安建县之时，就是威坪建镇之日，也是新都郡设立之始。公元208年，战旗猎猎，威风凛凛，贺齐平定了山越后，设郡建县。威坪过去是淳安除县城之外的三个古镇之一，有着浓郁厚重的文化沉淀，而今已沉入千岛湖底。这个处在新安江北岸的古镇，曾是浙皖重镇，扼守着两地繁华水陆的来往，当然是新安江上的重要节点。

　　威坪三都四源水交汇后，形成一条溪，名叫蜀溪。这距离不远，估计2.5公里左右吧。这段溪有些像喉管，不长，但很重要。是它收编了整个威坪的积雨，以统一的姿态奔赴新安江。小五都的溪在溪滩里注入六都源溪，然后拐了一个大弯向西而去，与五都源溪交汇。交汇后形成的溪再拐弯向东去，与七都源来的溪交汇形成蜀溪，这个交汇点就是虹桥头一带。虹桥头部分已成湖，部分还留着，后来成为新威坪的镇治所在。以这里为支点，所有威坪范围内的溪从北而南都到这个点交汇，就像一把折叠扇的圆点。千岛湖形成后，五都、六都、七都的水都分别注入千岛湖，虹桥头南面就像一个内湖，几条溪的入湖口已大大提升到上游，它们再也没有流到虹桥头交汇，而后成蜀溪同流到新安江的样态。蜀溪、新安江及江边的威坪都已淹没在湖水之中。站在威坪新镇的虹桥头，人们会发出这样的诗意表达：

> 虹桥头与新安江的距离
>
> 就是蜀溪消失的距离
>
> 威坪与威坪的距离
>
> 就是新安江与千岛湖的距离
>
> 越过了回忆与梦想
>
> 距离成为新的诗意

新安江畔的古老威坪已经与新安江一道消失在水中，新安江畔的威坪与现在的威坪虽然有着不同的行政区域范畴，但有着相似的内容表达，比如方言，比如习俗，比如风土人情，比如更为广义的文化等。

过去，淳安三十六个都，遂安十八个都。虽然在百年前就废掉了"都"的乡村建制，但经过几百年的使用，在民间流下了深深的烙印，因此淳安的许多地方都保留着"都"的地域概念，威坪也是其中之一。因为这里地理超凡，几条源并排，也因此形成了几个都并排。几个都之间的隔山都不高，河谷都有各自的小"平原"，因此，他们内部的交往会比较频繁，互相之间称"五都""六都""七都"，在民间从未断过此种表达习惯。

一条古道连三都

五都源的源头有一条岭叫豪岭，豪岭是一个界岭，另一边是安徽。在豪岭顶上有一个凉亭，建得特别别致又坚如碉堡。此地海拔也不高，只有430米。从豪岭脚村开始爬，当地人估计不用20分钟便能登顶。这个凉亭是由当地的一种青偏暗的石头砌成的，看上去显得特别厚实牢固，亭子的两个门一个朝皖一个朝浙。朝皖的门楣上写着两个字：临江；朝浙的门楣上写着两个字：豁达。

临江，大概是临距离最近的太平溪，当然也可能是临稍远处的新安江。豁达，从地理形态来看就是五都源开放张开，一览无余。豪岭是源头底部的一垄小山，把源头的弧形空间分成两半，西边有两个村：豪岭脚与陆家。"东边从前也有一个吴氏村庄，"徐满法说，"这个村在着了一场大火后就没人住了。"如今豪岭脚与陆家仍还有少量的吴氏人口。在这个山岗上向南看，五都源向两边摊开，由于整条源基本笔直，视野更为辽远。

在豪岭这个山岗上看五都，五都无遮无拦，西边是高而陡峭的白际山脉，东边是和缓低矮得多的与小五都的界山。五都的豁达一目了然，在这豁达的空间里出生、成长、生活的人也一定是豁达的。在这条源里，我有一位诗人友人王良贵，他的老家在琴川村。这么抒情典雅的村名，不知有没有给他以创作的原始灵动。他看在琴川时一定是豁达的，他在一首《琴川》的诗中，是这么结尾的：

当我回望，家园如母亲

用于离去与归来，指望与安葬

在琴川村，民歌即是炊烟

我亲见日久的坟墓重新成为土地

一个可以从容地看着"坟墓重新成为土地"的人，内心一定是豁达的。他是我真正认识的五都源人，我总是很容易把对他的看法放大到所有的五都人，不知这是不是我认知的错误，即便错误，我也希望这是美丽、善良、无关大雅的错误。接着我要讲的是另一位五都人与豪岭的故事，他应该也是豁达之人吧。

豪岭脚村的王致忠今年71岁，他在20世纪50年代末，到唐村中学读初中，就是从豪岭出发的。他得翻三座山才能到达学校，全程45里，横跨四个流域。那时他也就十四五岁，严格来说还是个孩子。他说好在村里有三个人一同前去，一般早上出发，到那边已是天黑了，要走整整一天。

王致忠回忆着当时的经历，向我娓娓道来："路上要带上干粮，一般是玉米粿。家长会准备多点，可以吃两三天。一路翻越杨岭、蔗川岭、安川岭、松茂岭，岭上一般都有亭子，可以在亭子里歇歇脚。到饭点了，就吃点冷玉米粿，渴了就地喝点山泉水，有丝丝甜味。后来，我保持多年喝冷水的习惯，干农活也都在野外喝冷水，直到50多岁才开始慢慢喝起了热茶。我们两个星期走一趟，一走走了3年，对那条路那些岭很熟了，岭上有什么标记也清楚记得。只是现在已经20

多年没走过了，好多景物也忘记了。有一次，我们12个孩子在岭上玩疯了，把玉米馃忘在了松茂岭的亭子里，下了山才想起来，又往回跑，去取玉米馃，一个来回浪费了好多时间。天渐渐黑了下来，我们无法按时赶到学校。那又是一个漆黑的晚上，不说月亮，连星星都没有。我们就在一个村边找到了一个牛棚，心想实在没办法就住这里算了。后来想想，不到学校，老师也不放心，还是要想办法走到学校去。后来找到一户人家，说明情况，想弄一个火把去学校。这家人不错，帮我们弄了个火把，于是我们就打着火把赶到学校。到了学校已经快晚上9点了。

"走这条路，翻山越岭的，天气好还好，天气不好就遭罪了。遇上下雨下雪，那就更要命，最滑的是安川岭，稍不小心就滚落下去，很骇人的。"

他说这条路的沿途没什么亲戚，源头村有两个姑婆，但也不常去，三年下来，基本没在沿途得到过什么照顾。

源头是小五都最里面的一个村，不算小，也有历史，村中央的老宅和村头的古祠堂以及古庙宇可以证明这点。张发殿告诉我，这条岭上过去有挑小猪的、挑小鸡的、挑茶叶的，也有挑汤瓶钵头的，也是熙熙攘攘的，可村里却没有专门为他们烧水泡茶的。

在王致忠眼里很滑的岭，在蔗川村钱四放的记忆里都是风景。他说，小时候常去叶家的外婆家，都是走蔗川—安川岭这条路线。他带我爬了一段，那些石板路都已被荒草掩盖了。在他记忆中，最让他难以忘怀的是逢年过节的时候。他说，到了那时候，整条岭就热闹起来了，岭成了街道，像大家到岭上来赶集。那时来走亲戚的队伍络绎不绝，什么端午节、中秋节，女婿给岳父岳母送礼的、一般亲戚来往的，绵亘不绝，看到现在冷冷的样子，那时的场景老是在脑中浮现。

"常常把我带入到那时的山岭迎面来的闹热之中，"钱四放说这话带有些许怅然，"那样的场面一去不回了！"

他想了想又说："应该重开古道，让重走成为一种纪念。"

2019年4月20日，淳安县首届千岛湖乡读节在安川村举行，著名主持人李修平、姚科来到了现场，给这个小山村注入了别样风情。在北京工作的安川人王学武是这个活动的发起者。他的乡愁情怀随着年岁的增长而越发浓烈，仿佛不抒发便会淤塞，他把这个抒发的平台挪到童年所在地。那天，村里的老书记王宗来告诉我一则故事，与钱四放的个人记忆相比，王宗来说的是集体记忆和文化记忆。他说在安川岭上，有一个传说，与朱元璋有关。

相传在岭的中途，有个叫抱石岭顶的地方，藏着宝。这宝是刘伯温藏的，到底藏在哪个具体的地方不知道。这宝是一对金开锣，谁能得到谁就可以富甲天下。刘伯温没告诉别人具体的藏宝地点，但他留下了几句诗，诗是这样说的：

乌石岩上，

乌石岩下，

哪个能得着，

富抵半个天下。

王宗来在讲述这个传说时，语气中仍然带有自喜、自乐，自我满足。似乎这个传说，把村庄的分量提升了许多。

都，源，岭，古道，安川，王学武，王致忠，钱四放，记忆，传说，地理，这所有的所有构成了两个字：乡愁。

安川是六都的一个支源，走出安川就是六都源的广阔腹地了。这一带是平坦的中心平原。我穿古亭、过古桥、走老路，尽量沿着原先的古道行走，但可惜，很长的一段在田畈中间穿过的古道已被水泥路封存在村民的记忆里了。从杨家畈到下店到岭脚，直到凤凰山下才出现我们期待的青石板古道。在下店村村西的水泥晒场里，85岁的王润民说："我们现在所在的位置就是过去古道经过的地方，这一片都是古树林，是过路人经常歇脚的地方。"

这片古木林有樟树、枫树和柏树，它们制造了一片荫翳，一片凉爽，当然也制造了一片神秘。村庄在它的掩映下，显得厚重、深邃起来。古道的旅途也有了节奏与内涵。如今走在宽广平坦的水泥路上，都没有了过去的"味道"，好像路已死去。过去的路是活的，被成千上万人踩过的青石板，总能给我们以想象：石头的拼接处冒出的四季的青草，是它们点缀了石头，从石头的缝隙处，会钻出蜥蜴、蚱蜢、蚂蚁、青蛙、蛇，以及无数动物，远处的挂棒声，近处的喘气声……过去的青石板路完全是活的，是有生命的，是这方土地历史变迁的见证者。

"我再也走不出那种味道了！"王润民坐在石头上，一脸愁惘。

松茂岭是从岭脚村开始攀爬的，由于这一带有座山叫凤凰山，所以现在也有人把这条古驿道叫做凤凰古道。岭顶上有个亭子，叫同善亭，民间俗称"雪洞"，也称"歇洞"。这个亭子位于一个三岔路口，正走翻越松茂岭，向上是爬凤凰山，山上有凤凰寺，所以，这亭子里有两幅楹联——

东门：同声相应念经咒，善男信女朝凤凰。

西门：岭上往来为生计，亭内歇息叙家常。

一松茂，一凤凰；一世俗，一佛门，这个岭就显得不寻常了。六七都交界处是一个长长的山脉，为了叙述方便，我把它命名为神龙山脉。因为它的头部在威坪镇治后面的道鹰山，我从谷歌地图上看这条山脉无名，但这个头部有一个名称叫龙头。这条松茂岭是整个神龙山脉最短最低最方便的通道，所以也是走得人最多的。在步行时代，它堪比国道。我爬了整条岭，从六都的岭脚村到七都的邵家村刚刚一个小时，我们走路不快，还在雪洞里休息了十几分钟，如果一个小伙子或当地人估计 40 分钟就能走完全程。

过了松茂岭这条古道，就沿着溪两岸交错往上游前行，一直到了长岭村才分两路，一路翻过长岭到八都王阜乡，一路继续沿着溪流向上游进发。七都源 50 里，长岭以里是峡谷地形，长岭以外是溪谷小平原。这些古道的青石板大多已消失了，因为这些古道被后来的诸多水利工程、交通工程和其他工程几番覆盖，要想恢复原样几无可能。但我觉得从西山脚下的章边村开始，到里面的石柱止，这段六七里路的古道完全可以重见天日。2019 年 4 月 21 日，新茂村的文化员方建明带着我们在大茂川自然村走了一段古道，这段古道完整而精致。沿途有古亭、石拱桥等标签式的景物。村里还有一段溪流转了 300 多度弯，生出无数景致。从古道上看峡谷的感觉是坐在车里无法体验到的。两边的青山巍峨高耸，虽然不是奇峰，但它的蜿蜒，它的样态，它的苍翠如玉般的纯粹，都让人心情愉悦。沿着漫步古老石板路，很容易让人想起久远的过去。走过这段古道到达终点，是令人惊叹的自然景观。那天，两位威坪中学的美女老师，洪老师与钱老师对这里发出了由衷赞叹。

终点刚好是流湘来的水与正源来的水的交汇处，流湘的水是从高处跳跃而下的，在交汇的三角地带，恰恰有一柱巨石指向天空，这个地方由此命名为石柱。由于地理样态奇特，两水交汇处就形成了无法言表的独特流水空间、石峡空间，这是整个峡谷地带的。这里更出奇的是西边的一片石壁，是那种斧劈过的光滑与陡峭，尽显大自然的鬼斧神工。

白际山下有人家

伸出左手，手背朝自己，我们所看到的中指到小拇指的形态，就是威坪三都的形态。白际山脉，淳安与安徽交界的除了一小段属于昱岭山脉外，其余都属于白际山脉。中指的指头处恰是七都的源头地带，也就是合富村的几个小山村，他们基本处在源头的底部。

有段俗语是这么说的：五都五个凸，六都六条源，七都七个坑。这恰恰准确形容了威坪三个都的地理特色。五都有五个叫凸的村庄，分别是：上庄基凸、下庄基凸、江山凸、花红凸，还有一个是株林村，由于它确也坐落在一个典型的凸上，民间就叫它株林凸。六条源与七个坑其实说的是一个意思，都是流域，为什么六都的叫源，七都的叫坑呢？因为六都的支源相对较长，村庄较多，而源的底部恰恰是在半山腰，而七都的坑，长度没六都的源长，最为关键的是，这些坑里的村庄都在坑边，没有一个是在山腰。坑其实就是溪就是川，只是小些的溪，窄点的溪，看起来更像是坑。六条源的水从西往东流，七个坑的水从东往西流。这是最大的区别，也是最显著的风格。

六都支源的发祥地都在白际山脉，白际山脉在六都这个斜边上有一个较为明显的特点，就是顶部是垄起的山崖，远看就像天然的石长城，又像徽派建筑的马头墙，可见跨越的难度之大。但这难不倒这里的人们，边界上的居民相互往来，所以在白际山下有许多小村庄，祖先来自浙皖两省。

水碓山是六都六源中最里面的那条源头的一个山村，海拔有400米。这个村过去由7个自然村及居住点组成，有些村仅有两三户。其中有个村叫石岩下，有四五户人家，这个村的屋后就是高高的陡峭石崖，村庄出口处是一高高的悬崖，20多米的瀑布奔腾而下。这个村是多瀑布的村庄，村内也没有很平整的地，基本是梯形屋基，梯形就意味着村里的两涧水呈阶梯状而下。到了晚上夜深人静，这水发出的声响，像是交响乐。过去有两百来号人的村庄，如今已是人去楼空，在政府的号召下，他们大多已进城居住。我在众多空置的房屋中，发现了一处叫"永昌商店"的房子，村里陪我们的老会计汪宽文说：这是我家的，过去开着这个店。"永昌"这个店名与现在的气氛是不是构成了强烈的对比呢？如今寂寞的村庄是不是在盼望着热闹的到来与光临呢？

当然也有不愿走的人，李新兰就是一户。她是这个村里仅有的两户没搬走的农户之一。喝着水碓山的水泡制的水碓山茶，我们都感到甜滋滋的。我们问她，你为什么不搬？她说，这里水好，空气好，这是城里买不到的，我在这里身体好好的，到了城里就生病。她说这话时，仲春的太阳已经从东山岗上横扫过来，坐落在高高山梁上的向阳房子，整个被阳光簇拥。

再往水碓山村北爬个 200 米，有一个 20 多户的自然村，叫茅坪里。这个自然村是 20 世纪 70 年代初从水碓山搬迁过来的，那时村里涨了一次大水，对村庄造成了伤害，人们考虑另择村基，最终找到了茅坪里。这是一块次山巅平地，面积较大，有水，适合居住。在这个村出口处的西面有一个 10 米左右的瀑布，这是一个水帘洞。太平天国时期，村里好多人为了躲长毛，躲到这个洞里。这类高山的边界小村也就是因为躲灾、逃荒、避难而渐渐形成的，洞源源头的三个小村也基本是如此情况。

洞源口子上有一个村就叫洞源，离它 20 里的地方有三个源头小村，地处次山巅分别是：蓬里、阴坞下、银山。这三个村都很有意思，蓬里与阴坞下处在一座山的凹面，一泓水的上下，蓬里的水流到阴坞下。蓬里处在更高的山坡及凹处，视野开阔，村后有大片的坡地。而阴坞下处在涧东边的斜坡山，村庄分布更为陡峭，更为密集，迎面望去，顶部的房子像要砸过来似的。

那串起两个村的涧水，一离开阴坞下，就从四五十米高的悬崖摔下。从远处的公路上看，瀑布在一片茂密的森林中，落出一线白色。而阴坞下村一点村庄的痕迹也没有。

蓬里村应该是这三个小村中最高的了，海拔近 700 米。基本是泥墙屋组成的村庄，独成风格。去年刚刚完成的一栋很时尚的洋楼，显得格格不入，打破了山村原本的质朴感。

叶有成正在家里炒茶叶，陪着他的还有他的小孙子。他平日里都在威坪镇上，很难得在家里待几天。他告诉我们，村里最多时有百号人，现在只有三四十号人了。能走的、想走的、该走的都已下山。他是爷爷手上从安徽住过来的，当时是逃"长毛"，从白际山的那边逃到了这边。在这高远的山上开荒种粮，繁衍了一代又一代，到了孙子这代也就是第五代了，不过现在都纷纷下山了，这蓬里不知还能延续几代。我问，在这山上，一般种什么呢？他说，过去以粮食为主，玉米、小麦与番薯，现在多种茶叶了。

村里有一位汾口来的投资者，姓汪，叫汪君南。聊过之后，才知他还是我一个老同事的外甥，从他身上确实能看到我老同事那么一丝丝的影子。他看中这里，租了两幢村里的房子，每个月来住上十天半月。我好奇地问他，这里什么吸引了你？

他答："这里水好吃。很静，书看得进去。我喜欢道教。"

我说你都看些什么书？他领我到了他简陋的书房。他看的书其实很杂，但基本是偏传统的，也确实比较偏道教。我突然觉得他确实需要这样一个空间，这样一座山，这样一座庙，还有那棵树。

离开前，他特意带我们去了他的另一幢房子，里面都是他收藏来的各类过往农耕文化时代的生活生产工具，我对一个老式的爆米花机特别感兴趣，毕竟已经多年没见，只埋在童年的记忆里。

银山基本与蓬里处在同一海拔，只是它在东边，要翻两个山。所以，去银山与去蓬里、阴坞下，是不同的路。在两条路交会处，村里建了一个门楼，门楼上有这么一副对联：

上联：福天洞地何处有

下联：仙人遥指金银山

横批：金山银山

在这个地方，望着这个门楼，想象着还未出现的三个村，感到有一个巨大的悬念在等着自己。我们从蓬里来，自然直接往东而去。翻过两座山，我们看到在一个不算陡峭的山坡上，匍匐着一个小村。周围看不到其他村庄的存在。它往东得再走十里左右山路才能到水碓山。那时天已经渐渐暗下来了，村里无声无息，没有狗吠，没有炊烟。我们在村里看到了一家"七百米"民宿，着实让人震惊。在这样一个偏远的高山，居然有这么上档次的民宿。我问老板，平时生意好吗？有人来吗？她答，有人来的，大多是都市里的客人，网上订好后，周末或节假日自驾而来。

在这个村庄的下面确确实实是一座银山，有着价值500亿的银矿，还有稀土矿，加起来预估价值700多亿。这在整个南方都极为少见。

贤茂位于辛坑源的口子上，是洞源的下一个源，到源头的松坪、柿树坪有着十几里路。这条源与洞源不同，洞源一头一尾之间的空间没法住人，而辛坑源一头一尾间却可以稀稀拉拉地住一些人家，现在中间还有一个小村庄：里程家。贤茂村民方宗礼告诉我们，从前，贤茂捎个信到松坪、柿树坪就是靠口喊的，是真正的口口相传。最外面的人家往下一户人家喊，下一户人家又往下下一户人家喊，这样接力着喊，直到到达目的地。这个故事说明辛坑源虽然狭窄，但两边不是峻峭如壁，无法栖息，还有众多高高低低的山头。

柿树坪在这源头村庄中最大，历史也最悠久，估计有二三百年的历史。村庄坐落在一块山坡上面的岗垄上，坡度较陡，最高处与最低处的房子可能就间隔四五幢，但落差可能相差十几、二十米。村庄就坐落在各级台阶上，在上一排走，下一排的房子基本在你的脚旁，一跃就能跨上人家的屋顶。2019年4月19日那天，方宗礼、方会明带着我们在村里转，只遇上了5个人，且都是老人。我们在叶田花老人家坐了一会儿，她已经82岁了，独自一人在家，目前身体还硬朗。从她身上我们得到了一些信息。

她其实出生在山那边的安徽从小在那边长大，20世纪50年代末嫁到这个村。她其实是叶家人，父亲年轻时好上赌博，输得一塌糊涂，便只好到这源头山上开山种玉米了，那山棚离这里也不远。20世纪50年代，柿树坪村很热闹，是这一带的中心村。那时村里建立了剧团，排戏演戏，叶田花也跟过来学，就这样认识了后来的丈夫。嫁过来后，就融入了柿树坪的文化。由于与安徽交界，这个村的人既能讲威坪话又能讲安徽话，叶田花也是能如此。我们一行人转到松坪时，发现村里寂静无比，没发现一丝人迹，就看到了一对小狗，不知有没有主人，看起来像是流浪狗，一副皮包骨头的样子。这个村显然比柿树坪要年轻得多，从那些房子的建筑风格上就能判断出来。这里的地比柿树坪要平缓得多，所以村庄的梯形坡度也小，门口的那片坡地也足够大，居住环境优越。

在松坪西边另一个小坞里原本有一堆小村，分别是刘家坞、木杓坎、上七叶湾、下七叶湾。村民现在基本都进城了，原来的村基已改造成田，只有一户人家还住在这里，年近七十的老两口，在这里养了头猪，做做茶叶、山核桃等，怡然自得。屋后有一泓清泉，从一石头缝隙中间流出，女主人就用这样的泉水，烧开给我们泡了杯刚炒制完成的茶。那清香、那甘甜、那清冽，无法用语言表达。

六都六条源，还有三条源：叶家源、安川源、邵宅源。叶家源下章说，安川已点过，那就说说邵宅源吧。

邵宅源是一条很短的源，但平整有田地，所以，邵宅这个村也不算小，有689人，在这个小源里蜗居千年。据村里研究民俗的邵立明说，祖先文九公大概是在北宋初年来此定居的。现在村庄将两边的山抵住，小小的侯溪穿村而过，所以一定要穿越村庄才能到上游去。祖先落居之初就有了大格局的设计，在村庄的上游筑了个小堰坝，使侯溪的部分水通过暗渠在村中蜿蜒而过。村中央形成了一个 600 多平方米的池塘，有了一个很风雅的称呼：月塘。后来也有人说这个塘是洗砚池，不管哪个名称，都很风雅也符合村庄里的历史与特点：一是悠久，二是人文气息厚重。

在邵宅的四周，有五座山，气势如同奔腾的马，再加上村中心的月塘，村里就有了五马奔槽的说法。邵立明说，月塘原先很像一个不圆的月亮，后来住在月塘周边的人多少有点侵占月增面积，所以目前已不太像月亮了。即便不像，但它仍给这个村带来灵气，带来风光。

邵立明就觉得邵宅作为千年古村，至今还是 600 多人口，很不繁盛。他说：从邵宅发出去的村庄往往比邵宅村要繁盛得多。我跟他说：这与地理空间有关。邵宅源就这么大，是在小五都源与安川源之间挤出来的一条小源。

三坦、方腊与始新

为什么叫三坦？我在《淳安县地名志》中也没有找到说法，《地名志》中只有这么一句话：2007 年，全县行政村规模调整，中涓、山脚、西源 3 行政村合并建立新的行政村，取名"三坦"。但我在另一份资料上看到这么一句话：古时曾名三坦里。倒是它所辖的三个村的名字都有来历，也解释得清楚。

【中涓】

村址位于叶家源的中间地段，故名。

【山脚】

村庄坐落在猪背岭山脚，故名。

【西源】

该村位于叶家源溪的发源地，又地处叶家村之西，故名。

这三个村处在叶家源的源头地带，这一带与安徽交界。西源最里，中涓最外，山脚处中间，三点成直线，相距二三里。在这三个村里我找不到任何与"坦"相对应的地理标志。"坦"从地理角度解释就是"宽而平"，从这个角度说，"坦"与这儿无关。此三村在狭窄的源里，两边山势高耸，在我看来就是找一块平地都很难，更不要说"宽而平"了。在那一带流传有这么一句俗语：西源的田，山脚的地，中涓的屋。令人费解。

中涓的屋我领教过了，村里有一幢保持得非常完好的老宅，三坦村的支书吴鼎木带我走进去看了看。此屋无论从规模还是做工的考究上看都算得上上乘，而且还保护得很完好。据他们介绍说，村里的老宅都是这类风格，徽派建筑。后来，拆建得多了，村里的老宅渐渐减少。果不其然，在这幢房子的附近，有一幢塌圮的宅基地，还伫立着两段墙，其中一段还保有大门的石门圈。我不禁跑过去拍了几张照片，虽然屋基内已经种上了菜，但那两堵颓废的墙很有艺术感，从中我看到了废墟的美丽，美得难以描述。

至于西源的田，与山脚的地。我真没看到值得说的景象。我想可能是因为，作为山村还有冷水田，还有一些相对缓一点的旱地，已实属不易。

对于三坦这一名字的由来，我只能从精神层面去解释：坦途。没有宽而平的地方，所以渴望能得到"宽而平"的地方，并且更渴望精神层面的坦途。

我在村委所在地中涓村高高的塝上，看到了一排字：解放淳安第一村。边上还有几个大字：红色三坦。原来，这个村是淳安解放的首村，解放军入淳的第一村。

1949 年 5 月 2 日，年仅 5 岁的江伙盛睁开惺忪的睡眼，发现好多人住在自己家里，后来才知道他们都是人民解放军。山里的孩子，见生人的机会少，有种本能的惊惧，况且这么多生人还拿着枪。江伙盛开始还是有些怕怕的，但当一个大哥哥一样的解放军笑容满面地走过来，抚着他的头问"你今年几岁了"时，惊惧就消失了一大半。

"他们还盛饭给我吃，一万多人在我们村住了三天三夜。"江伙盛努力回忆当时的情景。江伙盛回忆到，很快村里人与解放军就处融洽了。村里父老乡亲把门板拆下来，给他们当桥用。他还想起一个细节，当时他腿上还长着疮。"解放军给我药，"他说，"我不敢要，妈妈从小要求我们不能轻易拿别人的东西。"他们一定要我拿上，说："我们不是外人，是亲人。"妈妈觉得不好意思，所以，就拿来了芋头给他们吃。

后来，解放军就追赶国民党的部队，往叶家方向去了，这样三坦村就成了解放淳安的第一村。"现在回想起来好像是发生在昨天，但掐指一算已经70年了。"

关于此事，2017年中共淳安县委党史研究室在西源的村口立了一块碑，碑文如下：

西源梯田肥，山脚地生金，中涓农舍美。三坦村由西源、山脚、中涓三个自然村合并而成。境内山峦叠翠，山泉奔涌，风光绮丽，是一个具有光荣革命斗争历史的美丽山村。公元1949年5月1日至3日，中国人民解放军第十二军第三十五师第一零三团和第三十六师，从安徽省歙县分别翻越两县交界的合源岭和猪背岭，进入三坦村的西源、山脚，朝老威坪镇进发。解放军第三十五师第一零三团主力经三坦村后，马不停蹄地继续朝叶家方向前进，直奔威坪镇，一举解放了威坪镇。其中一个营，尾追国民党残余部队至叶家先生街，折转茶合村，与敌人进行了激烈的战斗，史称"茶合之战"。第三十六师一万余人，经三坦村朝叶家、洪圻方向前进，紧紧追击溃逃的国民党陆军第一九二师，折转七都唐村、长岭，在王阜乡的何包湾、杨柳塘至金竹坑口一线进行了战斗，史称"王阜之战"。解放军途经三坦村，先后三天三夜，使该村率先获得解放，成为解放淳安县的第一村，书写了光辉的一页。

81 岁的叶圣宗老人目前一人住在门岭脚村，这个村只有十几户人家，属安徽管辖，村民都是解放前后从威坪的叶家住过去的。叶圣宗小时候在门岭脚与叶家之间过来过去好几回，16 岁时回到门岭脚，在此安居。门岭脚这个村处于一个斜坡上，村民的房子呈梯形坐落，叶圣宗的房子在村庄的上面，也就是比较高的地方。他说三个儿子都在杭州城里干活，有办厂的，有打工的，总的来说都混得不错。他一人在家养老，但儿子们都能及时知道他的情况，除了保持手机联系，家里还装有探头。一旦有情况，他们都能及时知道。

　　离开叶圣宗老人家，我们穿过门岭隧道回到了浙江，浙江这边有个村叫门岭上。叶圣宗老人说，所谓门岭就是那里两边的石头长得像"刀门"一样。我终于明白了，为什么说"部队过门岭都要失败"，不是迷信，而是这样狭窄的空间确实不太适合走部队，尤其是大部队。所以，解放军选择从门岭南边的三坦翻越合源岭与猪背岭。

　　现在的门岭已经完全荒废了，它就在门岭隧道上方的山岗上。

　　其实门岭上与门岭脚的高度是差不多的，估计门岭脚稍稍低一点。但一"上"一"脚"的村名，给人以一个在高处，一个在山脚之感。其实它们的差别仅在于一个在南一个在北，一个在浙一个在皖。我没有测过它们的海拔，但从门岭隧道的高度来目测，顶多相差 10 来米。

　　门岭是一条长五六里路的高高山坡，上门岭得从老远的朱百湾起步，翻越几个山头才能到达门岭上村。之所以叫门岭上，是因为它在一个高远的山地之上，在那里独守门岭关，守着两省。而今，门岭上村已经迁进城了，只有一户人家还留在山上，那种独守的味道更浓了。

78 岁的叶水花，因为儿子一家没下山，她也留在了山上。她说，在山上有山上的好处，习惯了这种与清风、鸟语花香一道的生活。她守在山上，也守住了山里人的质朴、纯真。那天出嫁在叶家的女儿过来看她，并帮她采茶叶去了。她正在晚炊，刚下锅的猪肉迅速蹿起香味，特别诱人。她话语中流露出山里人的真诚："在这里吃了饭再下山吧。"

我们拔腿就走，当心口水控制了我们的理智。

在始新源几乎最里面有一个村叫河村，位于水碓山下，是次源头。很难想象在这里面还有一个 1740 人的大村庄，且历史悠久，已经历 900 年风雨沧桑。从水碓山发源的溪流到了河村已经成气象了，无论是宽度还是流量。溪两岸是村庄，走在两岸如同穿行在历史悠久的江南古镇。多座桥梁把两岸连在一起，增加了村庄的风情与魅力。与溪边大道垂直的弄堂十分有型，几个大弄堂都取有风雅古典的名称。古弄内青石板铺就的地面透露出厚重的古典气息，村里的弄巷都有着典雅的名称，这在淳安不说绝无仅有，也是极为少见的，共有 21 条，分别叫：河岭弄、上牌弄、下牌弄、东山弄、世美弄、塘月弄、梅树弄、三官弄、牛弄里、八页弄、曹门弄、花下弄、花上弄、五贤弄、柴间弄、七贤弄、铁丝弄、八尺弄、枇杷弄、白果弄、上门弄。每个弄名都有来历，都有典故。比如花下弄是这样解释的：

徐氏第九世祖曾生一女，聪明伶俐，面若桃花，只可惜没出闺就病故。家人悲痛万分，特于她坟墓前种满了花草，以示纪念。村里人称此坟为"花花坟"，其坟面朝弄堂，故称花下弄。

而五贤弄是这样来的：

据传，弄里有两户人家，各生有五个孙子，都才华横溢，文采了得，被称为"贤士"。后人称此弄为"五贤弄"。

在这些弄道里，有许多经典的徽派建筑，走入巷道，进入古屋，就好像进入了村庄的心脏，那种古朴、厚重之感驱也驱不走。很遗憾的是这样的感觉在如今的淳安大地上，越来越稀少，从这点上来说，现今威坪镇所提出的"水墨威坪"，既有传承意义，又有发展意义。

我们找到村里的文化员徐梦金时，他正在门口的溪里钓鱼，目睹了他钓起一条石斑鱼的全过程。他放下鱼竿把我们迎进了屋内，聊起了河村与河村的骄傲。他告诉说，河村也是进士之村，全村出了 6 个进士，最为有名的是徐廷绶。当年海瑞被嘉靖皇帝投入大牢时，徐廷绶正任刑部郎中，他不怕被牵累，调药端汤，左右伺候，让父母官心生暖意。

河村的地理位置也是十分了得，徐梦金说，河村村域总体呈弯月形排列，村中一孤山突兀其中，房屋随山势而建，远望似环抱一个大元宝。一条宽阔的溪流贯穿全村，溪上建桥数座，两岸村民来往便捷。

过往时期，村里建有9座桥13个水碓，村里甚是繁华。所以，在始新源的源头地带流传有这样一则顺口溜：六都六条源，第一河村源；九桥十三碓，嫁去都不悔。

能嫁到河村都不悔，那该多么不易哟！这不悔是由多少优于平常的要素组成才实现的呀。

源源相依成威坪

五都源、小五都源、六都源、七都源，它们的"学名"分别叫：环水源、蔗川源、始新源、德教源。这四条源相依相偎，既有各自特色，又成一体，而它们之间的边界和整体与外界之间的边界完全是两种风格。整体的西边、北边与安徽的交界线是巍巍的白际山脉，东边与本县宋村、王阜两乡的边界是高耸的一脉山峰，它们之间的交界山要低矮、小巧得多，且在这些交界处的山上少有聚落处，少有村落。

五都源西边的那座山，高耸陡峭，鲜有纵深感。那座笔直的山，看着像极了大理的苍山，像院墙一样守护着一方土地。于是，五都就是在墙里安居乐业。这个笔直的源叫环水源，环水的叫法是从横塘村来的。横塘村是个较大的村，村庄在奠基时，沿村基做了个蜿蜒曲折、逆流而上的村内渠道，这个水源来自于苍山的一个山岙。这个水渠形成的系统就叫环水，渐渐成为了这个源的叫法。

在环水源里，最有地理标志特点的村庄是在横塘上游三四里处的稠林村。稠林村有个奇怪的现象，就是村庄的上村头上去几百米到村庄下村头下去几百米的一里多路的范围内，过了春季溪水常常断流。但当这段溪断流时，它的上游与下游仍然流水汩汩。所以，在稠林村的溪里，没有洗衣、洗菜用的，在其他村比比皆是的踏步石。这个村里的饮用水在溪的东边的村中间，那里有一泓泉水，泉水流出一个池塘，池塘分两格，里格饮用外格洗漱。这眼清泉大概是上帝挤出来的泪水，我从未看到过比这更清澈的水，如同一块不知边在何处的玻璃。建筑物倒映在水中，石斑鱼在明暗中来回，在房子间来回，似乎游弋在奇幻的世界中。

无独有偶，在小五都的杨家同样存在着如此现象。有相仿的传说，也有相仿的饮用水方式。杨家村这一段溪到了夏季也会断流，也同样出现无水的现象。他们饮用水也得靠村里几口似井如塘的泉眼解决。村里 68 岁的杨照忠老人跟我们说，20 世纪 70 年代，有一年，天大旱，用水的困难十分突出，农田灌溉用水也十分困难。于是大队决定在溪床里挖口井，然后利用这水源给农田灌溉。他带我们去看了当年打井的地方——灶锅潭。

当年的井早已被砂砾填埋，老杨指了指一个地方说：砂底下就是井。这个地方是村庄的下村头，溪在这里拐了个弯，这个弯处有一株很有名的古樟。这株古樟十分特别，在根部横生一枝，直达对岸。更为奇怪的是在这个横枝上，又长出了五个向上的树枝，远远看过去如同半个梳子。这样的树十分少见，杨告诉我，常常招来村里的小孩在这上面玩，把它当作独木桥过来过去。有一年有个小孩从树上掉了下去，摔成了重伤，于是村里人提议把横生出来的枝锯掉，现在竖长的只有三株了。从景观上来说蛮可惜的。类似的古樟在七都的新茂村也有一株。

古樟之下有一个潭，四月份的时候还能看到深深的水，到了夏季不仅溪床断流，这个深潭也会干涸。在杨家的上游有一个潭更为有名，这个潭叫龙潭。因了此潭，那个村庄也叫龙潭。据说这个龙潭与六都源的侯川口相联，相传从前有个卖碗的人在侯川口摔了一跤，扁担掉进了水里。过了两天，卖碗人却在龙潭发现了自己的扁担。我们到侯川口村来找印证，67 岁的方竹香讲了相同的传说。她还把这个传说归结为一句话：一根扁担氽龙潭。

汪川是七都七个坑当中最大的了，在这条坑中有两个村：汪川与殿下。两村相加有 1516 人。能哺育那么多人的坑一定有不小的空间，确实如此，无论在汪川的村前还是汪川与殿下之间都有大片的农田。不仅有足够的空间，而且还有一条翻越东边高山的古道，这条道通往宋村，是要由青石板铺就的路。凡是青石板铺就的路，在古代都是有一定档次与重要性的路。在七条坑中，翻越东边高山的路实在不多。

七条坑七个样，各坑都有各自的气象。飞坑是最南的一个，有六个小村，个个都是袖珍小村，是坑内村庄最多的。坑内地势呈簸箕形，地势缓缓升高，落差十分明显。由此，水流通过时不断地一分为二，且流量基本是半等分的，这样的等分至少有三级。在第一级的等分处是过去东方厂的车间，至今还留有工厂的痕迹。

杜川内有两个村：杜川与宋家。宋家处在里面，基本是源头村该有的样子：路尽处，水欢时。村庄在斜面上，呈梯形格局。而杜川恰恰挤在两山间，前山还是一个陡峭不高的悬崖山，山上树木茂密。

考川与杜川只隔一层薄薄的山，两坑相距也最近。考川这个坑里也是两个村：朱家和考川。考川是里面的村，有 700 多人口，从源头村来看算不小的了，这与其地貌有关。在源头处，是一弧缓缓围成半圆的山，村庄坐落处也是圆圆的空间。这条坑是七条坑中最从容、最平和、最低调的一条坑了，没有落差、没有趸折、没有奇峰峻峭。2019 年 4 月 27 日黄昏时分，我在此村碰到了一位曾经的乡领导，才知道他是此村人。他一直给我的印象都是低调、温和、绵软的，如今想来，与他出生成长的地方多么协调啊。

驮坑的地理样态要复杂得多，里面有三条小支流，且每个支流都不是小得无人住、一眼便看穿的，你难以判断何处是尽头。

凹坑是另一种形态的窄，两山紧凑，细弯不断，村庄偏小。从朱家（此朱家不是考川的朱家，是凹坑的朱家）往里走，才真正体会到什么叫山岙的狭窄，对面山的凸处正好抵到此边的凹处，此山的凹处刚好扣牢彼山的凸处。即便如此逼仄，此坑里也有三个村庄。

仅仅只有一个二十几户人家的小村的坑叫鸠坑，它小但处的位置不偏僻，就在唐村中学的边上。过去这所中学是县级中学，全县各地都有学生来此念书。最为关键的是有一条古道打此经过，可以翻越竹驮坞岭到八都的管家。从前有许多人都来往此道途经鸠坑，尽管有十里路。

　　七都源里有一个村庄地理位置绝佳，这个村叫西山。这是六都源与七都源之间的神龙山脉，山上唯一的村，它处于六都源的源头地带，但是七都源的中间地带。总的来说村庄还是坐落在偏七都源的地方，所以它被划归为七都。这个村像骑在这条龙背上一样，姿态驰骋。村庄分里外西山，有560人，在这么个山岗上可以繁衍几百人是十分不易的。这座山的地理特点是无田有地，山地特别多，给人一望无际之感。西山的后山有个叫后坪坦的地方，有大片大片的山地，20世纪70年代县里曾经欲办农业大学，校舍都已建好，但没招学生就停办了。后来这地方用于安置知识青年，据说有二十几位知青都在这里。现在这些房子里住有一户人家，他叫王泽深。我在一块水泥黑板前，问他一家人住在这儿感觉如何？他说在山上种种山核桃和中草药，收入还比较稳定。关键是山上空气好，是养生的好地方。我问这山上也有水？他说有的，并带我去看了看水源。

　　叶氏祖先是在明末时期住过来的，至今已400年了。当时祖先本想离开此地，在出发的时候，想到有一个铁弓没拿，回去时路上用铁弓夹到了一只大野猪，于是又留了下来。后来，就在此繁衍了。

　　与西山处在一个方向的还有一个村：流湘。我觉得流湘是一个独立的小空间，是一个与所有之外都无关的"它方与别处"。流湘比流湘下面的河谷要高100多米，这水是一冲而下，壮观无比。这悬崖与悬崖之间的这个口子，是水的出口，不是人的出口。在从前漫长的日子里，这里的水就是这条源的塞子，把这条小小流湘源给堵住了。流湘人都是通过另一条羊肠小道走出流湘的。

现在有了公路，口子上那种"水为塞子堵住源"的气象似乎没了，但那种如同上天遗漏的一块仙境的感觉仍然强烈。这是七都的它方，威坪的它方，淳安的它方，人间的它方。

温适故里是梓桐

除了王阜，梓桐是淳安最为独立的空间了，与其他乡域都保持一定距离，它基本是一个封闭的世界，尤其是在过去。梓桐源在杜井也就是现在的集镇处分了岔，变成了两个源，一个主源一个辅源，主源仍叫梓桐源，辅源叫黄家源。

梓桐源的出口，在一个叫梓桐口的地方。目前，梓桐口及其上游十几里路的广大空间，都已随着千岛湖的形成淹入湖底。昔日的村庄现今已成碎片，每个村都拆解成好几个村，散落在浙赣两省。留在梓桐的部分，都已成为小的后靠村落或组合村庄。

梓桐口这个昔日的重要地域，目前是一片被人们称为"最美峡湾"的广大水域，口子的样态因千岛湖的形成而有了变化，但狭窄的空间仍然如故。

洞穴桑梓的温情

今上埠岛这个地方，是过去的狭义的梓桐口所在，它在 1959 年前就是一座独立的山，横卧在梓桐源的出口处。它的南边是梓桐溪的口子，它的北边是一个小小的山口，上埠山与其北面的山有着似连非连的关系。很久很久以前，这座上埠山并非是独立的，人们进出梓桐源，得爬一个低低的岭，这里就像一个门。而梓桐溪南边是峡谷，是悬崖峭壁，所以进出只能走这个岭。祖先后来把这个岭给凿了，顶上砌上石头，两边也是石头，看起来，像个堡垒，当然更像是一座城门。这座城门上还建有一座寺庙。当地人把这个布局称其为洞，也确实像洞。

这个如洞一样的门叫梓洞。没有称门，而称洞，我想梓桐的祖先在命名时一定是全面考虑了梓桐这源里的空间地形。"梓"与"桐"这两个字一个是故里的意思，一个是陪着故里的景致。而且这两个字在古诗中出现的频率很高，所以，一看到它们就有典雅之感。如今还有桐坑源、桐坑口、桐岭脚这样叫桐的村庄，还有桐坑坞、桐岭这样带桐的地名。其中，桐坑源既是一个村名，也是一条小源的名称。翻过这条源就到了与梓桐源垂直的龙源，这个岭就叫桐岭，那边岭脚的村叫桐岭脚。

练溪村目前几乎是梓桐源最外面的一个村了，是移民后靠村。千岛湖形成后的好长时间里，这里是梓桐的一个桥头堡，因为它就是梓桐码头。与练溪相仿的是西湖村，两村隔水相望。这个西湖村是由8个小的自然村组成，这8个村有一半都叫坞，比如：下坑坞、上坑坞、密溪坞、牛栏坞等。这些坞从前都不是村庄，全都是梓洞口以上几村的部分移民后靠村。它们有一个共同的特点就是村庄藏进了一个浅浅的坞内：村口一大水，村内一小涧。大水就是千岛湖，小涧就是后山上的一泓小水村后有两座重叠的山：鱼口尖与青山尖。背后的青山高高的，山顶常常云雾缭绕流岚氤氲。浙江理工大学教授严渊博士说，这些村背后的山像一只展翅飞翔的凤凰。这一堆小山村，在过去很长时间里都是被遗忘的角落，前几年梓桐与千（岛湖）汾（口）公路的连线工程从它们村前而过，这里又成了梓桐的另一户大门。每到秋冬季节，村前峡湾里的满山红叶染红了青山，一边是宁静的村庄，一边是热烈的色彩，它们所形成的张力，让人无法不激动。

2019年9月1日，我们在练溪村口的一个长廊里与几位老人聊了关于梓桐口与梓洞的一些事情。91岁的余花子仍然耳聪目明，吐字清晰，声音洪亮，他说："从前，抓壮丁的人都不敢进来，走到梓洞口一看这阵势都退了。"所以，自古以来梓桐都是和平景象，洞内的梓桐源也没什么暴戾的情况。

"梓洞的上头有座庙，"胡永胜也81岁了，他接着余花子的话说，"在这庙里常年有人给过路行人烧水。"出了梓洞口就是新安江了，沿着新安江往上到威坪，往下到贺城，这两个都是新安江边的古镇，一个是县城，一个是曾经的县城，到威坪35里，到贺城45里。在梓洞口，就要面对大江了，就要走出温暖的故乡了。梓桐人就要闯码头去了，来自新安江广阔江面的风，总在梓洞口徘徊，钻进梓桐源的风其实并不多。无论是狂风、大风还是小风微风都被梓洞过滤掉，梓桐人民生活在一个安全、温暖又相对舒适的地理空间内。

姜宅村的姜伟大说，姜宅基本处在龙源的源头，过去进出也大多走威坪。村里人从桐岭脚起步翻过桐岭到桐坑源再到桐坑口，然后顺流而下到结蒙，从这里开始往赋置岭走，翻过赋置岭进入鸠坑的赋置源，走出源口过新安江到古威坪。从姜宅走到威坪要 35 多里路，得翻两个岭，从前都是这么走的，后来千岛湖形成了，他们依旧这么走，因为赋置源口成了一个重要的码头，那里一带物资的进出还是要走这条路。

姜伟大说："我们处在一条源的末尾，所谓旱地就是山场，不可能像传说的那么多粮。"村里人厚道、温和，在从前姜宅村人就觉得税赋很重，但也默默接受，把这种不合理编成一个笑话，一说了之。

一走三十五里路，

一担粮食挑到买，

买三担归；

卖一担去。

并不是只有姜宅村人要常走过赋置岭的路，这条路几乎是中桐以内所有梓桐人都要走的，这是条车水马龙的"大道"，虽然它只有 1.5 米宽，虽然它要翻越一座岭。张素珠见证赋了置岭的热闹与繁华，她出生在岭上，16 岁才随父母下山到了石岭村居住。今年 79 岁的张素珠说："我们家在赋置岭上住了 10 代，200 多年。"

赋置岭的繁华造就了张家的日月，但没有造就张家的兴旺。按张素珠的说法就是，"基本是代代单传，偶有不单传也是留一位在岭上。"到了张素珠这代就她一个女儿，没有其他兄弟。几百年的风霜雪露成就的沧桑，都落在了张家的屋顶，积厚了瓦片上的风尘，就这样，她家成了岭上的独特风景。结蒙村的徐爱仁说，赋置岭上的张家给大家提供帮助，父老乡亲都记在心上，所以，到了割稻的季节，张家只要挑着担子来，在谁家田里拿点谷子都不会有人反对。因为，张家在赋置岭上200年来为大家做了也数不清的故事。

赋置岭为什么这么重要呢？因为这是梓桐人民通往古威坪的主要通道，梓桐的物资进入基本都依赖这个通道。出去的木头等大宗物资经新安江运往杭州等下游，其他日用品从威坪采购进来。由于这样的流通需要一个保证，所以后来就在结蒙村成立了义渡会，统揽物资的进出。"那屋子到1960年才拆除，"徐爱仁提高嗓门，"所以说，赋置岭是梓桐源里的'通衢'。"

张素珠没有认可拿大家粮食这一说法，她说岭上有土地的，可以自给自足，这么一小家人填饱肚子完全没有问题。我想无论徐爱仁的说法是否符合事实，赋置岭上张家存在的本身就能说明一个问题——梓桐人的仁与义，爱与温暖。是这些，组成了人间岁月，温暖了赋置岭上的山路，润泽了梓桐源的沟沟坑坑。张家两百年是为大家烧水泡茶的两百年，是看着通道熙熙攘攘的两百年。"家里有一个很大的水缸，每天都泡满茶，"张素珠说，"有些时候也提供人家吃饭。"当然吃饭是少数，有些时候也有提出住宿的，当然不是万不得已，没有人提出来，所以，他们张家主要是义务给大家提供茶水，几百年如一日。

张素珠现在回想起来还有几分沉入其间回到从前。她说有两栋土墙屋一直一横，横的朝东。屋前屋侧有七棵古柏树，随着季节的不同，一天不同的时辰会有不同的鸟栖息。树下是各路行人席地而坐，有空手过路人，有迎新的队伍，但大多数都是有担子的。人们把担子卸下来，有的把担子依偎在两株相邻的柏树间。张素珠 10 岁开始到山下石岭村读书，有时她会与那些挑担子的一起走路，会在他们中间穿梭。

她说，那个岭上她已经十多年没去过了，现在已经无人过岭，那个岭只能存在于我们这些老人的记忆与想象里。

山岭村舍的水墨

当你坐在大水坞殿里，透过门洞极目远方时，就能看到奇异的景观。远处的山是梓桐与界首的界山，姑且称其为富石山脉，因为在那个山上有一个叫富石的村。这个山脉有必要介绍一下，是一处像一堵挡土墙一样的山，特别是从梓桐看过去。挡土墙的那边就是界首，但界首那边有深深的源，而梓桐这边没有，在这边看起来就像是用石头砌起来的墙一样，有高度没纵深。而且这山脉还是一字排开很直，越过这边墙一样的山，那边的水全是往界首流去。富石虽处在次山巅，但属于界首流域。从大水坞殿里望向富石村方向，有处大自然杰作：八面山。这八面山只有在这个位置看上去才特别有型，它们形成了一个巨型的砚台，神奇的是在大水坞口西边有座山恰恰似笔架，看过去前景是笔架，后景是砚台。

大自然给梓桐的山水造就了这么神奇的地理形态，不挥毫写字作画，怎么可以呢？这样的山势完全可以作为图腾：书画之乡的书画笔砚。

大水坞的溪流穿过并峰村，这个村是梓桐源里的一个节点。退休老师胡建新说起自己村里的地形，一脸骄傲。他说他们村的地形十分出众，一两句话说不完。他们村口形成了狮象把门的景象，溪流在他们村走了个横着的 S 形，上游那个弯把水逼到了对面山崖下，溪在这里留下一个深深的潭。北边留出了广阔空间，就是并峰村及其村后的田地。南边的那座微曲形的低矮山形成了一只栩栩如生的狮，而随着溪从南往北弯过来后，并峰屋后东边一条长长的缓缓的余脉逶迤而来，形状似象鼻，一直延伸到溪里。"现在象鼻不是很像了，好多人建房把垄起来的小岗给削去建了房子，"胡老师满腔遗憾地说，"过去我们村是一个关卡，进出梓桐源必经之地，狮象把门，风水上乘。"

这个"象鼻"是形成并峰村的重要地理因素，有这个挡牢，上游的水再大都不可能冲毁这一大片地，而溪北这段超强的稳固，使这里形成一个高高的斜坡地，这坡地从并峰村一直连绵到大水坞的出口处。这一个斜坡地现在由村庄、少量水田、大量旱地组成，这样的地形使村庄与大溪形成约 20 米的高度，且这高度不断上升。有趣的是，因为有大水坞流出来的小溪穿村而过，所以一般情况下村民用水都在这条小溪里完成，而这条涧溪很是不同，它是从一个高坡的高点线流过，由于落差大，整条溪基本是冲阶而下。整条大水坞溪都是这样的落差，所流过的区域土层无比的厚，所以溪水很容易断流。

大水坞这个小流域是一个呈台阶状，不断下降的流域，无论是在这个小源两山夹一沟的里面，还是走出这沟源之后。走出沟源之后是大片的土地，形成了高高的村庄到大溪边的土坡，这广阔的地域就是并峰村的灵魂。胡建新老师一再强调，没有大水坞这个小源，就没有并峰这个村。当然没有象鼻这个龙岗的阻挡，也形成不了现在的这样的坡地。

小源口子上是一对并立的形状十分相似的山，像一对卫兵。村子原先叫并坎村，并代表这并排而立的大水坞口的两山，坎就是出了口子之后的广阔旱地，也就是土坎，多么贴切的一个地名。后来由于与方言谐音的原因，在行政村区域调整中，改成了并峰。

与这个"坎"相仿的是河山与后洲两村之间的地形，也是这样的落差明显的旱坡地，也有广阔的空间，也有一条从小源里冲下来的水。这水也容易被厚厚的土质所汲取，容易干涸，在 9 月初就已断流。这小小源水的后面也是一座高山竹尖山，小小的溪也是发源于这高山。梓桐这样的坎不在少数，所以，它旱地多，旱粮丰。丰成习俗，丰成特产。河山与后洲，这两个村名都与水有关，都与水形成的土地有关。在《淳安县地名志》中是这样说的：

【河山】

此村北倚竹尖山，面对溪流，以前村后山之由名河山。

【后洲】

明朝末年，徐祖昭公迁此，村前有平畈，后有山洲庙堂。建村于此山洲上，故名"后洲"。

我总以为这两处村名隐藏着神秘内容，即使是这样的权威解释，我也觉得有密可破。像河山村，前村后山这样地形的村，在淳安也占百分之三四十吧，为何光此地叫这个村名。后洲也是如此。

这竹山尖，是梓桐的三座高山之一，在民间有很高的知名度。有一首关于梓桐源的打油诗，虽是打油，其间蕴含着很多内容，包括风情、俗语、地理特色等。诗云：

> 梓桐源里来客人，
> 小雨飘过茅庵桥；
> 一眼望到竹山尖，
> 心里想起倒汤瓶。

诗中说到的"倒汤瓶"是次源头的一座山，那座山的山岗上有一处非常形象的象形石头，像一个倒置的汤瓶，柄刚好倒置在山岗上，扣住了山岗。山显出如此模样，当然让梓桐人津津乐道，大自然的神奇。过了这座山，就开始往尹山出发了。这座山如同尹山的半围墙，绕过它就到了尹山的视野。尹山是一座山的一部分，像是在一面缓缓的墙面上，长出了尹山的身姿，所以它是在墙面上隆起的山。从山脚往上爬，最下面部分就是一个普通的山垄，登高四五十米后，突然变成悬崖地形。在这个地形中，都是些老树林，树间也是奇形怪状的石林与崖石，由质朴的石阶穿起来，一钻出如原始森林般的老柴林，周边完全换了一种环境。

这新一层，才是尹山的核心区域，才是真正的尹山。这个空间是次山巅，从山岗缓下来，刚刚在这个"塝"顶成边沿，缓出了大片大片的旱地，也缓出了村庄尹山庵。尹山庵村稀稀拉拉，分布在这一方圆里。最高的房子，到了山岗，差不多到了石人岭的最高处。何为石人岭呢？那岗上的一堆状似石人石马的奇形怪状的石头。

目光从石人岭那边往回撤的过程，横扫一遍那片广阔的空间，有民房一二、有劳作村民三五。如果稍微把目光往外撤，俯视尹山，这一片地形更像一片凝固的巨浪，我们行走在这巨浪的钩弯处。到了严章红的门口，那巨浪形状更像。在他房子的西边，连浪的回头钩都清晰可辨。钩外是万丈悬崖，钩内是它护着的一大片平地。

在这海拔560多米的空间里的这些旱地，是他们祖先躲到这里来的前提与条件。悠然如仙，淡然入画，自得其乐。

你要是从里往外走在程家源村口一公里处回眸一望，将看到气度非凡的天高尖。我从自己拍的照片中看到了这样的画面：低近处是矮矮的山，画面的中间处是远远的天高尖。

天高尖在远方耸立，它的左边是比山尖低几十米的绵亘山岗，它的右边是一个大约呈50度的笔直斜线，这线条一直延伸到画面之外。整幅画面既有层次感，又有无限延伸之感。

与"回头看天高尖"有异曲同工之妙的是在桐坑源看桐岭。2019年9月1日下午，我们在小雨中走进了桐坑源。在桐坑源的上村头往里看，在朦胧中极目远眺，远处的桐岭依稀可辨，桐岭山脉在这个角度看过去就是一个高高的山尖，成金字塔形。特别让人感到新奇的是桐岭与前景组成的三重山脉的形状，桐岭是山尖，中间层是山凹，前景又是山尖，且依次降低，看起来很有层次感。

在梓桐这个小镇的街道上，所有的店铺门面都装饰得很艺术、很古典。在这些众多的店面里，有两家书画院、一家艺术馆。像这样一个农村小镇，有三家书画艺术院是不多见的。我在此下榻了两个晚上，住在一个叫"木辛舍"的民宿，这个名称很有特点，其实就是"梓舍"的意思。2019年9月2日，一早醒来，推开窗门，看到户外有下过微微小雨的潮湿感与细雾感。抬头远眺，那一堵"富石山脉"映入眼帘。

眼帘中的山脉因为有那么一些不薄也不厚的雾凝固其间，填掉了部分山峦，围上了部分山体，便完全成为了仙境。我个人觉得，"雾抚富石山脉"完全可以成为写生的一景。

这个山脉的中段部分有三个山峰，黄村人就将其叫作三峰。在黄村人的祖谱里，把自己居住的这个地方，称作三峰黄氏。我在老祠堂遗址的旁边，看到一幢马上要倒下的房子的门楣上写着"三峰小店"的字样。在三峰之后，有一座处在界首洋田村的山峰，伸出脑袋露出山尖，在黄村的村前刚刚能够看到。黄国友说这是一座贼山，觊觎着黄村的财富与风情。这个说法很特别，把山说成贼山很少有，当然也很风趣幽默。被觊觎不就是因为这如画、可画、成画的景致与风情吗？连山也不禁伸出头来，偷偷地看看梓桐的乾坤。

龙耳山叙事汾口

　　龙耳山是座界山，它的西边就是中洲镇地界。与中洲镇叶村源的交界山脉到了龙耳山这里就断了，但它断得很有想法也很抒情，首先它在这里出现了两个山尖，像龙耳也像兔耳，唐天宝六年之前就叫兔耳山。民间的叫法其实更为形象：丫叉尖。意思是两个山峰尖东西与南北皆错开，从汾口镇看过去就是一支"丫叉"。丫叉尖的北边就是整个山脉的煞尾，远处看去比较规范，东西北三边都是规整的斜边。因此，丫叉尖就好像两柱插入大地的基桩，为这个山脉的煞尾做一个护坡。北边斜刺而下，先有一座海拔的有丫叉尖一半的山，这山更缓，像馒头，然后斜刺而下，在快要到底处长出了一堆小山，密集相拥。这众多小山中间还有一条小路穿梭而过，年轻时我还走过多次。这些小山就临武强溪了。这一堆小山的东边有一个村叫三渡，武强溪在这里吸纳了界川溪，然后打了个大折向东北流去，直到现在的汾口镇城区，在简门村处又转了个大弯，最后一路向正东，流进千岛湖。事实上千岛湖水位要是达到 108 米最高水位时，湖水的上游可以直达简门村村口。简门村临溪处现在是一条街，这条街叫水南路。

水南路的最西边，就是汾口镇的一桥，在这桥上看丫叉尖，它就处在汾口镇的中心。丫叉尖是汾口的一个符号，既是地理标志，又是人文情愫。在《民国遂安县志》中有这样的记载：

【龙耳山】

县西六十里，旧名兔耳山。《新安记》云：两峰直上如兔耳。唐天宝六年改今名。山有天姥夫人祠，祷雨辄应。

我没见过天姥夫人祠，甚至没听过有这么个祠，但在汾口及其周边乡镇，只要提到丫叉尖，几乎无人不知无人不晓。因为只要你在汾口，抬头就照面。

我曾经站立在北去的那段武强溪的三堨处拍丫叉尖，无意间拍到了无比的美景。当时好像是在汾口拍一个创省级教育强镇的专题片，在夏日的黄昏里路过那一带。车一路往北，经过三堨那里时，我从车里往回一瞅，感到有好的画面可拍。招呼司机停车后，我往回走了几步，到了三堨的上游。那里刚刚淤了一潭水，标准的堨上水。到了夏末，溪水已趋枯，也趋静，薄薄的一层水像面上苍遗落在人间的镜子。溪两岸有芦苇在开花，远处的丫叉尖和红红的夕阳与近处的芦苇一同倒映在水里。

我没看到过比这个倒影更有风情的画面了，夕阳在丫叉尖的后面，使整个丫叉尖之下的空间处在逆光的朦胧中，整个水面泛开红红的世界，既有一种遥远感，又有一种海市蜃楼感。

我站在三埂坝上拍到的这方美景，留在我的磁带中好多年，当然也将一直留在我的脑海里。

武强溪的南边叫水南

在丫叉尖看汾口，可以浏览汾口的大概。从这个山头望到对面的山头，没有什么特色的山势景观，山很一般，体量很一般，高度也很一般，唯一可以恭维一下的是从此到彼的距离比淳安其他地方要来得远，这里是淳安最大的自然空间了。往北望去，跨过武强溪首先是仙居、石畈、寺下、畹墅等村庄组成的田畈，还有处在它们西边的广阔丘陵和丘陵之后在低山麓的村庄，这些村庄有一个共同特点就是隐藏在丘陵里，远离大溪大水，只与一涧小水相伴；还能看到霞源流域的高出一筹的山脉，再一直往北就是龙川流域了，可以看到茅屏、云林的田畈；往东北方向可以看到千岛湖的湖面，那是百亩畈的位置了；再往东，会被一些山挡住视线，山的那一边就是龙源流域了；往回看就是身后的山脉，还有界川流域，这里的那条小溪从前叫龙溪。还有就是跟前的水南，曾经这是一大片农耕宝地，现在已基本被不断扩建的村庄斩断了。

水南在很大程度上是由三埂造就的，那么三埂还造就了什么呢？水南是一个泛概念，大致是指从三底到桂柱石这一片地域的近十个村落，它们恰恰处在武强溪的南边。这里田畈开阔，阳光充足，土地平整，因处武强溪边土质含沙量高，所以水稻产量很高。一亩田抵得上山区近两亩的产量，所以在汾口及其周边一带的民间就有"水南畈上最快活"之说，在我老家中洲的叶村要是有人嫁到郑家、宋祁，人们不会说嫁到哪个村，而是说嫁到水南畈，那是快活位置。

2019年10月5日的傍晚，在简门村碰到了一位从我老家叶村嫁来的老太太，她名叫余会英，已89岁，但身体仍然硬朗，笑声清脆。我们在交谈的过程中，她不断发出笑声，她那"哈哈、呵呵"的笑声单纯而爽朗，洋溢着满满的幸福感。她在回忆她的婚事及嫁入水南畈时，笑声成了她话语的配乐。她的婚礼几乎与新中国同时到来，她是嫁到简门后土改的，这很有意义，在水南畈上她分到了自己的土地。说起自己的婚姻，最让她骄傲的是她选对了位置。她一再强调说："水南畈好啊，名气好。"在结婚之前，她回绝了两个工人、一个老师，三个吃国家饭的人。她说这话时，毫无悔意，而是满满的对自己选择的得意。

她还回忆了这么一件事。新婚之后，第一次回门去娘家玩。有一天，一个做生意的人来到叶村，看她大姑娘落落大方，眉清目秀，生意人便问她："这位囡人家，有没有结婚呀？若没有我帮你介绍婆家。"

"结婚了，刚结婚不久，嫁在水南畈！"余会英赶紧说道。

"那好，好啊。"生意人笑嘻嘻地说，"水南畈，囡人家的梦想。"

水南的好处可见一斑，它在民间的口碑是风吹不倒的。

将水南提升到水南畈一定有这个三堨的功劳，有了它才能确保旱涝保收，这个畈的美名才从地理空间上升到风情层面，才会成为一种美谈。

　　三堨从 1164 年开始建筑到今天已经过去 800 余年，在这近千年的时光中沉淀了无数文化。它的出现起到了类似都江堰一样的作用，也是淳安本土重要的水利设施。堨水引进后，分北灌与南灌，北灌承担三底部分、郑家小部、经门全部、简门全部农田灌溉。南灌作用更大也更复杂，它首先收编了从富占源流出的小溪（此小溪经郑家入武强溪），所以这个渠道与小溪共用一段，到郑家村里又筑一小堨，用闸门在农田用水的淡旺季进行调剂，然后直通宋祁、强川口、洲上等村。据记载，这三堨灌溉农田 3700 亩。但宋祁村的老书记余书旗说，事实上远不止 3700 亩，保守算也是 4000 亩之上。但现在没有了，因为千岛湖形成后，宋祁、洲上、强川口老村和不少农田都已被淹，现在是移民后靠重建的，农田就少掉了很多，估计最多也就 3000 亩左右。

　　为何叫"三堨"也有不同的说法，有人说这是武强溪上的第三座堨；余书旗引经据点，说这是以宋祁为参照命名的，是该村的第三座堨。我倾向于余书旗的说法，试问武强溪的第三座堨从哪座算起？上游中洲镇在武强溪上还有好多座，根本没有参照体。余书旗说，宋祁村的第一座堨叫"上泽堨"，它接纳了从强川源流出的凤形溪的小溪水，第二座堨叫"洪堨"，就是接纳富占源溪水的建在郑家村的那座堨。据《宋祁余氏宗谱》中的《三堨成规》记载，堨坝建成十年后的宋淳熙元年（1174 年）工部下达文书，嘉奖建筑三堨的有功人员，并题其堨为"余公三堨"。

　　因为有了这座三堨才有三底这个村名，三底村是从宋光宗五年

（1194 年）开始有人居住的，那时三堨已存在 30 年，朝廷确认也已 20 年，而村址就选在三堨底下，名谓"三堰底"。民国元年后，三堰按本地叫法叫三堨，因村庄又在三堨底，故名为"三底村"。三底村庄不大，但因为坐落在三堨底，所以名气很大。民国时期开通的遂（安）开（化）公路在经门的村前设有一个车站，我在经门有个亲戚，小时候去那边做客时会跑到那里去玩，因为走出亲戚家的小弄堂就是车站。抬头一看是"三底站"这三个字，幼小的脑海里便做两个疑团：一是为什么这里叫三底站？这明明是经门或者郑家；二是三底村为何是"三"而不是"山"，按常理应该叫"山底"吧，只有山才可以说"底下"，三是一个数字，哪来的底下呢？由于那时羞于启齿，也就把问题漏掉了。

过去从三底到洲上，那一片 4000 亩的田畈既一望无际，也威风凛凛，它坦露在武强溪之畔，接受武强溪的哺育。过去的村庄，木结构的房子相对比较小巧，村庄卧在水南畈上，村庄与村庄之间还有是明显的距离，这距离间分布着绿茵茵的水田，金黄色的稻谷。而今的村庄与城市一样，在铺大饼的过程中越铺越大，钢筋与水泥的生长超过了庄稼的成长。郑家、经门、简门已连成一片，把水南畈给切割、分解，甚至村庄与城镇也分不出界线。汾口城镇的发展已跨过武强溪脱离杨旗坦到水南了，镇政府、派出所、法庭等部门都已在水南扎下根来，现在的水南几乎是汾口城镇的半壁江山。大约十年前，我们有位作者写了一篇《水南人家》的散文，她写出了水南特有的风情，那种农业文明与工、商业文明纠缠在一起的，复杂又不敌对的平和关系。

简门村的党支部书记郑家义告诉我，他们村里出了好多大学生，也有硕士、博士。现在有在外国工作的，也有在香港工作的。一个500多人的村庄，能出这么多人才，是他最引以为傲的。

原宋祁就坐落在武强溪的水边，是真正的水南。那时，它的斜对面就是龙山街，这是一个亦农亦商的村庄，地理位置好，处在龙川溪与武强溪交汇处。千岛湖形成后，它与南岸的宋祁一样都往后靠了许多，优越的地理位置也没了。两岸交流并不是很方便，宋祁通往北岸有座木桥，木桥往往随季节而有无。余书旗的父亲年轻时候，经常跨过木桥到龙山街，然后踏上北去的龙（山街）徽（州）古道，这一跨具有极强的仪式感，因为他跨出了水南。过去那一步并不容易，那个年代，隔河如天涯，而今一桥飞架南北，过河如串门。

杨旗坦原来叫杨溪滩

杨旗坦取代汾口是后来的事，也是发展的结果。其实汾口是一个小自然村，至今还不到百户，200多人。20世纪50年代是遂安县第一区驻地，后相继是汾口公社、乡驻地，当然也当过汾口区公所驻地。为什么驻在这个小村里，因为它处在十二都与十三都的交通要道上，在清朝就发展为有五十家店铺的小集镇，俗称"汾口街上"（这个称谓容易让外人以为是杨旗坦的街上，后来就加了个"老"字叫汾口老街上），都是老石板路配木质门板店。汾口村依附着时代的列车一路奔跑，如今的汾口因其巨大的影响力，在民间几乎成了过往遂安的代称了。

关于"汾口"，《淳安县地名志》是这样记载的：

【汾口】

古称"昏口"。据《璜堂余氏宗谱》记载，余祖则公于元代至正年间由大屋基迁居汾洞源口，故名汾口。

按上面的表述，汾洞源在古代应该叫"昏洞源"，那么这个"昏洞源"到底是一个什么样的源呢？按着我的理解，它能不能称"源"都有的一说，它还算不上真正意义上的源。一条小涧，整个长度大约3里，其中2里多长是丘陵，最里面源头部分才是不算高的山。小村湖川塘是昏洞源的源头，小涧的出发地，其坐落在非常隐蔽的山谷小盆地中，像一个窝地，只有一个口子出入，后来又开了一个出去的口子。从这个小村的形状来看确实有点像洞，加之从西北到东南方向直流的小涧，从丘陵间穿越，说此源从洞中穿过也合乎实际，问题是还要加一个"昏"作修饰，不知何故？难道是湖川塘村里面的山谷地带雾气很多很浓，还是在这条小源里，烟雾很难散？

带着这样的猜测，我联系上了湖川塘人毛泽苏，他在千岛湖镇开汽车销售公司。我单刀直入："你们村是不是雾很多，还不散？"

他不假思索："是呀，是呀。雾天多，上午十点后才开始慢慢散去。即使散了，在空气中还留有丝丝的雾粉似的东西，看上去就不透明。"他说小时候，便经常处于这种昏暗的不澄的空气中。

也许余氏祖先觉得"昏"怎么说也没法与吉祥瑞气相联系，就把"昏"改成"汾"了。现今，汾洞源几乎处在淹没的状态了，功能区建设平整土地，已把原来的源变成了现在抬高的平原，源的迹象已无，汾洞源基本只处在故纸堆发黄的文字里。我希望将来在街道命名时，能留下"汾洞源"这么个称谓。

真正的大村是畹墅，即便这个由汾口、畹墅、昆村、狮朝、李家源、大福基、湖川塘七个自然村并在一起的行政村叫汾口村。

小时候我每年都要去畹墅，因为我外婆家在那里。我理不清畹墅、汾口、区、公社的关系，从我外婆家到汾口公社估计也就里把路，但我没有去探个究竟，更吸引我的是操场看对面威山脚下一路往三底、郑家去的汽车。

我外婆居住在畹墅村中间偏上部分，村小学就在隔一户人家之处的一个家厅里，操场就在东边的沿溪岸。在我童年的视野里，武强溪广阔无边，溪床从脚下名字延伸到对面山脚，对面那脉山就是三底村上游的威山。我没搞清楚威山的来历（直到今天也没有），在我看来，那一脉山不高，如一道围墙一字排开，一垄垄的小岗大小相当形象相似。一点也不威严或者威武，倒是很规整。印象最深的还有汽车开到那打石头的地方时，因公路被许多碎石阻挡、破坏，车会颤巍巍地前行，驶过这段它就加快了速度，那时，我觉得速度很快，事实上估计也就四五十迈，只是没有现代车速作为参照，那是我童年时代见过的最快的速度了。

那就是千岛湖形成后，淳安留下的唯一公路，还是条"断头路"。

公路到汾口止，来往开化、衢州、徽州的汽车一天也并不多见。在外婆家，我一听到汽车的轰鸣，就跑出来到操场，老远处的汽车还是小点时就能看见，那时汽车刚从三渡下来，汽车渐渐变大，响声也渐渐增大。如果是从汾口车站驶离的车，则恰恰相反，从大渐小直到消失，轰鸣声与形象皆然。

那时畹墅与汾口之间还是有明显间隔的，之间还有农田隔开。不像现在，房子已黏在一起，分不清你我，事实上也没必要分清，因为它们都属于一个行政村：汾口村。

1960年，汾口区公所从汾口村迁到杨旗坦村，这标志着中心的彻底转移。那时的杨旗坦村后，已出现了集镇的雏形，狮城及其周边地区的国家工作人员移民此地。那是一块新辟的空间，专用来建立一个新的中心。杨旗坦过去叫杨溪滩，从这个名字中就可品味出它的地理特征。它在武强溪的北岸，与水南畈隔溪相望，这边地势高，是丘陵，与溪对面一望无垠的田野还是大有不同的。虽然村庄也临溪，但地形使它不紧临，村庄也是北高南低的地势。它恰恰处在一块大丘陵的下方，而村后的丘陵都是旱地或者长茅草的荒地，在那个时代这样的地显然没有水田值钱。集镇建在这里不占用良田，还有可拓展的空间。更为重要的是，这块土地对于汾口地区来说，处在一个圆心上，向周边发散更为中心，枢纽作用更为突出，虽然杨旗坦与汾口村就相差那么一公里路，但其性质绝不相同。

后来就叫杨旗街是一条东西走向的两百米大街，所有供销社的店、粮管所的店还有好多单位都围绕这条街生长。千岛湖形成前后，杨旗坦村后的镇就开埠了。那时先来了一拨移民加居民，在这条街西北面的一个山塆里落了户，取名"新民"队。此后，逐步搬来或成立了汾口地区的行政单位、管理单位、事业单位。没有区公所、派出所等行政单位，医院、学校、粮管所、农技站、林业站、供销社、信用社、邮政等企事业单位。它真正成为了汾口地区的中心甚至成为了半个淳安县的中心，原遂安范围内没淹掉的地方都把这里当中心了，是仅次于县城的次中心。20 世纪 70 年代，汾口的周边又办起了三家三线厂，刚好处在三个方向，像汾口的三个卫星小城拱卫着它。那是汾口最鼎盛的时期，最火最热的时期，三家工厂差不多 3000 工人。

从杨溪滩到杨旗坦，从乡村到城镇，杨溪滩是幸运的，它被时代选中，成为了那一带的政治、经济、文化中心。

从前的杨旗坦镇就一条半街，一条街是杨旗街，半条是现在的杨翠路，估计当时还没有名字。杨旗街是水泥路，但杨翠路还是坑坑洼洼的泥砂路，两旁也没有什么店铺。杨翠路的南边与汾口一桥相连，还是一个下坡，在 20 世纪 80 年代就是一条普通的公路。

龙山街处在龙川溪与武强溪交汇之处。沿着这条溪的方向是龙（山街）徽（州）古道的起点，从武强溪下来的一些大宗物资在这里周转，同时它又是吸纳遂安九、十、十一都去徽州的埠头。所以，在这里自然而然形成了一个集镇的样态。鳞次栉比的徽派建筑风格的店铺，各类繁多，包括各种工艺店、手艺店、南货店、药店、诊所，等等。因为从前就有四面八方来到这"街"上做生意的人，所以，这个村虽然以徐姓为主，但村里的姓氏比较复杂，有十几个。我想如果没有后面千岛湖的出现，一定不会有后来的杨旗坦，龙山街也有可能街展四方了，这个带有街字的地方，可能真正成为一方有名的街镇。

龙与川的卫戍及其他

龙山街是这里带龙字的地名之一，汾口还有许多带龙字的地名。简单数数就有一串：龙门、龙头坞、龙山街、龙川、龙姚、龙源，等等。龙是这里的文化图腾与象征，龙耳山下"龙"遍地。汾口的主体部分清朝时叫龙津乡，民国时是遂安四个镇之一。山下的那条发源于淳（安）开（化）边界的由西南往东北流的小溪界川溪，从前就叫龙溪。龙耳山的东麓有一个龙门村，村边有一座塔，叫龙门塔。这座龙门塔在很长时间里都是淳安唯一健全（2019 年叶村的残塔——雁塔也经过修饰）的塔。近 500 多年历史，七层宝塔，有丰厚的人文传说以及润满的故事。龙门塔的西南二三百米处有一座余四山古墓，历史与龙门塔相仿。余氏为明隆庆进士，官至河南道御史，而龙门塔传说就是余四山建的。

在龙门、赤川口、汪家桥一公里范围内形成了文物金三角，这里成立了两家省级文保单位，龙门塔（余四山墓）为一家，赤川口的余氏家厅和汪家桥的汪氏家厅合成一家。整个淳安有六家省级文保单位，除了这两家其余四家分别为：方腊洞、铜山铁矿遗址、芹川王氏宗祠和水下古城。这种高密度的文保单位聚在一块儿也是难得的。这些文物都与两位名人有关，汪氏家厅之于汪乔年，余氏家厅之于余四山。

汪氏家厅又叫忠烈祠，是汪氏子孙为汪乔年修建的祠。

汪乔年（1585—1642）是明末军事将领，任陕西总督。在大明的风雨飘摇、凄风苦雨中，忠义之士汪乔年献出了全部身心。在襄城守城失败后，汪乔年被李自成挖了膝盖骨、割了舌头、敲碎了牙齿，鲜血喷了贼兵一身，最后惨遭碎尸。襄城百姓敬仰汪乔年，建忠义祠而祀之。

与汪乔年的武将成对应的是余四山的文。他是村里的两个进士之一，是这个村读书人的楷模。余四山是监察御史，为官清廉，又做了好多受人称赞的事，成为人们顶礼膜拜的对象，为赤川口村带来深远的文化影响。修建龙门塔恰恰有一段美于他的经典美谈。

余四山当年在云南做监察御史期间，碰到一个特别受冤的案子，另一方还有京官的背景。他为了不使其蒙冤，只得做"睁眼瞎子"把人放跑，自己辞官回到赤川口老家隐居起来。跑掉的小伙十分争气，后来中了进士，官至南直隶军门。那时南直隶军门比浙江军门俸禄多三倍，但他为了能报答余四山，想尽办法调入做浙江军门。一上任他就来到赤川口找到余四山，他要表达对恩人的谢意，后来他听从余四山的建议，建一座塔报答恩情。他找个风水先生，选择一处宝地，即现在的龙门村北山脚，建了座七层塔。取名高门塔，为何取此名，有两层意思：一是当年救军门人中有一人姓高，二是这个地方就叫高门。

余氏家厅里面有好几块匾额，其中门口上方有一块叫：四世柏台。柏台就是御史的意思，说的是村里出了两位御史，两位御史的父亲分别被皇帝赐了御史，所以有"四丗柏台"之说。"祖孙进士"指的就是余思宽与余四山，余思宽是祖，余四山是孙。

此外，本地还有一个舞草龙的民俗是余四山带来的。

传说明嘉靖三十年（1558）的八月，有一条在该村来龙山下孕育千年的龙，准备出山入海。那几天乌云遮天盖地，一连几天倾盆大雨，本地农民眼看就要遭受一场百年一遇的洪涝灾害侵袭，这条善龙为了让村民避免灾害，在滂沱大雨的黑夜，托梦给余四山，梦中说有一个计法可免百姓一灾。第二天一早，年仅18岁的余四山按照梦中所托，发动全村青壮年男子，冒雨上山伐竹对剖做成笕，将从来龙山脚至村中小溪要经过的弄堂和房顶全部架上竹笕，善龙要变成小小的龙从竹笕里游出直至小溪和大海。到了中午时分，果然云开雾散雨停水退，全村百姓安然无恙。这天正好是农历八月十五中秋节，村民当晚就以稻草、毛竹、山藤、毛柴为原料，叠、堆扎成了一条长有30多米的草龙，舞遍全村所有弄堂小巷，所到之处家家户户香火鞭炮迎接，以求来年风调雨顺，老幼安康，五谷丰登，六畜兴旺。从那时起，赤川口村每年中秋夜晚都要叠草龙舞草龙。

这一舞就是近500年，初起的动机知道的人可能越来越少了，但舞草龙这个习俗文化与表演项目人们却记得越来越清晰，子孙后代从未间断。

汪家桥与赤川口相距也就3里多路，它们有一个共同点，经过村里的那条小溪是由东而西流的。只是汪家桥那条源小得甚至都不能称为源，虽然里面也有两个村。而赤川口那条小溪要大，里面有源的样子，最里面的村叫西坞，离赤川口有5里路的光景，中间那个村是赤川源。赤川口就是处在这条小源的口子上的意思。这条小溪在赤川源处分岔为东西两路，西路去西坞，东路去塘岭。东边为主流，水是从塘岭山上流下来的。

　　塘岭是一个长长的，地势不断抬高的岭，所以它有长长涧水，只是这涧水的落差很大。据说在快到顶的地方，过去还有几户人家居住，那几户是从山那边过来的。其实赤川口村就是从山那边迁过来的。山那边有两个淳安的村，是比较有名的村，都是源头村，水往衢江流。村庄位于比周边高两百米的高地上，所以从四面八方去那里都要爬岭。但到了那里，整体看起来，乡村的空疏之貌、远乡之气、澄澈之风、静邈之畅，油然而生，在那里，有一种我特别喜欢的情愫，在包围着我，但又不知如何表达。

　　这两个村一个叫宋京，一个叫湛川。它们是母子村，宋京是北宋时期住过去的，湛川是明朝时从宋京发过去的枝丫。它们相距二三里路，亲如一家，共一祠堂。现在两个村都是1000多人，宋京比湛川多100人左右，在淳安这边，1000多人以上的自然村算大村了。两个几百年历史的村庄，隐匿在这高高的山间盆地里，繁衍子孙。湛川其实就是湛溪，用湛来命名这条溪可见这里的山水之纯粹。湛溪从村南发祥，在那里有两条山溪合流，溪的两岸平坦无落差，良田众多，谁也想不到这山里还有这样的水田。湛溪穿村而过后，向北而去与南来的宋京流下来的水相遇，两溪在快相遇时都往西拐了拐，避免迎头相撞的局面。汇集后往西南方向而去，成为开化塘坞溪的源头地段。也是钱江源的另一个支源头。在交汇处，有三座桥，其中两座是建在交汇后的溪上，两座并排挨着，一座石拱桥，一座水泥桥。另外一座很古老，是过去出入湛川的必经之桥，比湛川这个村庄余氏居住史还要古老。村里的女会计余金妹骄傲地告诉我，这座桥已经有1000多年历史，村里的余氏住过来前就有了，可以称之为"史前"了。

听罢她的话，再看看这座桥，也确实是很古老了。桥上的褐色石头已经被千年脚印磨得不成样子，这桥是高高拱起的，桥两头都有四五级台阶，而今这台阶石头的边不仅已经无角，而且被磨掉了五分之二的，原来台阶是整齐的，现在看上去是倾斜的了。现在这座桥已经不再起通往村外的作用了，但还是会有好多人走，因为溪东边还有田地与山场。

2019年10月2日的黄昏，我们站在这个三角地带，看三水相交的气象。我们从最古老的那座桥过去，站在东边的位置，往西边看那桥下的倒影。这桥下的水刚够装下倒影，石拱桥的半圆桥与倒影中的半圆桥刚好组成了一个标准的圆形，在夕阳的剪影中，你完全分不清倒影与实景之间的界线，那个圆更像是一个月亮，或者说是一个以月亮为模型的一幅画。这是我流连在那个三角地带的意外收获，我留影存档了。

那里还有一个地理奇象，湛川人称为"龟蛇守门"。此处是湛川村的第二道门，第一道门在村头，那里最重要的标志是一片古树群。这一群古木很有特点，首先是树木高大，一般都在20到30米以上；二是历史悠久，树龄与村龄相仿或超过村龄；三是品种繁多，不仅有樟、枫、柏，还有苦槠栲、女贞、橡木、玉兰、青冈等相对不多见的植物，更有古老紫薇，据说这里的紫薇是全县最大最古老的。可以堪称小型活古木博物馆了。溪相汇的正中处，有一块石头，就是一个伸出到半溪里的龟头，以前更像，现在铺设公路占掉一部分溪床了。而东边的一座山就像是一条逶迤的蛇，听过看过太多的狮象守门，还没听到过此等龟蛇守门。

湛川往北快到宋京村的地方有一个小小自然村叫"祠堂底"，这个村里有一个有名的建筑，民间叫"金銮殿"，其实它是一个家厅，只是建的人特殊，建筑模式特殊，所以它与一般的家厅祠堂还是不一样的。建造者叫余汝南，明代宋京村人，是大名鼎鼎的抗倭英雄，嘉靖皇帝封其为"八大王"，称"钦授千总卫，赏给帑，记录大功一次"，还应许可满足余汝南一个要求。离家多年的余汝南提出："皇上的金銮殿甚是恢宏，吾有生之年能入此殿便是莫大荣幸，但吾家乡的百姓却无此福分，所以我想在家乡也造一座'金銮殿'，让百姓与我一起感受皇恩浩荡。"皇帝听罢便颁旨下令，特许他在家乡宋京村仿造一座金銮殿。

为示君臣之别，这小金銮殿左右前后及高度皆比皇帝的金銮殿矮三尺，有门楼、前厅、正殿及钟、鼓二楼，外墙上的砖雕和屋内梁柱间的木雕很是精美，装修甚是考究与奢华。小金銮殿建成后，皇帝还亲题"恩荣"两字，一时间，方圆百里的百姓都为之津津乐道。

殿门口有一小涧从西往东流，穿过祠堂底村。在这个 1.5 米宽的小涧上建有五座小石拱桥，真是与故宫门前的金水桥相仿。目前除一座被开公路填到底下外，其他四座还清晰如初。

这小金銮殿历经 400 多年，在风雨飘摇中渐次塌圮，到了 20 世纪
80 年代，疏于管理的小金銮殿已是破败不堪，1986 年，由于偷挖地砖
现象严重，小金銮殿满目疮痍，主殿、聚义厅、钟鼓楼终于在一个风
雨雷鸣之夜不堪重负而倒塌。虽外形基本还在，但是当中诸多花雕、
菩萨、古砖等均已遗失，原来的前后三进也只剩下前厅一进，门楼犹
存，石刻宛然，尽留无数遗憾。

宋京这个村名也与这个小金銮殿直接有关，《淳安县地名志》有
关宋京的村名有这样的记载：

【宋京】

宋元祐年间，从遂安十里铺来此居住时，村名叫宋林。
到了南宋咸淳年间，其祖弥应七公在京为官。咸淳七年，宋
君赐予应七公家庙留念，为"怀君恩"，且把宋林改为宋村。
1981 年 9 月，因与本县宋村乡宋村村同名而改，考虑到"金
銮殿"的特殊性，改名为宋京。

从这个建筑的来龙去脉中可以感受到这个村的文化曾经多么灿烂，
这是一个近千年的村庄，祖先余鸿翔落户此地后，子嗣绵延繁茂，在
这个 17．33 平方公里的区域内，像树发丫禾分蘖一样，涌向四面八
方。除这里两个村外，仅在汾口镇就迁出了 16 个村，如果再加上周边
的乡镇，就有 20 多个村了。

从赤川口往东翻塘岭到宋京、湛川，再从湛川往东过方源翻岭就到了项家源，这已经是龙源流域了。项家源是龙源的一个支流源头，它的主流源头应该是坦村和坦村边上的开化的姚家村，姚家虽然守着一条支流源头，但它是一个20来户的村庄，很小。坦村守着另一个源头，有72户人家，村庄规模大得多。姚家翻过去就是开化大溪边了，而姚家好像是大溪边的一个小小桥头堡。2019年10月2日，村委主任汪炳春带着我们在村里转，企图找到一些能为我所用的地理人文线索，但总的来说不甚理想。

这里的地理形态值得一说。这里一字排开着四个源头小村：姚家、坦村、塘坞（非开化塘坞）、富满山，它们并不在一个流域或者说不完全在一个流域。姚家与坦村位于龙源溪的源头，但不是一个发源地，这两个村与塘坞、富满山完全不是一个流域，尽管它们归口龙源流域管辖。坦村的东南方向也就是塘坞和富满山的西南方向有一座山叫牛月坪，海拔801米，它的余脉向四周绵延，成了众多流域的发源地。坦村与塘坞并非屁股相对，而是侧面相依，中间是一片稍高的丘陵缓地，这块缓地是真正的流域的界线。在这个丘陵荒野里，过去是一片古坟，好多开化那边的人也葬在此地。两年前这里造了一片400多亩的地，使得边界的迹象更加看不出来了。

我在塘坞的村口张望，努力寻找水的源头，溪的走向。在空地的中央有一水井样子的地方，在喷水，五六位妇女在洗衣，我问这水是哪来的，她们说是自来水。她们显然没理解我的意思，自来水是不可能自己生出来的。在镇里陪同人员余永柏的帮助下，后面我弄清楚了：

这喷涌而出的自来水是从牛月坪山上引来的。这个村在没有自来水之前，估计到了下半年用水会非常困难。它是小溪的发源村，但在这个小涧里，这个时候已不能发现水，这条小涧流向一里外的富满山，直到富满山才微微有一点水，才流出了溪的气象。

小溪一路而去，成山头源的上游，山头源在夏峰流域，属于枫树岭镇。小溪的西边都是村里的民宅，且老宅居多。这些老屋沿小溪而建，坐西北朝东南，朝向很好，有众山的青绿，有雾的迷离，有水流的轻微潺潺，是一个难得的上乘的居住地。80岁的老书记伊中文诉说起富满山来，那种骄傲的神情不可抑制。

"过去遂安县有三个山：富满山、霞源山还有铜山。"伊书记声音洪亮起来，"就是说这三个叫山的地方生活比较快活。"

快活到何种程度呢？这里有山7000多亩，按着现在的人口人均也有12.7亩，有地700多亩，其中水田300多亩。从前毛竹、茶叶与木材就可以让村里人吃饱吃好，村里还种有芝麻与花生。祖先住过来时，请风水先生看过，说："箩麻秀才斗麻管。"意思是按这里的风水会出无数的读书人，像一箩麻那么多；也会出无数的当官人，像一斗麻那么多。

事实上富满山生活富裕，是辛勤劳动得来的，因生产资料多又加上是黄泥土，板结后得花许多劳力。村里人不得不拼命做，拼命收，生活才比好多地方好。从村里老房子可以看出来，这个村从前岁月的风光。村庄日益富裕，但离读书为官的道路却越来越远了，久而久之，流传出这样一句话，大家也慢慢在自嘲中释然了。这句话是这样说的：

高高的富满坪，有官也出不行。

富满山村的出口很有意思，在离村庄约莫一里的地方，有座孤山，挡在路的正前方。路不得不90度东拐，而在此前小溪已经90度西拐。西去的溪找到了另一出口，找到了别的伙伴后到山头村等候这条路。这东去的路往东找到了这大山的豁口，然后顺势而下。我想如果溪往东边走也不是完全不可以，只要人工稍加挖凿，就能成溪，因为这里目测基本是平的。这座叫柴夹山的孤山，如同家门口的照墙。这山的中间有个凹进的地方，形似一个簸箕。这样的地理位置易让外人产生嫉妒，为什么留给富满山这样的地理环境，让它在高山上享受平川一般的赐予，而且山上还有那么多山货。

在小溪西拐那段的南边神奇地出现了五个小馒山包，它们提供了足够的旱地空间，也是这个村重要的土地资源。正经过那里的伊宏金告诉我们，这里叫五龟上滩。配上这样的地形、这样的风水、这样的山川、配上这样的意境，这五龟上滩的称呼是多么的契合。"五只金龟"护佑着富满山的声名远扬。

与富满山相反，上苍对卢家塘村要苛刻得多。虽然一个村独处在一个小坞里，里面有足够的田与地，而且还处在千岛湖边，水位高时，就漫到坞里来，但上苍给了一片漏地，地表盛不了水。所以，这个村是无水吃无水用的村。从前这个村最有名的不是别的，而是72个"青蛙吊"。我不知"青蛙吊"是什么东西，后来才明白是井里打水的一个吊水装置，村里有72个之多。我怀疑这个数字不是实指，是说多的意思。我很好奇，问道："现在还有吗？"

"井还有一两个，"村会计卢金利说，"在里面的地里。"

我要求他带我去看看，由于通往地里的路比较窄，车不能进，他便用电瓶车带着我往坞里面的深处去。到了几乎最里面的一片田或者地里，有一口井，比一般村里饮水的井稍小点。我往里面看了看，还是有水的。过去全村就靠这井吊水种田、饮用。看看这情景，村里能不苦吗？那劳动强度有多大？那要流多少泪，出多少汗？

返回时，卢金利在溪旁停了下来，让我看看这溪的可怜状。2019年10月3日，卢家村的小溪已经完全干涸。溪床上的鹅卵石已完全泛白，完全没有了溪的形态。我问什么日子完全干掉的？他说过了梅季基本就趋于干涸了。现在村里用的是自来水，不再吃过去的苦了。村里的田地也不用一定种水稻了，那么也不用去吊水了。我跟卢金利说："不用吊水了，但这井不可完全填埋掉，要留着几个。"

"七十二个青蛙吊"的故事，给卢家塘增加了厚厚的人文色彩。

如果说卢家塘是一个缺水的地方，那么毛家是一个一片汪洋的地方。千岛湖把它三面包围，独立成一个半岛与外面的世界相隔，不是隔山就是隔水。其上有9个自然村或定居点，由于四周有水的汪洋和渗透，由于有山的迷离分割，由于有植被的绿意覆盖与掩映，以上店为中心的7.3平方公里的毛家气象很不一般。现在的村庄基本上是千岛湖形成的移民后靠村，都以毛氏为主要姓氏，老毛家已经淹没在湖水中。

在半岛的最北边，翻过山就是姜家了。有一个自然村叫冷水坞，这不是一个移民后靠村，但仍姓毛。为何叫冷水坞？因为这个村的东边有一泓泉水，冬暖夏凉，冬暖是因为相对于外面的寒冷它仍保持恒温，所以，它的特性是凉，因此就把这个村命名为冷水坞了。那一泓泉水，清澈得让人不忍用手掬捧。它从一个石塝底下的一个小洞内流出，流出后分三格，估计是为分清用处。最里面是饮用，中间是洗菜，最外面是用作洗衣或别的。就是这泓水提供给全村一百多口人饮用。

过去的毛家是个有文化、有传统、有故事的大村庄，它处在离武强溪须臾的地方，毛家源溪穿村而过，离县城不远，遂安九、十、十二、十三、十四都人去狮城都要经过，热闹又繁华。毛氏祖先还出过多位进士，对遂安的文化产生深刻的影响。说起进士毛一公、毛一瓒、毛一鹭、毛际可等，村里人无人不知、无人不晓。2019 年 10 月 5 日，在毛家村委大楼内，村里的乡村医生毛积成，拿着一本王兢老师编撰的《钟灵毓秀忆毛家》，如数家珍般跟我们说出毛家的历史与骄傲。留下来的并不是毛家的全部，还有些人已经迁往外地。千岛湖的形成使它迅速边缘化，无论从地理、经济还是文化都是如此。一旁的村书记杨苏华作为毛氏媳妇跟我说起了前一天江山清漾毛氏来毛家就宗谱之事做对接。她更为关注的是现在，她认为一定要把自然环境先弄好，再求人文环境的引领。她对"绿水青山就是金山银山"的概念有着深入理解，她带我们去毛家码头时，指着东边一个小小半岛上的民宿说："这是我们的方向。"那一群房子与山水、蓝天白云相呼应。

据说从毛家发出去的淳安其他地方的毛氏小村不下 10 个，毛氏村庄有一个习惯，所有定居的村庄都叫"毛家"。湖川塘也全是毛氏居所，为什么不叫毛家呢？在淳安县第二人民医院工作的湖川塘人毛泽政说他也不知道，说不清楚。但他告诉我，住到湖川塘来之前，祖先先住到了下山头下游一个小地方的武强溪边。八旦那里被洪水肆虐，几乎每年都被洪水戏弄一翻。实在受不了，又找到了汾洞源头定居下来。毛泽政补充说，原来住过的地方叫不叫"毛家"也不知道。

在汾口像湖川塘这种地理环境的村庄还有不少，坐落远离武强溪的远山脚下，少水小水，丘陵旱地，低调收缩，匍匐山包后。这样的村庄普遍不会大，因为小水，不可大村。与湖川塘并排的有好几个村，与它紧邻的是章蒋村，章蒋村过去是两个村：章家和蒋家。两村并不相连，只是后来并成一村，房子越建越多慢慢分不出彼此了。这个村算这一带较大的村了，除了地形稍开阔外，也与20世纪60年代在村里面的一个山岙里建了个水库有一定关系，保证了灌溉用水。

解放前，这一带有一个顺口溜，是对那带村庄的贬损与嘲讽，也是一种写照。顺口溜是这样的：

章家蒋家，

太平桥家，

有囡有囡不给姚家。

这话说的就是那一带的几个村，它们都处在远山麓下，无水饮用。太平桥村是一个只有18户56人的小村，毫无存在感。我知道有这个村也是因为小时候听到过这句顺口溜，但我从未到过此村。2019年10

月 4 日，我第一次踏入此村。《淳安县地名志》记载，此村清初始住，取名"西洲"。因村东有一座石桥，迁此村后村民太平无事，后改为"太平桥"村。太平是太平了，但村庄并未繁盛，规模始终较小。我在这个村里碰到了一个能说善说、声音洪亮的妇人，我以为她 60 来岁。我问她是不是本村人，她说是的，我又问她本村人姓汪，你怎么姓黄的？当她说她小时候从田林庄来的时，我恍然大悟：

"你是童养媳?"

"是的，"她一点也没觉得受苦受难，"老头子对我好的，一生幸福。"

从童养媳的经历，我知道她的年龄不小了，一问得知她已经 81 岁。她报出这个数字时，我很吃惊。她的 60 多岁的大儿媳，人面和善，忙里忙外，给我们倒来了茶水。老太太说她有四儿三女，现在生活都过得不错。

我是在章蒋村的边上碰到友人汪由军的，他那几天正在老家姚家（此姚家不是前面提到的属于开化的彼姚家）村，到章蒋去是为了田里的水稻灌溉。我们相约过会儿到姚家，去他家坐坐。离开太平桥后到了姚家，在汪由军的带领下，在村前村后走了走。土地都泛出了白色，庄稼都是软塌塌的。汪友军告诉我们，姚家旱是常态，不是十年九旱，是十年十旱，地理特点决定的。村里只有一小小的山涧流过，到了夏季之后，水流就小得可怜了，吃水用水都成问题。现在用自来水，水源在远处，可以借用别村的水。吃水解决了，但农业灌溉用水还是困难的，好在现在种水稻不算多了。过去每到这个季节，因争水而起的争端特别多。他还告诉我他们村庄的来历，这里原来是姓姚的人的村庄，汪氏住过来后姚氏渐渐少掉，现在已经没有姓姚的了。

姚家村与湖川塘相似，他们的祖先原先住在丫叉尖下的武强溪边，因受不了年年洪灾的苦，而迁居到这里来。汪友军说："从溺煞到旱煞，祖先没找到一个旱涝保收之居所。"

离姚家不远的仙居，就在大水边不远处。武强溪在门前流过，从前因为没有防洪堤，水会漫漶大片。现在门前的大片田畈，过去都是溪滩。从前，仙居就叫"前洲"，后来谐音成仙居，从"前洲"这个地名就能得知它的地理位置。村里的退休老师张文问说，从前没有堤坝时，水也冲到村里来。村前武强溪里有两个潭，一个是塔上潭，一个是摩壁潭，被称为双潭印月。斜对面的龙耳山，在仙居看来很有气势，叫龙耳参天。东边的一垄丘陵下，过去有一座龙翔寺，这里就叫龙翔晚钟。这些都是"仙居八景"的内容。

从仙居往东跨过武强溪，可以到论源这个小村，它也是远离大水的远山脚下村，这个村的制高点，姜春建家，是两水的分界处。姜春建如果拿着一盆水往门口一泼，几多往东北流入凤形溪，几多向西南流入汪家桥还真不好说。这两泓水也很奇怪，往西南方向流经的是丘陵地带，往东北流过的是一条经典小源。西南方向旱地为主，江家坞、论源、外论源、大埂都是易旱之地。而东北流过的凤形溪，但虽然有水，两岸水田非常少。论源海拔估计也就一百五六十左右，也就是说项家、强川塘、强川口这条源是一个漏源，没有底，底部是通的。漏源有漏源好处，两地交往就方便了：隐蔽又通达。

真正隐蔽的村在龙川流域的巧塘，这是一个真正意义上鸟窝村，里面的窝足够大，口子却只有五六米。一个山岙被围住，在北边成大肚空间，一堵山垄在西边成堵墙锁住西边豁口，这个村的形状与左口的龙源自然村有异曲同工之妙。民间称巧塘村为鸡埘，大概是说这个村像鸡埘一样封闭又独立。巧塘的来历还是很有学问的，《淳安县地名志》记载：为避荒乱徙此，居住与鳢塘恰好隔龙溪，故名巧塘。

与巧塘的隐蔽封闭相反，枧头村是大开大敞的，四野茫茫皆我眼下。过去的枧头才叫有趣，龙川溪打西边进入枧头，然后绕北又南，然后又西，几乎围着村庄绕了一圈，只剩几十米没搭结。平时在杭州打工，国庆长假期间在家里建房的詹延平，看到我们问起地理，急匆匆地跑过来说：

"溪在我们村里打了一个圈，过去有个桥段，说从前佘木头，木排早上从我们村出发，到了晌午还在我们村。"

为什么溪会在他们村打一个圈呢？原来是为了接纳更多的水。枧头村东西两边的山场里，有6个坞都有涧水，分别是：竹园坞、召坞、长坞、占坞、大坞和杨山坞。溪在村里绕了一个圈，把它们都接上了，都收编成龙川溪的一部分。那种场面是何等的壮观有趣，只可惜在1978年的改溪中改掉了。

枧头的上游是龙姚村，在汾口是最里面最边缘的一个村，其实整条源还有很长一截，上游叫五洲源，属于浪川乡管辖。由于做了水库，目前路到这里便断了，水库的上方是有名的送驾岭，过去是龙（山街）徽（州）古道的重要节点，过大连岭的人有不少把这里当做歇脚点。龙姚也与这条古道发生着种种关系，姚建胜说，他姑姑就嫁在休宁。是当时走古道的人牵线做媒嫁过去的，而今因古道断了，成了边缘，过去中途的感觉也就没有了。

余书旗的父亲是否在龙姚村里歇过脚？在20世纪50年代初，他一月三次地走古道爬大连岭，去时70斤鸡蛋，来时带回相当重量的日用品。也许在他歇脚时，便把挑回的日用品就地卖过给龙姚人。余书旗在一篇《父亲脚下的大连岭》里，借用他父亲之口说了这么一句话："挑七十多斤重的担子一天到屯溪，像做梦一般，不知那时是怎么做到的。"

我们想象他们走古道时的场景，那不是更像做梦吗？这就是古道与商业的威力，现在这样的威力都消融在"汾口"这两字所构成的城镇及其他中。

后 记

　　余昌顺和鲍艺敏，以各自的方式，为我们深入了解淳安这片土地以及土地上生生不息的人民，提供了新颖的视角。

　　余昌顺行走在淳安大地上，步履坚实，丈量着一座座山、一条条源、一个个村庄。他的脚印，随着大地的起伏向前延伸，包罗万象的世界涌动着进入敞开的胸襟，于是便有了一部书的斑斓与跌宕。读完《一个人的淳安地理》，你会看到，作者的足迹，与大地山河难舍难分，经冬复历春，花开花又落，淳安一方水土，因他执着的行走，于文学修辞中，得以重塑。

　　鲍艺敏溯游在淳安自唐以降的岁月长河中，目光盘桓在历史的幽微之处。他一一注视了三十二张面孔后，心中仿佛诸神充满，他想起大儒朱熹对"文献"二字的注释：文，典籍也；献，贤也。淳安自古乃"文献名邦"，名人辈出，这三十二张面孔，便是淳安先贤的优秀代表。披阅《淳安历史的32张面孔》，你会发现，作者对淳安先贤的长久凝视，使时光深处漫漶的淳安历史，逐渐清晰起来，且有了质感，有了生气，有了风云激荡。

《一个人的淳安地理》，说的是"一方水土"，《淳安历史的32张面孔》，写的是"一方人物"。两部作品联袂而至，是淳安人文地理的双玉合璧。

现在，两部作品一并付梓了，可喜可贺。于作者而言，书好比孩子，十月怀胎，一朝落地，遂了心愿。于我们而言，极力促成书的出版发行，为满足人民群众过上美好生活的新期待，提供丰富的精神食粮，做了一件很有意义的事情。我们将继续努力。发挥政协文史工作的独特作用，为淳安"文献名邦"建设，一以贯之，聊尽绵薄，这是我们肩上的一份责任，一种使命。

淳安政协文史和教文卫体委员会

2022年9月12日